做幸福的乡村教师

黄鉴古 著

中国出版集团 现代出版社

图书在版编目（CIP）数据

做幸福的乡村教师 / 黄鉴古著. -- 北京 ：现代出版社，2018.5（2023.7重印）

ISBN 978-7-5143-7002-7

Ⅰ．①做… Ⅱ．①黄… Ⅲ．①散文集－中国－当代 Ⅳ．①I267

中国版本图书馆CIP数据核字(2018)第066199号

做幸福的乡村教师

作　者	黄鉴古
责任编辑	杨学庆
出版发行	现代出版社
地　址	北京市安定门外安华里504号
邮政编码	100011
电　话	010-64267325　010-64245264（兼传真）
网　址	www.1980xd.com
电子邮箱	xiandai@vip.sina.com
印　刷	成都新千年印制有限公司
开　本	880mm×1230mm　1/32
印　张	9
字　数	222千
版　次	2018年5月第1版　2023年7月第3次印刷
书　号	ISBN 978-7-5143-7002-7
定　价	45.80元

序

夏循藻

　　我与黄鉴古老师是同行，也是同乡，但素未谋面，从无联系。他通过朋友转告我，说是有一本书要出版，约我为他写序。我看过他发来的书稿后，深受感动，觉得有一些话要说，便欣然应约。

　　从黄老师的"作者简介"中得知，他已年过半百，是一名普通的既无头衔又无光环的乡村教师。他是民办教师出身，先后在村小、镇小和镇中工作。他有追求教师职业幸福的意志品质，长年坚持自学，笔耕不辍，曾在《人民教育》《中国教育报》等报刊发表 100 多篇文章，实在难得。

　　黄老师几十年如一日，矢志不渝地追求教师职业幸福，首先表现在不懈地思考与探索中。他从努力学做教书匠，到努力做好教书匠，再到努力不做教书匠，这个过程，反映出一名力求上进的教师自觉成长的行动轨迹。作为一个教育人，他一心扎根于肥沃的基础教育土壤中，坚持写作教研文章，撰写教育案例，记录教育故事，参加教育征文，成效显著，这是因为，他运用的这几种文体都是一线教师需要学习而又能够学到手的，自然学有所成。他的思考与探索着重落实在四个方面：

　　一是他深耕课堂。《四颗糖的故事该如何续写》启人深思，告诉我们教育经典案例在新世纪应该如何有效运用。《课堂靠什么赢得学生喜爱》说明公平公正是赢得课堂的首要法宝，敢于承认错误是赢得课堂的重要法宝，解除捆绑学生的绳索是赢得课堂的新式法宝。这些都是经验之谈，当然值得学习与借鉴。

二是他细钻管理。《巧做中间人》娓娓而谈，读得过瘾；《中小学生浪费现象之我见》有厚重感，值得回味；《中学生智能手机的使用调查与思考》对策有用，谈得透彻；《"推门听课"值得推敲》针砭时弊，令人信服。其中几篇谈论心理学原理的短文要言不烦，有理有据，值得反复阅读，细细品味。

三是他关注教育。《"教室"随想》有分量，有力度；《精诚换来金石开》文章短，意味长；《呕心沥血未必就是好教师》《也谈让反思成为一种常态》这几篇文章能从人们熟悉的话题中找到写作点，做到见人之所未见，且都有一定的思想深度；《巧借经典定律，成就教育人生》告诉我们多读经典，助力教育；《一则寓言的启示》带给我们对于教育的很多思考，是当一名锁匙型教师因为抱怨工作而自毁价值，还是当一名南瓜型教师因为热爱工作而熠熠生辉，这是一个严肃的问题；《在心中给圣人辟个特区》题目有悬念，写得有意蕴；《做一个擦星星的人，挺好》诗意的表达，灵动轻巧，真的挺好。

四是他心系改革。黄老师通过写作一些教育短评，表现出一个朴素的知识分子浓浓的教育情怀。《厅堂也可成学堂》认为，让孩子在家上学是一部分文化程度较高、见识较广、眼光前瞻的现代家长对现行教育体制的反抗和逃避，是一种无奈之举；从形式上说，是一种现代私塾；从功能上说，是对公立学校的补充，其存在有一定的合理性。《翻转课堂与南橘北枳》在《中国教育报》发表后引发争鸣，产生良好的社会影响。《学生体质不是"考"出来的》一文中很多好的建议，值得有关部门采纳。

黄老师的"幸福"还表现在不断地总结与提炼中。他勤于学习，善于思考，勇于实践，并将几十年日常工作的经验与体会从五个方面完整地呈现出来——如何装饰学生的梦？如何有效地管理一个班级或一所学校？如何在自己的一亩三分地里实施微改革？如何保养自己的内心，让自己幸福？如何终身学习，永不懈怠？文章一般都短小精悍，不是举例子，就是讲故事，语言不拖杳，可读性强。特别是他在案例写作部分，做到了有事例描述，有观点表述，分析透彻，逻辑性强，不可不读。如《到什么山上唱什么歌》通过一场小冲突，考验着班主任老师的智慧。告诉为师者要怀揣一颗爱心，手捧理解与尊重，肩扛鼓励与欣赏，以此作为"五项基本原则"，与学生和平共处，共同成长。再如《做"心"潮的老师》告诉我们做"潮"老师没错，但不是新潮，而是"心"潮，即应在民主平等、尊师爱生的基础上，师生相互理解，相互包容，相互悦纳，相互支持；心灵相通，行动一致；亲密无间，团结协作；相互依存，相互发展；和谐相处，快乐成长。文章写得有趣有料，的确不易。

黄老师的"幸福"也表现在不停地积淀与蜕变中。第一，他酷爱读书，不断地丰盈自我。《错误频出的校园挂牌，连"花瓶"都不是》将纠正校园错别字视为己任，这分明是坚守一份读书人的责任与担当；《书是通向进步的阶梯》历数教师读书的好处，非好书者不能为也，给人以太多的启悟；《我为啥要给教师培训点赞》角度新颖，写得客观实在，有说服力；《打造文化软实力才是正道》有杂文味道，文理兼融，耐读性强。

第二，他珍视成长，善待每一个学生。《溶在血液里》写自己的成长经历，却带给我们对一代人的回忆，令人心酸，更令人敬佩；《教育如情，激荡而生涟漪》写的是成长中的欢欣、苦闷与困惑，说明教育是一个逐步发现自己无知的过程，是一个不断走向完美的过程；《成长需要拐弯》一文，通过与我们分享一名学生的成长故事，说明学困生的成长之路不像平原地区的公路一路笔直，他们更多的是像走山路，需要不断拐弯，老师要在前面坚持引领，他们才会不断进步……

当然，我以为，文章的分类还可以更精准些，可以考虑一定的逻辑联系。个别文章题目偏长，可以更精简些。但瑕不掩瑜，美不胜收。

最后，我要说，乡村教师是中国教育的脊梁，值得我们尊敬；追求教育幸福的乡村教师是中国教育的希望，值得我们学习。愿更多的乡村老师像黄老师那样，做幸福的教师，助推乡村基础教育迅猛发展。

送黄鉴古老师藏名诗一首：

炎黄子孙写幸福，
鉴古观今著贤文。
人过留名雁留声，
笔耕不辍在乡村。

是为序。

（序作者系武汉东湖新技术开发区教育发展研究院常务副院长，特级教师，湖北名师）

2017年11月

我对乡村教师职业幸福的理解

——写在前面的话

说起乡村教师职业幸福，相信很多教师会不以为然，会比较敏感，甚至会有抵触情绪。是啊，乡村教师生活待遇相对差一些，工作条件相对苦一些，中年教师还有职业倦怠，有高原现象，哪有什么幸福可言？不可否认，待遇和条件可能差一些，苦一些，至于幸福嘛，先不要下结论，我想结合我的成长经历谈谈我对这个话题的理解。

我是一名民办教师出身、面临退休的乡村教师，先后在村小、镇小和镇中工作，迄今为止，已在乡村教育里摸爬滚打了30余年。在我的职业生涯中，经历过"读书无用论"而导致的适学儿童流失，也见证过"普九"政策带来的乡村教育大发展，当今，城乡一体化建设加速，乡村教育日益萎缩，城乡二元结构严重冲击着乡村学校的生存。30余年来，同学、朋友都发家致富了，有的成了老板，有的由农民变成了市民，我还过着清贫的生活。其间，我困惑过、迷惘过，但回首这30余年，我感受更多的是幸福——作为一名乡村教师的幸福。每天和淳朴的乡村儿童在一起探索未知，于我而言，无异于回春妙药，是我幸福的源泉；在教育改革浪潮中直面乡村教育的深层次问题并进行系统思考与研究，促使我不断自勉，是我幸福的动力。诚然，我也有过徘徊，有过懈怠，但民国时期"南陶北晏"扎根乡村教育、推进平民教育运动，让我看到了奋斗的灯塔，"黑土麦田""美丽中国"等一个个建设乡村、支持乡村教育的公益组织，让我看到了乡村教育舞台上，有无数的同路人，更是让我找到了幸福的价值，因为乡村教师是社会主义新农村建设的核心支撑，乡村教育的发展，关系到我国整体发展均衡与充分的大问题，关系到我国近7亿农民对美好生活的追求。

因此，乡村教师职业幸福是具体的，可触可感的，不是抽象的、空洞的。我想从以下三个方面谈谈我对这个话题的理解。

一、幸福之源：淳朴童趣予我童心不老

天天和儿童们在一起，能焕发青春，返老还童，老迈的躯壳内仿佛安装了一颗童心，胜过任何回春妙药，这种幸福需要用心品味。

儿童好像地平线上喷薄而出的朝阳，充满了朝气与活力，他们青春洋溢，活力四射，他们或幼稚，或单纯，或天真，或幻想，或开朗，或活泼，或阳光灿烂，或热情纯朴，乡村儿童们身上表现出来的这种种特质，能让时光驻足，年龄倒退——看到他们，烦恼一扫而尽，不满抛却脑后，欲望止于满足，这是世界上医治一切精神颓废、心理衰老的良药啊。天天置身于他们中间，自己仿佛穿越了时空的隧道，被偷去了年龄，不知老之将至。

早晨一声"老师您好"，送来了一天的好心情，下午一声"老师您好"，驱赶了一天的疲劳，路上一声"老师您好"，能招来旁人羡慕的目光。不论何时何地，只要学生向我问好，我都热情地回应他们"你好""你更好"，在互动交往中，尽情享受师生交往的快乐，尽情享受师生问候的幸福。大家想想，有几个行业的人，能每天被别人这样问候着啊？拙文《精诚换来金石开》就实录了我和学生这方面的交往故事，或许能给老师们某些启示。只要我们端正心态，仔细咀嚼，是不难品出其中的幸福味的。

乡村学生的家庭教育相对简单，家长有时打几下，骂几声是常事，虽不可取，但却客观上锻炼了孩子的意志耐挫能力、心理承受能力，使得孩子能够顺利成长。一个事实是，农村孩子极少

有走极端的，孩子犯了错，严厉批评，重处重罚，他们一般都能够坦然面对，不用极端办法对抗，教师也就不需要担惊受怕，这是我最欣赏农村孩子的地方。

二、幸福之力：在乡村教育问题思考与研究中获取动力

乡村教育的主要问题，可能就是留守儿童的健康成长和乡村文化的消亡了。先说留守儿童。受职业的影响，我一直比较关注这个群体。只要听说是留守儿童，我都要详细了解，掌握信息。我曾经家访过一名留守儿童。该儿童的爸爸妈妈常年在外打工，由爷爷奶奶照看，但爷爷奶奶却在别的乡镇承包了十几亩水稻田，农忙时节，爷爷奶奶就住在那里不回家，留下八九岁的孩子一个人独守空房，饿了吃方便面，渴了喝桶装水，自己洗澡洗衣。晚上因为孤独害怕，就把电视机的声音开得响响的，为自己壮胆。不在乡村工作，不从事乡村教育，谁能掌握这出人意料的第一手资料？在人们的印象中，留守儿童应该和爷爷奶奶天天生活在一起，被爷爷奶奶照看得无微不至，承欢膝下，撒娇享福。谁知爷爷奶奶为了生计，也有外出务工的时候，留下孩子一人在家孤苦伶仃！

有人警告，隔代抚养正在毁掉孩子的一生。为了这个警告，我曾经用散记的形式记录过一名留守儿童一周的生活，提醒自己要时刻关注这个群体。我曾经倡议设立留守儿童亲情日——在亲情日，孩子给家长打电话或写信，倾诉相思，表达亲情。但我人微言轻，作用甚微。

再说乡村文化的消亡。过去，谁家有红白喜事，如娶亲嫁女、过年过节、老人去世，按照习俗，都有知宾先生严格按照礼仪规范操作整个流程，最典型的就是安席（即安排客人按照礼仪规范入座就餐），这是乡土文化，礼仪习俗，它的核心就是内外有别，新老有别，长幼有别，这可是对儿童进行传统文化熏陶的乡土教材啊！进行礼仪教育的生动课堂啊！可是，这套传统礼仪文化正在渐行渐远，渐渐消失。有研究者指出，乡村文化的消亡正在掏空乡村的灵魂，拙文《渐行渐远的待客礼仪》就表达了这种担忧。

留守儿童事关祖国的未来，乡村建设事关祖国的现代化进程，这都是高大上的研究课题，城市教师想研究此等问题却缺乏条件，有志于此类研究并小有成果的乡村教师应该有美美的幸福感吧。

三、幸福之谛：在消弭7亿农民对美好生活追求与发展不均衡不充分的矛盾中升华自己

国家要富强，民族要振兴，实现"两个一百年"奋斗目标，实现中华民族伟大复兴，离不开农村现代化。农村现代化靠热爱农村、建设农村的高素质人才！人才靠教师的培养！在这个伟大的时代，能为农村现代化贡献智慧，奉献价值，说明教师是乡村教育的功臣，而这正是幸福的题中应有之义。可能有的老师觉得这个话题太大了，其实不然，我倒觉得这是大实话，是个人体验，是和教师朋友们在掏心窝子。

我们先来看看陶行知和晏阳初两位大师是怎样献身乡村教育的。

先说陶行知。1917年，陶行知在美国哥伦比亚大学毕业回国后，立下宏愿，要筹措100万元基金，征集100万位同志，开设100万所学校，改造100万个乡村。

怀着"捧着一颗心来，不带半根草去"的人生信条，1927年，他创办晓庄试验乡村师范学校，中国近代乡村教育史由此掀开了新的一页。1939年，创办育才学校，培养难童中的人才幼苗。育才学校当时聚集了许多文化名人和艺术家，这是新中国的人才智库，为后来的新中国建设培养储备了一批优秀人才。著名的中央音乐学院教授陈贻鑫就是育才学校的优秀学生。

再说晏阳初。他是世界著名的中国平民教育家和乡村建设家。

晏阳初先后在香港圣士提反书院、耶鲁大学、普林斯顿大

学、锡拉丘兹等大学深造，获荣誉博士学位。

1920年，回到中国。在归国前，他立志不做官，不发财，将终身献给劳苦大众。1923年，组织成立中华平民教育促进会，任总干事，先后在华北等地开展义务扫文盲活动。1926年，与志同道合的一批知识分子来到河北定县，全力以赴地开展乡村教育实践。20世纪30年代初，国民政府决定将他在定县的经验向全国推广，在全国各省划出一个县进行乡村教育试点，其间先后成立了定县等实验县和华西试验区等乡村教育实验区。

晏阳初自20世纪20年代开始致力于平民教育70余年，被誉为"世界平民教育运动之父"，与陶行知先生并称"南陶北晏"，曾被联合国聘为终身特别顾问。1943年，晏阳初当选"世界上贡献最大、影响最广的十大名人"之一，与爱因斯坦等同获殊荣。

再来看看当今的"黑土麦田"和"美丽中国"。

"黑土麦田"的团队一半来自清华、北大、耶鲁、哈佛等著名高校的优秀毕业生。2015年，"黑土麦田"在四川绵阳等地为大量农村创客提供了资金众筹、电商下乡、乡村普法、创业帮扶等方面的服务。2016年，"黑土麦田"推出"农村创客"计划，每年资助一批全国和海外顶尖高校的优秀毕业生以"大学生村官"的身份到农村从事为期至少两年的创业创新和精准扶贫，通过整合资源带领返乡青年农民进行创业实践，解决当地在公共卫生等民生领域最迫切的问题。国家领导人曾视察"黑土麦田"并给予高度评价。

"美丽中国"支教项目成立于2008年，是北京立德未来助学公益基金会下设的教育非营利项目。"美丽中国"支教项目通过"两年轮换制"，输送多批项目老师进行两年长期服务，实现一岗多人，为教育资源匮乏地区提供持续稳定的师资力量；同时，两年项目体验，加以专业的培训支持，让项目老师经历扎实的基层教学实践，使提供优质教育、促进青年成长成为可能，为中国教育资源的均衡化发展积累大批未来人才，旨在让所有中国孩子，无论出身，都能获得同等的优质教育。

党的十九大报告指出："推进城乡义务教育一体化发展，高度重视农村义务教育……努力让每个孩子都能享有公平而有质量的教育。"要落实党的十九大报告，乡村教师任重而道远。但是，乡村出身的我们并不孤单，也不乏动力，前有"南陶北晏"，今有"黑土麦田""美丽中国"，我们应继承"南陶北晏"的事业，以"黑土麦田""美丽中国"为榜样，"以爱心滋养爱心，以智慧生长智慧，以创造激发创造，以幸福传承幸福，努力培养具有自由思想、独立意志、大爱情怀、创造能力、社会责任和幸福生活的代代新人"（罗崇敏语）。试想，能做乡村教育、农民思想及幸福生活的改造者，世上能几人？乡村教师们应该深感使命光荣啊。

我清楚地知道，对幸福的理解是多元的，有人用物质掂量幸福，有人用精神衡量幸福，应该说，都没有错。乡村老教师说："政府以国家的名义给我们颁发荣誉证书，也不枉此生。"这是乡村教师对幸福的咀嚼。

拙著呈现的只是我的一孔之见，是我对幸福的理解，教师朋友们可以见仁见智。目前，国家正处在由富而强的关键节点，与陶行知、晏阳初所处的时代不可同日而语，乡村教师们能像"黑土麦田""美丽中国"一样，把此生献给大有作为的乡村教育，就是幸福的，我以为。

作　者
2017年12月

目录 contents

三谈幸福——仰头长啸，甘为改革鼓与呼

四谈幸福——保养内心，收获小确幸

五谈幸福——终身学习，永不懈怠

一谈幸福——乐于装饰学生的梦

  课堂教学、作业批改、学困生转化、班务处理、师生交往……处处皆能体验教师职业幸福。正所谓，你站在桥上看风景，看风景的人在楼上看你。明月装饰了你的窗子，你装饰了别人的梦。

唐僧师徒靠什么取得真经

班课目的

我曾多次在班上调查：你的理想是什么？回答五花八门，没有"标准答案"——有准备当农民的，有准备擦皮鞋的，有准备当裁缝的，有准备当屠夫的……很少有人立志于当"家"成"家"（科学家、发明家），立志于做 CEO。虽说行业不分贵贱，各行各业都需要人才，但这些学生心目中的所谓"理想"其实是一种很低级的"理想"，一种很原始的"理想"，这些"理想"含金量低，这些职业不需要较多的知识与技术，说穿了就是一种简单的就业，不合大众创业万众创新的时代节拍。细细探究，会发现，他们的"理想"源于他们的现实困境——厌学、懒散、消极、迷茫，对前途缺乏信心，在混日子中打发时光。这些"理想"实际上是他们内心无奈的一种外在表现。因此，有针对性地上好开学第一课，播下励志的种子，激活理想的细胞，太有必要。曾经激励无数中国人、学生爱看爱说的唐僧师徒西天取经的故事就是极好的素材。

课前预习

放假之前，有计划地布置学生暑期阅读经典《西游记》，并就最感兴趣的章节写出体会，爱好者可通过 QQ 群组成网络研究小组。

故事重温

开学第一课，研究小组充满激情地简述唐僧师徒取经的故事——唐僧奉大唐皇帝之命，率领孙悟空、猪八戒、沙僧一行四人赴汤蹈火，降妖伏魔，出生入死，历经九九八十一难，战胜千难万险，胜利到达西天，终于取得真经。

然后，有兴趣的学生讲述自己最感兴趣的章节。

接着，由各组学生概括师徒四人的性格特点。

师傅唐僧：理想崇高，信仰坚定，目标明确，意志坚定，舍生只为取真经。

大徒弟孙悟空：责任明确，目标专一，尽职履责，敢于担当，热爱学习，具有忧患意识，敢与邪恶作斗争。

二徒弟猪八戒：信仰不坚，目标不明，好吃懒做，怕苦怕累，缺乏团队精神，经不住诱惑，但最终还是随团队走到了目的地。

三徒弟沙僧：不争名，不争利，吃苦耐劳，忠诚尽心，维护团结，热爱师傅，拥护孙悟空，支持取经大业。

取经大业靠什么成功

班委会：首先是要有一个有信仰、有目标、懂团结、会管理的领导。不管遇到天灾还是人祸，不管遇到威胁还是利诱，唐僧始终不害怕，不退缩，不心动，靠自己的坚定信仰、人格魅力和聪明智慧把三个徒弟紧紧团结在一起，分工合作，一往无前。缺乏这样一个领导，团队就涣散无力，取经大业就会中途夭折。

学生甲：少不了孙悟空这么一个智勇双全、机智勇敢、上天入地、无所不能的超人。他以非凡的勇气、出众的能力、顽强的意志、正直的品质与形形色色的妖魔鬼怪做一次次的殊死搏斗，扫清了前进道路上的各种障碍。没有他，取经大业就没有力量保障，难以完成。他是取经大业成功完成的第一功臣。

学生乙：猪八戒爱抱怨，闹分裂，制造负能量。爱抱怨者难成大事，闹分裂者无法与人合作，这是成功路上的大障碍，这种大障碍甚于妖魔鬼怪的威胁，当引为教训，但他能最终克服各种困难，抵御各种诱惑，随团队到达目的地，也应点赞。

学生丙：取经大业的完成也离不开像沙僧这样老老实实干事、勤勤恳恳履职、默默无闻奉献的劳动者，一个有生命力、有战斗力的团队少不了这样不计名利、脚踏实地的无名英雄。

你从他们身上学到了什么

班长：班干部尤其是班长要怀揣一颗敬仰、虔诚之心向唐僧学坚持信仰、学坚持不懈、学团结、学管理，要初步具备一个"领导者"所必须具备的基本素质。"领导者"不是完人，更不是超人，在很多方面可能不如下属，但必须搞五湖四海，能把不同人才团结在自己的左右，具备"精神领袖"的潜质。

学生丁：全班同学要研究、学习他们师徒身上所体现出的不怕千难万险，不怕干扰打击，不向艰险让路，不向死神低头，永不言败、永不服输的顽强拼搏精神、进取精神。

学生戊：团队精神是他们成功取得真经的重要法宝。一个班就是一个团队，班上每位成员要有团队意识，大局意识，协作意识，不能各行其是，特立独行。否则，我们就不能像他们那样顺利取到真"经"。

制定规划，互动交流

第一步：对号入座，剖析自己。你大概是他们师徒中的哪一类人？与之相比，你有什么突出的长处、短处？长处是否得到了充分的发挥，短处如何影响你的成长？

第二步：找准坐标，明确方向。你准备以谁为精神偶像，为人生导师？你是准备像唐僧一样走上领导岗位，还是像孙悟空一样本领超群，像沙僧一样任劳任怨，或者像猪八戒，总也长不大？

第三步：制订计划，成长进步。你如何以他们为偶像，改正自己，鞭策自己，激励自己？你如何让他们来推动自己成长进步？如何把成长计划落实到日常行为中？

交流互动，修订完善。

总　结

学习中、成长中总会随时遇到各种意想不到的烦恼和困难，要用取经精神激励自己，推动自己，成长自己。

（本文系首次发表）

化解逆反我有招

少年逆反有成因

"逆反心理"一词,最早是山东李春波于1986年提出来的。他对"逆反心理"所作的定义是,"逆反心理"或称"逆向心理",是人们在受过去某种事物的刺激所积累起来的经验的影响下,对某种事物产生的一种否定性的心理趋势和行为倾向。

根据其观点,初中学生逆反的形成是一系列心理活动过程的结果。首先,是教育的内容及相关的信息在特定的教育情景中,引起受教育者的注意;其次,是受教育者接触并理解教育的内容(信息),并将所理解的信息、所形成的观点和态度与自己原有的认知结构(包括思维方式、价值观念、知识修养)和态度观念加以比较;最后,经过比较、分析,作出接受或抵制的态度反应。

如果受教育者经过比较分析之后,确认与原有认知相悖就产生抵制,进而产生逆反心理。可见,逆反心理的实质是一种特殊的反对态度,是一种稳定的逆向心理倾向。

其形成原因有二:主观上,青少年正处于"叛逆期",其独立意识和自我意识日益增强,往往通过各种对立的手段显示自己的独立存在;客观方面,教育者的可信任度、教育手段、方法、内容等也会诱发逆反心理。

其表现形式是,你要他干这,他偏干那;你不要他干这,他偏要干。任你"苦口婆心""语重心长",他仍无动于衷,我行我素。

化解逆反我有招

怎么办？

教育学原理认为，教师与学生的矛盾是教学过程中三对基本矛盾之一，并且是一对关键性矛盾。因此，处理好与逆反学生的矛盾，事关教师的使命职责，事关学生的顺利成长。

对逆反学生，首要的是尊重。尊重他的人格，尊重他的意见，尊重他的爱好，投其所"好"，打开缺口，以此拉近距离，拨"逆"为"顺"，拨"反"为"正"，与他"相向而行"，千万不要与他"背道而驰"。

二是，在尊重的前提下，用语言、动作等温情化解"逆反"坚冰。不要命令、强迫，而用商量、讨论语气，不要拍桌打掌，而用抚摩等显示亲昵的动作来打开他的心灵之门，为有效沟通交流扫清障碍。

三是，温和委婉地纠正其错误，不要疾言厉色，恶语相向。对于逆反心理较强的学生，越是恶语相向，越能激起他的反抗。

学生睡觉是一种普遍现象，不光夏天睡，甚至冬天的清晨都有人"不畏严寒"，呼呼大睡。外面，冰天雪地，里面，鼾声渐隆。越是强行制止，越是埋头大睡。

我的办法是替他按摩。我先制造情景，引开学生注意力，然后不经意地走过去，在他肩上、颈上揉捏搓摩，直到他醒过来为止，再睡，再按。面对这一软招，即使逆反心理超强的学生也受不了，红着脸说："老师，您别按了，我再不睡了。"

因为是逆反学生，你不能当众批评他，不能命令他不睡，更不能打他，否则，可能会发生冲突，导致矛盾激化。而趁学生们有意注意老师制造的情景时，漫不经心地走过去，静悄悄地替他按摩按摩，既化解了矛盾，维护了他的面子，又避免影响其他同学。老师的手传达的是柔情，揉搓的是善意，学生无理由拒绝，"逆反"不起来。

实践证明，这一招很管用，是化解学生上课睡觉的"糖衣炮弹"。

小王，典型的学困生，书早就玩没了，更不用说学习和做作业了。天气炎热，一上课就玩弄一把小电风扇，批评过，教育过，没收过，可过后总是外甥打灯笼——照舅（旧），而且变本加厉。我想，他既然如此喜爱这玩意儿，何不就从这玩意儿入手，来跟他套近乎，化"敌"为"友"呢。我把他的爱物"借"来进行了研究，发现它用的是干电池。我问，"你很喜欢它吗？"他"嗯"了一声。我双眼望着他，"你既然如此喜爱它，能不能对它进行改装，改直流电为交流电？"他问："什么是直流电，什么是交流电？"我叫他查资料，请教其他同学，他愉快地回答："行"。

下午，他交给我一台改装后的电风扇，并把插头插在插孔里，演示给我看。旋即，一股清凉的风徐徐吹来，令人心旷神怡。我拿在手上仔细端详，发现电线是从电机上直接接出来的，不影响美观，改得很成功。我向他投去了赞许的眼色。

我又进一步鼓励、指导他从"电风扇描述、理由及可行性、改装过程、经验启示"等四方面写出改装的过程。他兴致很高，和同桌商量后，很快就交了一份合格的实验报告。

他可是从来连笔都不愿提的学生。

我在班上展示了含有他"知识产权"的电风扇，大力表扬了他。我称赞他为"小科学家"，祝他以后成为大科学家。可能是从没有受过如此高规格的表扬，他似乎受宠若惊，两眼放光。

此后，他与我"心往一处想，劲往一处使"，不再与我"背道而驰""南辕北辙"。

小匡，上课总要喝水，喝完就玩塑料瓶，把塑料瓶捏得吱吱作响，显示他的另类存在。越干预，越批评，越来劲，两眼直勾勾地望着你，分明是说："我要玩，你能怎么办！"遭遇他极富挑衅的眼光，面对他"不怀好意"的倔劲，不能顺向思维，必须以"逆"对"逆"，我把对小王的那一套复制到了他的身上："玩塑料瓶，连一年级学生都会，玩得有意义吗？"他沉默不语。他不"反抗"，我则"进攻"："要玩就玩出名堂！"他似乎被我激起了兴趣的浪花："什么名堂？""你能像小王改装电风扇那样，把塑料瓶改装成其他有用的工具吗？"他脱口而出："剪掉尾部，就成漏斗。"我心想，这也叫改装，这也叫智慧？但还是故作惊喜："哦，行啊！你的反应很快，简单实用呢。"此刻，他的眼光不再"挑衅"，似乎是惊喜加得意，我趁热打铁："不过，这个太简单，你能改成复杂一点的工具吗？"他表示可以。

第二天，他交给我他的"发明"：瓶口至瓶肩处被剪成一根一根的塑料条，朝里面反折。我好奇地问："这是什么？""捕鼠器。""怎么用？""里面放点食物，老鼠钻进去就出不来了，这些塑料条就像铁丝网死死地守着门口，老鼠只能进不能出，既环保又好用。"我问："昨晚试过吗？捕到老鼠没有？"他说："捕到一只。不过，这只能捕到小老鼠，要捕大老鼠，要用大塑料瓶。"此刻，我只知一个劲儿地说"好"，再也说不出其他的话。我左手摸着他的头，右手放在他肩上，用手表达我无言的情感。

很自然地，他也应该得到"小科学家"的称号。

小王、小匡的事例告诉我们：所谓"逆反"，往往是我们从常规思维出发，从自我中心出发，从强迫命令出发，而产生的一种主观否定的心理倾向，如果我们换个角度，从学生出发，从学生特点出发，从学生全面成长出发，客观理性地看待"问题"，往往不存在"逆反"。

还是做个"逆来顺受"的老师吧。"逆来顺受"，因势利导，你会发现，所谓的"逆反"学生也了不起。

（本文系首次发表）

精诚换来金石开

本学期，我带八（1）班思想品德，听说该班学生十分调皮顽劣，我诚惶诚恐，如履薄冰。我谨慎小心地在他们调皮顽劣与师生和谐相处中寻找平衡。

上课似乎一切"正常"，未见"异常"举动，一切都在校纪班规允许的范围内活动。我暗自庆幸，原来他们不是"传说"中的那样"恐怖"。

一次，下课铃声响，我带着一种平安度过一节课、完成任务后的如释重负，喜笑颜开地与学生拜拜。谁知，刚走到教学楼下八年级学生目力所及的地方，就听到几声大叫："黄鉴古。"既像是在挑战，又似乎在试探我如何反应。我给了他们一个冷处理——不接招，走人。

第二天，又是故技重演。我板着脸，怒目扫去，两个窗户边半个人影也没有。

事情似乎还在发展阶段，还没进入高潮。一天上完课，我心情愉快地走出教室，前脚刚迈出门，就有学生高声地叫喊："黄鉴古。"这声音似乎很耳熟！我返身径直找到"嫌疑人"，大声责问他为什么叫老师的名字？他却一脸无辜，拒不承认，几个"证人"也说"没听见"。

此刻，我好不尴尬！

冷处理不行，热处理也不行！软的不行，硬的不行！怎么办？

在苦思冥想中，我模仿公安侦破手段——安排线人监视，也

10

是瞎子点灯。

他们的挑衅依然在继续！

师生在校园相遇是经常的事，这不，我上楼去，"冤家"们下楼。他们跟我打招呼："老师好。"我本能地回应："你们好。"但我没拿正眼瞧他们：你们当面叫老师好，背地里叫老师的名字，当面一套，背后一套，哪里学的？

又一天，几个"冤家"在校门口活动，见我来了，一齐懒洋洋地说："老师好。"我仍然本能地回应："你们好。"随即，他们模仿我的声音狂笑起来："你们好。"这似乎是嘲弄之笑，又似乎是惊喜之笑，我无法给它定性。在他们嘻嘻哈哈的笑声中，我心情复杂，狼狈而去。

课外的这种师生亦真亦假式的问候一直是进行式。

不知从什么时候起，几个"冤家"则越来越喜欢跟我打招呼，不管校内校外，他们都要热情地叫一声"老师好！"我则逐步从本能应付到满面笑容，从冷淡到热情："你们好！"有时则跟他们开玩笑："你们更好！"有时则到他们头上摸一摸，肩上拍一拍。

后来，每与他们相逢，我则主动与他们打招呼，有时停下脚来，打量他们，夸奖他们：小敖长得真帅！小尹的衣服真漂亮！小杨今天真精神！

他们也回应着我："老师，你好年轻！""老师，你好帅！"

我就这样与"冤家"们打着交道，"周旋"着，用"心"耕耘着师生间的情感荒地，努力剪除荒地上的情感杂草，播上真诚、关怀、平等、友爱的种子。

我细心地呵护着、经营着我们之间的情感，一步步地、喜悦地收获他们的"心"。

一个多月过去了。某天，我在办公室改作业，几个"冤家"从办公室门前走过。看到他们，我猛然想到，他们好久没叫我的名字了！他们怎么就不叫了呢？我发脾气，他们叫；我越发脾气，他们叫得越凶；我不发脾气了，他们反而不叫了。是从什么时候起，他们不叫的呢？我细细地寻找情感改变的节点，却无法找到确切的时间。

从此以后，他们和我就成了欢喜"冤家"，他们现在都是我的QQ好友。

这件事在我心里打上了深深的烙印，令我难以忘怀。我想，无非是我的"心"融化了他们的"心"，拆除了他们心灵的"围墙"——他们向我打招呼，我给予了真诚、热切的回应，让他们看到了一个"不一样"的老师，看到了一个尊重他们的老师，看到了一个把他们当"人"看的老师，而一些亲昵的语言和举动，则让他们看到了老师对他们的喜爱。有同事看到学生一个个抢着跟我打招呼，深有感触地说："黄老师深受学生爱戴。"我想，秘密就在这里！反观很多老师对学生热情的招呼，总是虚与应付，冷若冰霜，他们或者面无表情地"嗯"一声，或者心不在焉地点一下头，或者顾左右而言他，对学生的热情给予了冷处理，冷了学生的心，冷了学生的情，冷冷地把学生从自己的怀抱推开了。

精诚换来金石开。这次，他们发现了一个有些"另类"的老师，一个有些与众不同的老师，于是，他们就恢复了自己的本来面目，用少年的天真与无瑕和老师"心"来"心"往。

有心栽花花不开，无心插柳柳成荫。用这句诗来概括本故事似乎不太恰当，但故事确确实实值得每一位老师深思！

（原载2015年第1期《湖北教育·新班主任》）

"强势班长"是财富

"我很担心班长的势力大了，不能制约他。"

"用什么方法限制班长的势力？"

以上两句话我是第一次听说。我不明白，这位班主任为何有此担心？为什么担心不能制约班长？为什么要限制班长的势力？

为师者，以"青出于蓝而胜于蓝"为荣。有哪一位老师不希望自己的学生有能力、有出息、有成就、胜过自己呢？如果学生不能胜过老师，人类社会怎么进步？

最近热播的《湄公河大案》，剧中就有一对曾经的师徒——江海峰和高野。江海峰是国家禁毒局局长，高野是普通警察。高野智勇双全，疾恶如仇，敢打敢拼，敢于冒险。在湄公河大案的侦破中，江海峰把高野带在身边，给他压力，给他重担，给他机会，把他推向前台，锤炼他，打造他，而不是担心他超过自己，"威胁"自己的权威。

教育者的重要任务之一是培养学生的能力，如学习能力、交际能力、管理能力等。案例中的班长"很不错"，能力强，按理说班主任应当高兴才对。但遗憾的是，班主任不但不高兴，反而忧心忡忡，担心"控制不住"。恕我直言，这话实在不该出自为师者之口，为师者不应有如此心态和胸怀。

案例中求助的班主任曾经没有遵守游戏规则——比赛中，没有按照学校要求及时给参赛学生购买饮用水，导致班长带领学生请愿、参本、弹劾，而致自己"下台"，这是班主任自己的过错。现在，接手新的班级，班长又同那个班的班长一样，"很不错"，可这位班主任又始终"没有明白自己的问题在哪儿"，没有吸取教训，改正错误，反而继续在错误的道路上行走。

深入分析，这位班主任及诸位建言献策、提供"绝招""妙招"的同行们，面对一位强势的班长，可能是能力不够，自信心不足，才有此"下策"吧？如此看来，这些同行在气势上、心理上首先就输了，就已败下阵来。而一位有能力、有信心的班主任是不会如此处心积虑来提防他的班长，想方设法地削弱班长的势力的。

我想，有朝一日，假如我有幸碰到了这么一位有威信、有能力、有势力的班长，我会这么做——

模范遵守学校规章制度，遵守各种游戏规则。学校制度、规则，既规范学生的言行，也规范教师的言行。如果身为班主任，不能带头遵规守约，还有什么资格教育、管理学生？教师的教育不仅体现在口头上，更体现在行动上，即言传身教。学生不仅看教师怎么说，还看教师怎么做；不仅听其言，还观其行。

墨子有言："染于苍则苍，染于黄则黄，故染不可不慎也。"教师的言行对学生的成长有着深度的潜移默化的影响——教师违规爽约，学生会毫不犹豫地跟着学。因此，教师要时刻检点自己的行为，要通过自身的模范行动、表率作用，培育班级契约文化，培养学生契约精神，让学生从小就接受契约教育，长大后成为诚信守约、遵纪守法的负责任的现代公民。

实行班级自治，乐当甩手掌柜。一个班级有这么一位班长是班主任之幸之福。班主任可以引进现代管理制度，健全班级管理体系，如公平竞争、全民选举等。具体可以这样操作：由全班自由选举班长，经学生代表会议批准后上任，然后由学生代表会议颁布《班长工作法案》，用"法律"规范班长的工作权限，用"法律"规定可罢免班长。这样既能调动大家管理班级的积极性，主人翁意识，锻炼其能力，又互相协作，互相配合，共同管理。班主任岂不落得逍遥自在？

把强势班长当作自己奋进的动力。有这么一位强势班长时时监督自己，"威胁"自己，正好可以巧妙借力，点燃已经消退的激情，唤醒已经沉睡的灵魂，重新拿起书本，学习起来，研究起来，学管理理论，学心理学理论，学课改理论，充实自己，滋养自己，丰富自己，完善自己。这对那些青春不再、得过且过、怨天尤人、自我沉沦、视学生为对手的教师来说，难道不是一件好事吗？

学生有如此优秀的班主任，他们还会请愿吗？班长还需要"制约"吗？

（原载2014年第5期《湖北教育·新班主任》）

到什么山上唱什么歌

毛浪带了一条毛虫到学校，准备在科学课上做观察实验。不料，毛虫把一名女同学吓得尖叫起来。上课老师宋老师命令毛浪把毛虫送到讲桌上。毛浪不从。宋老师怒气冲天地走到毛浪跟前，从课桌抽屉里夺走了毛虫，扔在地上，一脚踩上去。毛浪抄起凳子砸向宋老师……

一条毛虫引发的冲突，既是师生之间的冲突，也是科任老师和班主任之间的冲突。一场小冲突，考验着班主任老师的智慧。

"宋老师不由分说，从毛浪的抽屉里夺走了毛虫，扔在地上，一脚踩上去，毛虫粉身碎骨。"三个连续动作——"夺""扔""踩"，显示了老师的粗鲁。"夺"的不是毛虫，而是毛浪对毛虫的喜爱，是对"在科学课上做观察实验"的准备和希望；"扔"的也不是毛虫，而是教师的身份；"踩"的也不是毛虫，而是自己的形象、尊严和学生的信任。果然，"毛浪愤怒了，抄起椅子砸过去。"此时宋老师的形象在毛浪心中瞬间轰然倒塌。

事后，宋老师也未能及时反省自己，总结教训。"我向他赔礼道歉，不可能。"可以看出，在班主任"斡旋""安慰"后，宋老师仍然不能意识到自己的错误，不能向学生展示"闻错即改"的可贵品质，不能通过自己的行动展现"身教重于言教"的教育原理。

对毛浪这样的学生，不能按常规方式对待，必须讲究科学的教育教学方法。

"毛浪是班上最调皮的学生，性子急，而且倔，同学们都戏称他为'混世小魔王'。"心理学有关原理解释，脾气"倔"的学生，往往逆反心理强，表现为"你要我干这，我偏干那；不要我干这，我偏干这"。懂得这个原理，师生冲突就不会发生。其实，宋老师处理的方式可以很巧妙，比如，"哟！毛浪同学的毛虫好漂亮！看来，今天的科学实验，你是做了精心准备的。老师预祝你实验成功。不过，先请你收起来，不要伤害了它，好吗？"这番话一出口，相信冲突就会化解，矛盾就会止于萌芽状态。"倔"的学生吃软不吃硬，老师的脉脉温情最易击中他们的软肋。后来当毛浪收到班主任老师的毛虫和书籍后，不易流泪的他"眼眶湿润了"，就是有力的证明。

"混世小魔王"们往往爱面子，面子决定了他们不怕老师的"语言导弹"和"飞毛腿导弹"，而用"理解"和"尊重"做的绣球却往往能击得他心花怒放。看，"第二天早上，毛浪来到宋老师的办公室，帮宋老师倒了一杯热茶，并在茶杯下放了一张纸条。"是不是与先前的毛浪判若两人？班主任巧使手段，春风化雨，润物无声，改变了毛浪，这可不是宋老师的"导弹攻击"所能做到的。

这位班主任自始至终没有高分贝的呵斥，没有居高临下的批评，只是不声不响地在师生之间穿梭斡旋，平息事态，化解冲突。"我弄到一条毛虫，买了一本《昆虫大世界》，悄悄地放在毛浪的课桌里"。毛浪先是"十分惊喜"，后是"很感动"，应该说，班主任有化解棘手问题的能力，有化解冲突的高超技巧。

往大处说，本案例反映的是新旧两种教育观的博弈；往小处说，本案例告诉我们，师生相处是一门学问。

新的时代，新的教育理念要求教师摒弃威权意识，不要一言九鼎，不要指手画脚，不要命令指挥，要互相尊重，互相理解，互相信任。

为师者还要懂教育心理学，要用教育心理学原理科学指导自己的教育教学实践。要了解学生性格，研究学生心理，有针对性地开展工作，就像山歌唱的那样，"到什么山上唱什么歌"，不要一支歌唱遍所有山头。

为师者要怀揣一颗爱心，手捧"理解"与"尊重"，肩扛"鼓励"与"欣赏"，以此作为"五项基本原则"，与学生和平共处，共同成长。

（原载2013年第4期《湖北教育·新班主任》）

多几个 "董事长" 又何妨

　　班长反映，近段时间，班上出现了一些不良现象，有的同学帮其他同学买东西收取跑路费，有的同学把自己的图书租借给其他同学看，有的同学在班上公开出售玩具，旧书籍……

　　班主任黄老师支持学生间的这种买卖行为。

　　迄今为止，中国刚刚打破诺贝尔奖零纪录，但还没有乔布斯，没有比尔·盖茨，世界 500 强企业也只有美国的一半，且大多居后位。为什么？这与我们的儒家文化——正统教育植入中国人的骨髓密切相关，中国教育深受影响，不敢逾越。"君子喻于义，小人喻于利"，"君子忧道不忧贫"，"君子赠人以言，庶人赠人以财"等观念影响，再加上"重农抑商"的传统，中国人一直对"钱"没有一个正确的认识。"只认钱不认人"是不讲感情的人，凡事"向钱看"是没出息的人，言必谈"钱"是"钻到钱眼儿里"去了。由于从小没有培养孩子们"挣钱""创业"意识及本领，以至于大学生们毕业后打工难，创业更是难上难。

　　曾获美国"人的组织与管理科学"理学硕士学位和"教育管理学"哲学博士学位的黄全愈，在其著作《素质教育在美国》一书里面描述了这样一个情节：1997 年，为了让孩子们亲历市场经济的社会，学校让同学们自由组合，成立各自的"公司"，在校内的同学和老师之间做一个月的生意……于是，卖糖的、卖饼的、贸易性质的、服务性质的，五花八门，应有尽有……校园内随处可见的是"总裁""董事长"之类的人物。

　　美国有比尔·盖茨，有洛克菲勒家族……是不是与他们从小对孩子的财商培养有关呢？孩子们从小就是"董事长""总裁"，这实际上就为他们描绘了人生目标，激活了奋斗因子，培养了创业本领。如此看来，美国盛产富豪、跨国公司是不是也就不足为奇呢？

由此，我想到了另外一个故事。一位上海妇女带三个孩子到以色列定居。起初，跟他们一起"定居"的还有中国特色的家庭作业。邻居的一位老太太看不下去了，直言批评中国妇女："不要把你们中国的落后教育观念带到我们以色列来了。"中国妇女虚心请教，老太太坦诚相告。此后，这位中国妈妈每天就把自己做的早餐春卷批发给三个孩子带到学校去卖，一个孩子零售，一个孩子批发，一个孩子跟别人联营。几十年后，三个孩子都成长为有出息的企业家。如果是在中国，三个孩子能否顺利考上大学还是未知数，即使考上大学能否顺利找到工作也是未知数，能不能够创业成长为企业家更是未知数。因为我们的正统教育是"学而优则仕"，反思我们的教育，不是耐人寻味吗？

两相比较，黄老师与其学生的做法是不是还是"小儿科"呢？学生都是自发的，没人组织，其买卖就像集市的小买小卖一样，是一种原始的交易，没有自己的"公司"，没有"董事长""总裁"，与美国学校开展的活动相比，简直不可同日而语。可贵的是，黄老师与时俱进，坚决支持，顶住同事的压力，给了学生精神与行动上的有力支持。黄老师可能不知道，他的朴素的基于公平、公正、合理的扶持，其实是正在对学生进行着适应市场经济社会所必需的财商教育。

美国前总统布什说："财商教育让人们得到自信和能力，帮助人们实现梦想。"如果我们的校园内多了一些"董事长""总裁"，他们多一些创业的经历，长大后，不至于创业艰难百战多，不至于几千人抢一个公务员饭碗，公务员热可能冷却，中国可能产生自己的比尔·盖茨。

不得不承认，这班学生头脑精明，思想敏锐；老师思想开明，做法前卫。师生都很新潮，突破了我们传统教育的底线，突破了"祖传"的条条框框，大胆实践，大胆尝试，敢为人先，尽管有争议，有指责，但黄老师敢"吃螃蟹"，我为他的做法而鼓掌！

（原载2013年第6期《湖北教育·新班主任》）

学学莎拉又何妨

案例：有一个班级被评为了"文明班"，班主任江老师获得了 300 元奖金。有同学在私底下议论："班主任把我们管得那么严，就是为了多拿奖金。"江老师闻听此话，火冒三丈。为了打消同学们的疑虑，他决定与同学们平分奖金。

2011 年凤凰卫视《鲁豫有约》在某期节目中请了一位在上海出生、长大的犹太后裔——莎拉·伊麦斯女士，与观众分享她作为母亲教育三个子女的故事。

1992 年，莎拉带着三个孩子来到了以色列。那时，她最大的儿子 14 岁，最小的女儿只有 3 岁。人生地不熟之际，二儿子杰瑞拜托一个小朋友帮他买一辆自行车，结果那个小朋友趁机赚了杰瑞 50 元"倒手费"，这让莎拉非常不理解。在以色列待久了，她才意识到，原来以色列人都是钻在"钱眼儿"里的：当地人在家庭生活中实行有偿机制，所有物件、人力一律有偿使用，没有免费的礼物和照顾。而学校，也竭力向学生们灌输这种理念——在犹太人看来，赚钱是孩子一生中最重要的一种生存能力，学会赚钱要从娃娃抓起！

了解到这一点后，莎拉带着三个孩子一起赚起了钱。她每天给每个孩子一定数量的春卷，让他们带到学校去卖。其中，老三是采用传统的方式向同学零售，老二将自己那份"批发"给了学校的餐厅。只有老大别出心裁，他在学校举办了一个"带你走进中国"的讲座，为大家讲述自己在中国的见闻，听众需要购买门票，但可以免费品尝春卷，老大因此收入颇丰。尤其让莎拉开心的是，她看到孩子们在销售春卷的过程中，不仅学会了赚钱，还在一定程度上了解了以色列社会，并很快适应，融入其中。

后来，莎拉的两个儿子不到30岁就成为富翁，而她的女儿也顺利步入大学。莎拉说："我最自豪的不是三个孩子有出息，成为富翁，而是他们孝顺、善良、有修养，没有因为有点钱而为所欲为。"

这个案例，可以给我们一些启发。

虽然中国教育崇尚"两耳不闻窗外事，一心只读圣贤书"，"万般皆下品，唯有读书高"，"积金千两，不如明解经书"，可尴尬的是，一些落马的"老虎""苍蝇"往往都是受过远离"铜臭"教育的高学历人士，但那些教育终究没能阻止他们前"腐"后继地掉入欲望之海。

另一方面，教育要与时俱进。正如公安机关偶尔会根据破案的需要发布重金悬赏令，征集嫌犯线索——按照传统教育观念及现今有关法律规定，协助公安机关破案是公民应尽的义务，无须奖赏。但由官方向勇于举报者或见义勇为者支付奖赏酬劳已经是被社会大众普遍接受并广为赞赏的做法。如今，我国实行的是社会主义市场经济体制，那我们的教育是不是也应与这一经济体制有所衔接呢？例如，在教学内容中，引入与市场经济相关的部分，对孩子们进行金融启蒙，为社会主义市场经济建设培育人才。

现实教学活动中，有些老师有创新的做法，其主观愿望是好的，且取得了不错的效果，尽管有些做法饱受争议，我们也不应否认其实用价值。当然，如果老师能像莎拉那样，有意识、有计划地培育学生的市场经济理念和能力，引导学生在班级"经济建设"活动中健康成长，同时注重学生的品质培养和熏陶教育，那么"文明班"则会从外在的荣誉称号转化为内在的精神准则。

总之，我愿为争为人先的老师叫好，为他们勇于尝试的勇气点赞！

学学莎拉又何妨！

（原载《新班主任》2016年暑期合刊，标题有改动）

巧做中间人

工作多年，遭遇不少的跛腿子（我们这里把偏科的学生形象地称为跛腿子），大多时候是有心无力，徒唤奈何。但小蓝似乎给了我刺激，给了我一点点成就感。

小蓝是班上仅有的两个"苗子"之一，可他却是十足的外语学困生，语数理化生等中考科目，门门通，样样精，唯独外语成了他的要命短板，短得让我心忧。作业爱做不做，上课爱听不听，120分的试卷每次只能拿个30分左右——如果心情好，题目对路，可得个30多分，否则，20多分。

怎么办？找他谈。他说："我也想学好外语，但总是学不好，提不起兴趣，看到外语就头痛，然后大脑一片空白。"我问："你不喜欢外语，你喜欢外语老师吗？"他似乎答非所问："外语老师对我不重视。""怎么不重视？""作业批改就是'钩'和'叉'，从不改正，上课很少点我答问，也不辅导我。"

接下来当然是找外语老师共商良策，时间选择在教师节那天。学校庆祝会开完后，我们从班上的基本情况，聊到班上的外语整体成绩，再聊到小蓝："小蓝外语成绩如何？""像水（水货）。""有什么办法吗？""基础太差了，很难。他也不学。"

我看外语老师对小蓝没抱任何希望，也没把他当回事，我说："用一分为二的观点看，基础差说明上升空间大，如果我们引导得当，他还是有希望的。"可能对我的这句话感兴趣，他表示愿意听取我的意见。

看到外语老师此刻态度很真诚，我则和盘托出我的想法：请外语老师时时关注小蓝点点滴滴的进步，哪怕一丁点的进步，也要及时给予大力表扬（其心理学依据是：奖励要及时，且以精神奖励为主），帮助他培养兴趣，树立信心，千万不要批评，更不要挖苦、讽刺。其次，任何时候不要把他与外语学优生相比，以免增加心理压力，给他垒一堵墙，挡住进路（其心理学依据是：竞争要扬其所长，避其所短）。三是帮助他制订学习计划，要求他每天解决一个问题，每次单元检测增长 5～6 分（循序渐进），中考外语成绩在 80 分左右（目标可望而又可即）。四是请外语老师找小蓝详谈一次，主要是鼓劲打气，并把我们为他量身定制的计划告之于他。外语老师表示愿意配合，并将尽快帮他制订计划。

等外语老师找他详谈后，我把他请到运动场，我们席地而坐。问他有无信心，他说有信心。我问："信心来自哪里？"他嘴角嗫嚅，欲言又止。我帮他分析：从应付考试和答题技巧上来说，每次增长 5～6 分并不是难事，也就是一两道选择题的事；从意志力来说，只要你能每天解决一个问题，不把问题留到明天，不积攒问题，而是积攒能力和成绩；从态度上来说，只要你能虚心向老师和同学学习，保持足够的自信心，一个学期后，你的外语这块短板将不再短，将会和其他学科一样长。我建议他办三个"存折"：外语进步"存折"，疑难解决"存折"，老师表扬"存折"。每次外语进步了，每次疑难解决了，每次老师表扬了，就把它存到相应的"存折"里。只要坚持，不久就会成为小"富帅"。他听我这样一分析指点，还有很新奇的"存折"，咧嘴笑了。我又问他外语老师现在对他怎么样，他说比以前好多了。

也许是综合作用的结果，到本期期末时，他好像找到了外语学习的感觉。不可否认的一个事实是，每次检测，他都能按计划有所进步，期末考了 50 多分。这在以前是一种奢望。

小蓝的爸爸在深圳，小蓝春节去那边团聚，我给他爸爸打电话。他爸爸兴奋地说，每次和小蓝一起出去，只要碰到老外，他都不错过一次机会上前招呼，然后叽里呱啦不知说些什么，还和老外合了影哩。

新年过后，他归来返校。我请外语老师与他玩了几场游戏，就是再现他在春节期间与老外们的对话。对话过后，外语老师用两个"没想到"表达感受："没想到一个寒假，他进步这么快，发音这么准确；没想到真情真境的对话，比课堂上的多年辛苦学习有用得多。"

后来，小蓝以中考外语 80 分的成绩考取了县重点高中。

"木桶"理论告诉我们：木桶的容积取决于最短的那块木板，而短板的加长取决于学生、科任老师、班主任的综合作用，取决于班主任的组织和协调，取决于班主任的方法和智慧。

（原载《班主任之友》2014年1-2期合刊）

课堂靠什么赢得学生喜爱

今天上午办公，一位青年教师问我："黄老师，你的课学生怎么这么喜欢？昨天的课今天还在议论。"我不解地问："议论什么？"他说："他们都说你的课上得有趣！"我笑了笑，思考了片刻，告诉他："这说来话长，非一言所能尽。"

下班后，静下心来，我对自己的教学进行了细细的梳理总结，经验、尝试无疑有很多，但至少以下三条"秘籍"或许可为青年教师们提供反思、参考与借鉴。

一、公平公正是赢得课堂的首要法宝

不论是会挣分的高手，还是不会挣分的"下手"；不论是活泼聪明、讨人喜欢的乖巧型，还是木讷迟钝、不招待见的笨拙型；不论是遵规守纪、循规蹈矩的听话型，还是目无纪律、特立独行的反叛型，我都一视同仁，不分彼此。如果把师生关系比作一个圆，那么教师就是圆心，学生即为圆周，教师与所有学生的距离都是相等的，不存在亲疏远近之分。道理很简单，他们都是我的学生，都尊我为老师，没有哪个学生是被排斥的。

课堂上，所有学生均等享有发言机会。有坡度的，属于"优秀生"；没坡度的，属于"学困生"。为有效卸载他们的心理负担，只要开口，不论对错，均能得到老师的初步点赞。所有学生均有才艺展示的机会，均有出彩的机会，有才能不会被埋没。为有效激活"学困生"近乎休眠的情绪，不管是谁，不管有无特长，只要参与课堂互动，就是好样的，老师的大拇指、同学的掌

27

声就会及时送上。教师的课堂本事，除了有效教学外，还在于能抢占他们心理与情绪的高地，能让每一位同学始终处于一种积极、兴奋、正面的状态。

公平公正地对待每一名学生，能让教师有效赢得所有学生的尊敬与拥戴。教师不偏不倚，平等对待每一位学生，实际上是尊重每一个学生的人格，反过来，学生们就会用尊重来回报公正无私的教师。事实上，不但"问题生"渴望教师的公平公正，即使是"优秀生"，也不希望教师过分地偏爱他们，他们并不希望集万千宠爱于一身，也希望能够享受与他们的同伴相同的待遇——一则教师过分宠爱会给他们增加无形的压力，二则易遭"问题生"嫉妒，导致同学间分裂对立，关系不和谐，班级不稳定。

社会上，教育系统，不公不平不正之事多了，发生在教师群体身上的也不少。如教师们经常吐槽的职称评定，都觉得受了委屈，普遍感到不公，为此愤愤不平。还有干部任用、评优表模、工资晋级、绩效工资发放等，教师们可以举出一大堆，可以摆事实、讲道理，指责其不公不正，挫伤了自己的积极性。既然如此，教师为什么不能将公平公正施与每一位学生？为什么不能充当公平公正的形象大使、代言人？为什么不能在所有学生心目中播下公平公正的种子？教师公平公正了，自会赢得学生，赢得课堂。

二、敢于承认错误是赢得课堂的重要法宝

老师不是万能的，也会犯错误。但对待错误的态度，直接决定一个教师在学生心目中的形象、地位，决定着师生关系的亲疏。如，肇事的"肇"字，其左上角是"户"字，有一次，我把它写成了"启"字，有学生当即指出："老师，'肇'字写错了。"我吃了一惊，"哪里错了？""多写了一个'口'。"我随即向学生道歉："对不起！老师没用心，写了错字。"我大方地表扬了这位同学，肯定他细心，有勇气指出老师的错误，同时借此告诉同学们，如果不细心，不认真，老师也会写错字。

下课后，我很羞愧，一个常用字怎么写错了，犯了如此低级的错误？学生会不会从此小瞧我？蔑视我？事实证明我多虑了。我在学生心目中的形象和地位丝毫未受到任何损害，良好师生关系依然如故。反观有的教师犯了知识错误，硬扛，不愿承认，百般辩护，结果导致学生不信任，甚至攻击、谩骂，在学生心目中的形象和地位一落千丈。师生关系一紧张，课堂教学气氛不用想就知道是怎么回事了。

一次单元测验，我把一名女生的总分少加了 10 分，我诚恳地对她说："老师加错了，你受委屈了。"她脸一红，赶紧笑着说："没事，没受委屈。"从她脸红我就知道，老师的道歉已经让她受到了感动。一个能让学生感动的老师，也一定是课堂上深受学生喜爱的老师。

犯了错误不要紧，改了就好。此话原本是给学生的馈赠，也同样适用于教师，它能起到鲇鱼效应——鲇鱼上窜下跳，水活了，沙丁鱼也活了。老师的错误好比鲇鱼，能在寂静无生气的课堂上激起一朵美丽的浪花，原来老师也犯错！而老师的道歉则能调动学生情绪，激发其学习潜力，激活其学习热情。如此，课堂上就有了彼此信任，有了热络互动，有了活跃气氛，有了情绪高涨。

三、松开、解除捆绑学生的绳索是赢得课堂的新式法宝

上课不能迟到，这是常识，也是"大规"，很多学校以此为抓手，整顿组织纪律，引导学生遵规守纪。但我的课堂是允许迟到的，尤其是进入冬季，上早读课时天刚刚亮，学生迟到是经常的事，但我从不罚站，从不批评。倒不是我放纵学生，而是朔风怒吼，天寒地冻，上学实在困难，家长、教师都不愿早起，何况学生？他们能克服困难，来到学校，表明他们心中有校纪，眼中有班规，已属不易，为什么还要罚站、批评？为什么不能宽容？为什么不能稍微松一松捆绑学生的这条绳索，为和谐课堂营造良好气氛？如果发火，怒火会灼伤师生情绪，烧坏课堂气氛。

学生上课回答问题，与老师交流互动，根据本人意愿，可站可坐。我不要求学生一律站起来，我有意把他们从这条陈规中解放出来，借给他们胆量，让他们大胆与教师过招。前几天，一位男生坐着与我讨论，一位女生当即严肃地毫不客气地批评他："你站起来！你还有没有礼貌？老师站着，你坐着？"在女生的强烈要求下，男生站了起来，与我讨论完毕才坐下。这事引发了我对新型师生关系、教学民主化的极大兴趣与重新思索。新型师生关系的实质是师生平等、教学民主化，当教师不再抱着师道尊严的牌匾，而给予学生平等、民主，解除捆绑师生关系的绳索时，学生反而更尊重教师，更自觉维护教师的权威。看来，师生平等、教学民主化是我及我的课堂赢得学生喜爱的新式宝典。

一堂受学生喜爱的课，有很多因素。从不同角度，可总结提炼出很多观点，但师生关系一定是其中的重要元素。师生关系良好，则课堂气氛良好，学生上得开心，所谓爱屋及乌是也；师生关系不佳，则课堂气氛不佳，学生上得闹心，所谓恨屋及乌是也。所以，教师要想赢得课堂，站稳三尺讲台，就要赢得学生；要赢得学生，需要赢得他们的信任，需要学生们给你颁发一个红通通的信任证。

（原载2016年第2期《青年教师》）

给课堂添点作料

一天，某教师临时有事，要我替他上课。我像往常一样，拿着课本，精神抖擞地走进教室，同学们一见是我，齐声说道："老师，不是你的课，搞错了。"我目视全班，笑而不语。只见大家伸长脖子，翘首以望，既疑惑，又兴奋，似乎还充满了期待。我微笑着跟他们解释："你们老师有事不能上课，我们上思想品德课。好吗？"话音一落，几十张嘴巴一齐高呼："好！"有的同学捶着桌子，叫喊："爽！"有的同学打着响指："幸福！"整个班级像吃了兴奋剂似的，一扫先前的沉闷、慵散及无精打采，热情地欢迎我，极力配合我，既像我的托儿，又像我的啦啦队。

我为什么能够成为他们的爱师？我的课堂为什么有活跃的气氛？课后，我进行了深刻认真的总结反思。

培养学生的兴趣，这是首要前提。思想品德课程的功能和性质决定了它不是应试教育的工具，而是塑造灵魂的载体。因此，我的课上永远没有死记硬背，没有"答题指导""答题原则""答题要点"，有的只是理论与实践的结合，课堂与社会的对接，教材与体验的契合。我的课上永远没有"优生""差生"之分，没有"先进""后进"之别，只有正在成长的学生——只不过他们成长有先后，前进有快慢，但成长进步不是错。再就是，我的地盘我不做主。每周一节的早读课，我从不要求他们读思想品德课本，而是要求他们根据自己的兴趣爱好，或读语文，或读经典，或读英语，或读小说。每周一节的晚自习，不上课，也不做作

31

业，而是看电影，看青春励志片——学生兴趣浓厚，我也始终认为一部优质励志片胜过数节口头灌输课。

这些做法培育了学生初步兴趣，解除了学生心理防线，拉近了师生距离，为下一步深入沟通打下了基础。

我的第二妙招是用时事故事作向导，直攻他们内心深处最柔软之处。思想品德课程枯燥无味，有的内容离他们生活较远，而内容各异的故事则是一服服灵丹妙药，能化枯燥为生动，化无味为爽口，化天边为眼前。以八年级下册第二单元《我们的人身权利》为例。去年我导入的是四川省最大的黑社会性质恶势力头目刘汉、刘维的事例：他们草菅人命，滥杀无辜，打死打伤多人，害得人家家破人亡，妻离子散，这种非法剥夺别人生命、残害别人健康的恶劣行径，触犯了法律，为法律所不容，最终使自己身陷囹圄，被处死刑。一个不尊重别人生命和健康权利的人，自己的生命和健康也得不到任何保障。同学们一个个瞪大眼睛，竖起耳朵，聚精会神，听得津津有味，为本节课的顺利完成作了极好铺垫。

同样是这一课，今年我则由身边的例子导入。今年正月初四，我镇有个34岁的居民因吸毒过量，落水死亡，成为轰动全镇的特大新闻。我引用这一身边惨案，引导同学们思考：因为吸毒，视生命如儿戏，死者结束了自己年轻而又宝贵的生命，他还能享有法律赋予他的各项人身权利吗？他亲手导演了这一人间悲剧，给家庭造成了什么伤害？给我们带来了什么警示？因为是发生在身边的事，同学们一个个聚神聆听，凝眉沉思，交头接耳，讨论热烈。有学生当场演说："老师，您用故事给我们讲道理，我们懂了，生命和健康不仅仅属于自己，还属于家庭和社会。今后我们一定好好珍惜她。"这样，原本被他们"忽视"的人身权利，就日益被他们重视起来，视若珍宝。

课堂社会化，学生公民化，教学实践化，是我赢得学生心的第三个法宝。如八年级下册第一单元《权利义务伴我行》，讲到怎样利用法律维护自己的合法权益时，我设计了这样的案例：假如你父母让你辍学打工，你如何利用法律维护自己的权益？在我的要求下，学生自导自演，表演了一幕即席情景剧：一人饰演学生，一人饰演父亲，几人组成"法庭"。学生自己写诉状，自己请"律师"，自己到"法庭"起诉，"法庭"开庭审理此案：原被告当庭辩论，"审判长"听取控辩双方意见后，引用有关法律条款作出"判决"：责令家长护送学生到校接受九年义务教育——一场"诉讼"，既是一堂思想品德教育课，又是一堂法制启蒙课。

炒菜需要作料，它能让小菜变佳肴。同样，一堂受学生喜爱的课，也是需要作料调和的，这作料和学生的"心"碰在一起，就发生了物理反应——学生成了"俘虏"。

（原载2015年第5期《湖北教育》）

学困生需要神奇的正能量

教育实践中，一个普遍的现象是，学优生获得的正能量多，学困生获得的少，造成教育不公的马太效应。而正能量犹如体内的微量元素，是学困生必要而须臾不可缺的。

小朱，个性独特，我行我素，甚至有些逆反，成绩中下游。好多次上下课起立时，他总是坐着不动，似乎不把我当一回事。我用恼怒的眼光狠狠地盯着他，他要么"不来电"，要么"无法接通"，我几次在气愤之余，想杀一杀他的"威风"，但还是忍了。算了吧，何必为此事闹得师生都不愉快呢。

一次下课，我在教室里看书，他走过来，问："老师看的什么书？"我把书递给他。他看了看，然后把书转过来，把正面对我，双手恭恭敬敬地递到我的手上。我心一震。他此时的举动怎么和上下课时的"不恭"判若两人呢？我当即送他一句："你很有礼貌。"他羞涩地笑了。此时，我庆幸万分，自己隐忍克制，没有发作，没有用负能量炸伤他的个性、他的自尊、他的情感。

此事给我深深的触动！我就想，每个学生都是有缺点的，也是有优点的。老师要学会包容、宽恕，更要学会启发、引导，不要动不动就吹胡子瞪眼睛，那不是老师的本事，润物无声才是老师的能耐。俗话说，多栽花，少栽刺。试想，假如我批评了小朱，师生有了隔阂，他还会亲近我吗？我能发现他极有礼貌的教养吗？恐怕我一时半会儿是不能发现他被"缺点"遮盖着的优点的。

将思考引向深入，就很自然地想到了我们当前教育教学中教育窄化和评价单一的问题。为了升学率，为了生源，为了办学"影响"，为了政绩，全社会都在抓分数，分高遮百丑，分好则百好。所谓的"名校"，其实就是升学率有名；所谓的"三好生"其实就是"一好生"，就是"分好"；所谓的"优秀学生"其实就是"分优"学生；至于状元就更不用说了，则是赤裸裸的用分数做标杆的。这些"一等"学生，学校向他们传递了过多过滥的"正"能量，而那些"差生"需要正能量的滋养，学校、老师又懒于输送，反倒是传递了不少负能量。学生上课睡觉，教师大发雷霆，而不问缘由；学生讲小话，教师严厉呵斥，而不问缘由；学生不做作业，教师声色俱厉，而不问缘由；学生打架斗殴，教师祭出班纪校规，严厉制裁，而不耐心做工作。因为他们在教师眼里是"差生"，不能给自己带来名与利，只是累赘，是麻烦。一句话，他们不能将教师输送的正能量正面转换，只能转换成负能量，教师也就报之以负能量。

去年 J 省某中学的学生弑师事件，从本质上说，是教育的功利化引发的悲剧；从表象上说，收手机是导火线。老师收了之后，及时安抚、教育、引导，或下课及时归还，相信悲剧可以避免。往远一点想，如果老师平时对该生鼓励多于严厉，表扬多于批评，欣赏多于讨厌，信任多于怀疑，即使此刻老师做过了火，学生也能接受，也能克制，至少是不会走极端的。遗憾的是，老师吝用正能量，习惯于挥舞负能量，最终害人害己。

曾经有三个孩子：一个曾被认为思维混乱，一个曾被看作近乎白痴，一个曾被喻为不务正业，然而成年后却一个个成就卓越，誉满全世界。他们就是爱因斯坦、罗丹、达尔文。

其实，曾被我们"预言"不成器的学生中，虽没有像爱因斯坦、罗丹、达尔文似的著名人物，但也不乏活得滋润、幸福、事业小有成就的普通人。因为，每个学生都心存梦想，都有一座属于自己的天堂。我们不能发现它，那是因为我们被功利的灰尘遮蔽了世俗的双眼。

小杨，上课睡觉，不做作业，开学不到一半，书就全没了，只剩一个"人"。一次，我兴致勃勃在讲课，发现他总在玩塑料瓶，我用冷冷的目光向他发去严厉的警告，他毫不理睬。下课了，我问他为什么对塑料瓶这么感兴趣？他的同桌笑嘻嘻地拿出来。只见塑料瓶被从瓶口剪至瓶肩，剪成一条一条的，然后朝里弯折。我问这是什么？"捕鼠器。"他小心翼翼地回答。

如果我们用等级、世俗、习惯的眼光看待此生此事，会大骂此生不务正业，顽劣不化。但我没有这么做。下节课一上课，我就把他的"杰作"高高举起来，然后在全班展示，"这是什么？"我动情地说，"这是小杨同学的科学发明，捕鼠器，环保实用。"顿一顿，我又说，"小杨同学是我们班上的小科学家，全班同学要向他学习。"此时，我注意到，他的眼里射出惊喜而又骄傲的光芒，这光芒是我从未见过的，这眼神，既像中了大奖，又像金榜题名了，与他每次上课睡眼惺忪形成强烈的对比。此后，我一直思考着这事，倘若老师能够正确引导、热情鼓励、长期支持，小杨凭借在小发明小创造上表现出来的天赋，会不会在这条路上越走越远，进而展翅高飞呢？牛顿不就是对常人习以为常的苹果落地产生兴趣，痴心研究，进而成为伟大的科学家的吗？爱因斯坦小时候长期逃学，但这并不妨碍他日后成为世界发明大王！他们的成功有一个共同特点：那就是不断感受到来自自身或他人的正能量——或者自我激励，或者他人鼓励。如果我不是这么做，而是一顿暴风骤雨，会不会扼杀一名学生的想象力与创造力，或酿成师生俱伤的悲剧呢？

如果我们少一些功利，或者说我们不屈从于功利，能够坚守教育的本真，把学生当"人"，当正在发展、需要我们教育引导、启迪智慧的"人"，而不是我们争名夺利的工具，我们就会发现，每一个学生都是一颗闪光的星星。"一等生"光芒四射，"二等生"星光闪烁，甚至"三等生"也是闪闪发光，他们都在向我们输送能量，"优生"的光芒能够急速照红我们的前途，学困生的光芒穿越时空后也能光耀大地。因而，我们不能选择性地失明。

　　罗尔斯读小学时经常逃学、打架、肮脏、偷窃。一天，当他又从窗台上跳下，伸着小手走向讲台时，校长皮尔保罗将他逮个正着。出乎意料的是，校长不但没有批评他，反而诚恳地说："我一看你修长的小拇指就知道，将来你一定会是纽约州州长。"从那天起，"纽约州州长"这个神圣的职位就像一面旗帜在他心里高高飘扬。他的衣服不再沾满泥土、语言不再肮脏难听、行动不再拖沓和漫无目的。此后的 40 多年间，他没有一天不按州长的标准来要求自己。51 岁那年，他终于成了纽约州的州长。

　　罗尔斯的故事告诉我们，老师的爱、鼓励、信任对一个学生、尤其是学困生是多么重要，老师的精神原子能能给他们多么巨大的能量！

　　能量转化定律也适用于教师与学生。正能量释放、作用于每个学生身上的时候，他们往往能转化成巨大的能量，教师也能感受到正能量释放的温暖与幸福。

（原载2014年第1期《新教育时代》）

成长需要拐弯

（一）

我在五年级带有两节经典诵读课。五年级学生单纯、天真、活泼，诵读积极性高，我很喜欢他们。每次诵读声音整齐，声震屋宇，成为学校一道别样的风景。但有一名学生，却很"另类"——他瘦小，眼睛常常红红的，似乎总没睡醒似的，我的诵读课，他不是贪玩，就是呼呼大睡，从来不"开口"。让他自己读，不读；让他和大家一起读，不读；下课了，把他叫到办公室"开小灶"，也不读。我横竖拿他没办法。

一次，诵读颜仁郁的《农家》，我想这首诗明白如话，浅显易懂，正好适合他读。目光扫到他那，发现他又在与周公幽会。我强忍怒火，快步走到他的座位，轻轻地推醒他。他睡眼惺忪，红红的眼睛直直地望着我，要他读书，自然是《出师表》的最后一句"不知所云"。我就带着他念——"夜半呼儿趁晓耕"，无奈他就是"呼"不出口。气头上的我实施了一回体罚——罚他站到下课。

我想尽了我能想到的各种办法，结果，这都没有效果。

（二）

以后上课，为防止他"特立独行""开小差"，我要求他眼睛望着我，我则炯炯有神地回盯着他，我们就这样对视着。有一次，不知是眼睛的魔力，还是在我眼睛盯视下他的一种自然本能，他的小嘴居然动了！就像动画片里的人物一样，上下嘴唇轻轻地、机械地碰撞着！尽管是机械的，尽管是张口无声、有口无心，我仍然惊喜不已！我立即舒展眉头，转忧为喜，通过脸部、通过眼睛，连连向他表达赞许的感情。他似乎受到了鼓舞，脸上有了一丝不易觉察的喜色。此时的我，别提有多高兴了——为他已经迈出的成长的第一步。

快到下课时，我对他进行了肯定："小刘同学今天没有睡觉，没有贪玩，而是和你们一起在读书！他今天读得很认真。你们欢不欢迎，喜不喜欢？"同学们齐答："欢迎，喜欢！"小张说："他以前从来不读书。"小项说："他从来不做作业。"我为他"辩护"："他今天读书了。这位同学不是不爱读书，不是不做作业，他只是暂时落在了我们的后边，我们暂时走在了他的前边而已。他需要大家的帮助，哪些同学愿意帮助他？"话音刚落，齐刷刷地举起了几十只小手。经过商量，由学习委员和小组长对他进行轮流、专项帮助，帮助他读会已经学过的诗篇，并背诵、抄写。

可能是第一次享受表扬吧，我注意到，他的眼睛由暗变亮，由不明亮到亮晶晶，脸上一直挂着喜气，身子也站得直了，人也精神了！

（三）

又到"诵读"时，这节课学的是《春暮》。集体读过后，我又带着他读了两遍，学习委员和小组长也带着他各读了两遍，然后，我叫他试着读这首诗。他的嘴巴嗫嚅着，眼睛望着我，欲读又止，似乎怕羞，又似乎不敢，同学们为他呐喊助阵："加油！加油！"他憨笑着，没有言语。

我想，转急弯对他来讲，可能有些困难，不如小步慢进。我说："你可以只读一句或两句，读你最喜欢的句子。好吗？""好。"他拿起课本，声音不大不小地念道："门外无人问落花，绿荫冉冉遍天涯。"念毕，还没等我反应过来，全班已掌声如雷。

下课后，我把他叫到办公室。

问："现在喜不喜欢诵读？"

他低下了头，羞涩地答道："有点喜欢。"

"为什么有点喜欢？"

"因为您表扬我，同学们给我加油！"

"以前为什么不开口？"

"以前不会读，老师打我，批评我，我不敢开口。"

"今后，每节课学会一首，并在全班高声朗读。你有信心吗？"

"有。"

"好。老师先祝贺你，等着你的精彩表现。去玩吧。"他笑眯眯地走了。

（四）

这天，第四节是诵读课。领读，分组读，男女生读后是个人诵读，我高兴地说："我希望从来没有举手的同学今天能够举手，勇敢朗读。"说毕，我就把脸转向小刘。他一会儿看我，一会儿看书，目光在我和课本之间转换。小手一时低低地举起，一时又缩回去。我鼓励他勇敢点，不要紧张，不要害怕。他的邻桌帮他把手举起来，又把他拉起来。在众人的鼓励下，他开始诵读："秋思——洛阳城里见秋风，欲作家书意万重。复恐匆匆说不尽，行人临发又开封。"除了感情稍有缺位外，吐字清晰，停顿正确，离"经典"已经不远了，这对他来讲，已属不易了。

在两位同学的热心帮助下，前面不会的那些诗他也很快会读会写会背了。

一直至期末，这个同学再也没有出现反复，一直平稳进步着。

也许在学习的道路上，学生的成长之路不像平原地区的公路一路笔直，他们更多的是像走山路，需要不断拐弯，老师要在前面耐心引领，他们才会不断进步……

（原载2014年第9期《湖北教育》）

实施愉快教育，快乐每一生

当下，农村学校因为教学手段的单一，教学设施的落后，教学环境的简陋，家庭教育的缺失，学生有一些厌学拒学，不思进取，精神萎靡，得过且过。此种状况，给广大教育工作者带来了困惑，也引发了思考，有良心的教育工作者无不在苦苦寻找对策。

教育心理学原理告诉我们，愉快是一个人的需要得到满足时体验到的情绪状态，愉快程度取决于个体对需要的重视程度和满足需要的难度。需要越重要，越是难满足，当其得到满足时，个体就越感到愉快。

愉快在学习中有积极作用。如果学生在学习中和学习后感到愉快，就会对周围的一切更信任，自我的压抑更少，因而学习效果更好，面对学习中的困难和挫折，也更有勇气和毅力。

据此理论，我们可以通过多种途径实施愉快教育，让每一位学生在每一天都能体验到学习的乐趣。

建构愉快环境，快乐每一生。学校要通过励志标牌、专栏、国旗讲话、班会等营造"爱"的氛围，要让学生感觉到自己生活在"爱"的家庭，生活在自己的家庭。我们的每一位老师更是要身体力行，把这些"爱"的元素通过我们的言行举止传递给每一位学生，要让每一位学生都能均等地感受到学校"爱"的温暖、"爱"的阳光。在贯彻学校"爱"的意志时，教师是至关重要的。教师的"字典"里不能有"厌恶""歧视""轻视"。其实，这与教师个人的素质有关。如果教师不能把"爱"倾注给每一位学生，那么学生对学校倾情打造的"爱"的家园，就会产生反感，产生抵触，效果会适得其反。

体验成功感、价值感，快乐每一生。心理学理论指出：教师是学生学习动机的主要来源，学生本人是学习动机的重要来源，同学是学习动机的一般来源。根据这一理论，建立良好的师生关系，是培养和激发学生学习动机的前提。古语云：亲其师，信其道。学生信任这个老师，会把对老师的亲近与信任化作学习动机而快乐地学习，而如果师生心理距离长远，甚至关系紧张，学生就会产生逆反心理，产生思想包袱，"愉快"会让路，"烦恼"会取而代之。

教师要树立各个方面的榜样，发挥榜样的作用。榜样的力量是无穷的。

恰当、正确地运用奖惩是激发学习动机，提高学习成绩，让学生产生成功感、价值观的有效手段。所谓恰当、正确，就是说，奖励要针对努力和进步，而不是公认的成功。张生上次不及格，这次及格了，要奖励，而且要大力奖励，而李生上次考90分，这次也是90分，就不能奖励；王生长期打架斗殴，本周改了，应重点表扬，而徐生长期遵规守纪，就不应重点表扬。而且奖励要及时。根据行为主义心理学的研究，如果奖励不及时，激励作用就会降低，学生就不能及时产生相应的成功感、价值感，愉悦效果就会大打折扣。

恰当、正确地运用奖惩，还要求每一位教师要彻底摒弃应试教育的功利思想，不以成绩论英雄，不以分数论好汉，要多维度、全方位地评价每一位学生。

有"奖"就有"惩"。"惩"要慎用，少用，切不可乱用，滥用，尤其对"差生"，要多用奖励，少用惩罚。

丰富校园生活，快乐每一生。哲人说，世上没有相同的两片树叶。人也一样，没有相同的两个人，即使孪生兄弟也有差别。有人爱体育，有人爱唱歌，有人爱绘画，有人爱思考，有人爱娱乐，有人爱游戏，学校应创设条件，让八仙过海，各显神通，让每一粒种子都开花结果。牡丹虽艳丽，苔花也璀璨。大狗要叫，小狗也要汪汪。因此，学校生活不应是单一的，除学习外，还应有丰富多彩的课外活动，各种体育活动、书法、绘画、辩论、游戏等，都可成为舞台，让学生们一展才艺，一试身手。只要我们不是有意遮蔽我们的双眼，我们就会发现，原来每位学生都是一颗闪光的小星，只是我们疏于擦拭罢了。

此类活动的经常性开展，能让学困生们施展本事，释放能量，收获成功，储存愉快。

克里希那穆提认为："教育的本质是解放人的心灵。"第斯多惠说："教师的作用不在于传授知识，而在于激励、唤醒和鼓励。"如果我们谨记教诲，积极实践，不但学生是快乐的，我们也是快乐的。

（本文系首次发表）

二谈幸福——练就教育达人的视野和能力

要想全面深刻体验教师职业幸福，不但要懂专业，还要
懂管理。要能够有效管理一个班级，当好孩子王；能够有效
管理一所学校，当好领头羊。要立下宏志：敢获教育真谛，
练就教育达人。

"恐惧"虽可憎，但也非魔鬼

案例：某老师在某杂志撰文说，他当班主任有"七怕"：一怕家长把孩子上学当生意做，二怕家长请吃送礼，三怕家长对子女过分严格，四怕家长脾气暴躁鲁莽不讲理，五怕家长频繁打电话，六怕家长指挥自己，七怕家长是祖父母式保姆。

这位老师有七怕。他怕的，我也怕。此外，我还有"七怕"。

一怕学生上课睡觉。有偶尔睡觉者，有长期睡觉者。有的推醒了又睡，有的推都推不醒；有的推醒时张口就骂，以为是同学在使坏。

一次，一位家长来校，不巧的是看见孩子睡得正酣。家长不由分说，抓起孩子就打。老师尴尬万分。家长一出校门，大讲学校坏话，并且到上级主管部门投诉，搞得老师、学校被动难堪得很。

对上课睡觉者，我只有一手——为他按摩——在他的肩上揉捏，直到他醒过来为止。学生大多惭愧，红着脸说："老师，您别揉了，我再不睡了。"

二怕学生贬损老师人格。前几年，我校寄宿生都在老师家里寄宿，有的学生以为老师赚了他的钱，是不会也不敢批评他的，就肆无忌惮，恣意妄为，甚至造成不好的影响。

对他们，我语重心长："你们越是在我家里就餐，我就越要对你们负责，我如果放任不管，既有违职业道德，也对不住你们的好意。"此外，要求从严，避免给其他学生传达错误信息，以为老师为了钱，连人格、是非观、公正都不要了。

学校每次收费，我都把每一个项目和收费理由讲得清清楚楚，并且公示，不让他们认为老师在牟利。

三怕请吃送礼且学生在场。如李老师所言，没有几个老师喜欢家长请吃送礼的。有时实在推不掉，只得硬着头皮上。

最怕的是家长带学生在场。有的家长怕老师不认得他的孩子，饭白吃了，礼白送了，钱白花了，特地带学生跟老师见面；有的是想在那个环境气氛里，希望自己的孩子能跟班上的老师表态，以促他上进；有的是想借此告知学生，家长对他很重视，以期他发奋努力。殊不知，下列情况往往是家长们始料不及的：有的本来还守规矩，看到老师喝了他的酒，收了他的礼，就放肆起来，不安分了，出风头有他，违纪有他；有的认为钞票能解决一切，怀疑老师人品，认为老师收礼才会负责。

四怕班上一片死寂。通常情况下，老师怕的是学生吵闹，但静寂得无声无息也令人害怕。八年级某班，上课时，安静得连呼吸的声音都听得见。刚开始，班上老师们无不欣喜异常，终于接手了一个"好班"。可很快，烦恼就来了，无论老师讲课，还是询问，学生概不作声，一律沉默以对，要么看其他书，要么玩手机，要么睡觉，反正就是不参加到老师的讲课中来，问也不答。先前欣喜的老师此刻自我解嘲：不怕学生玩，不怕学生闹，就怕班上静悄悄。

五怕安全事故。校内安全、食品安全、校车安全，天天讲，长期讲，老师们都很紧张，有的干脆以安全为唯一原则，以不出事为最高诉求。

想带学生走出教室，走出校门，到社会上去，到大自然中去，到工厂农村去；可谁能保证其一路平安，来去安全呢？不出事，无功也无过；出了事，罪莫大焉！还是不求有功，但求无过吧。

六怕科任老师情绪化，或对学生持有成见。张学生从来不交作业，今天交了，班主任在班上特地表扬，而科任老师则是泼冷水："你从来不交作业，今天为什么要交呢？算了，你还是不交吧，玩你的！"李学生上次不及格，这次及格了，班主任在着力肯定，而科任老师则是一句："你抄谁的？你能考及格？"

七怕相关人员素质低下，出口成"脏"。学校有活动，家长及社会人员参与时，他们满口脏话，污言秽语，毫不顾忌在场学生。

蓬生麻中，不扶自直；白沙在涅，与之俱黑。这些脏话对学生稚嫩的心会产生什么样的影响，我感到忧虑！作为老师，作为班主任，我怕这些素质低下的成人们！

如何看待这"七怕"？是全盘否定，还是巧妙利用？

根据我的体会，有些"恐惧"着实令人害怕；而有些"恐惧"非但无害，反而有益，如同警钟在耳，时时警示着我们。

时时警示自己为人师表，保持独立不受沾染的人格。

家长请吃送礼，一般坚决拒绝，实在推不掉的，我则明确要求学生不要到场，也不要让他知道。否则，坚决不到。事后也要言明，公平对待学生不会偏袒。之所以这样，就是要维护自己作为教师的师格，作为人的人格，不让纯洁的师生关系变成庸俗的交易，不把教育当作买卖。如果变成了这种关系，那教师就变成了商人，学生就成了顾客，教师还谈何尊严，谈何师德？

时时警示自己理智、公平、公正。

十个指头有长短，芙蓉出水有高低。受家庭环境、教育方式、自身性格爱好等的影响，学生们千人千面，各不相同，这再正常不过。为师者要抛开唯分数论，多维度、多元化评价学生，切忌用分数一棒子打死人。面对学困生，要多看其他方面的表现：他们可能有一副金嗓子，画得一手好画，有一颗助人的热心，热爱公益，也可能是环保小卫士，孝亲好孩子。班主任心中要时刻装着这些闪光点，用它们照亮每一个学生。"总得有人去擦星星，它们看起来灰蒙蒙。"学困生就是那又旧又锈的星星，我愿做擦星星的人，理智、公平、公正地把每一颗星星擦得闪闪发亮。

时时警示自己终身学习，应对挑战。

师生就像油和水，学生上课睡觉，课堂一片死寂，教师人格受到贬损……这固然有学生的原因，反躬自省，我们就没问题吗？我们的教学手段新颖吗？我们的教学方式科学吗？有吸引力吗？即使是审美，也会产生疲劳，何况是天天面对繁杂且无预期效果的学习与唠叨！

有魔力的老师才能调起学生的热情，这魔力来自哪里？来自教师的不断学习中，正如《中小学教师职业道德规范》指出的，教师要"树立终身学习理念，拓宽知识视野，更新知识结构，潜心钻研业务，勇于探索创新，不断提高专业素养和教育教学水平"。教师作为社会的人，满足社会需要，实现自我价值，需要把学习当作终身大事来做。

如此看来，恐惧虽可憎，但不是魔鬼！

（原载2012年第11期《班主任之友》）

以毒攻毒不可取

学生上课玩手机，干扰课堂教学秩序，是一个困扰众多教育工作者的难题，许多教师思无良策。于是，收缴手机便成为很多教师惯用的手段。去年，J省一高中班主任因收缴学生手机，而被学生杀害，引起了广大教育工作者的深思。有这样一位老师，为了制止学生上课玩手机，软硬兼施，招数用尽，都不奏效，万般无奈之下，他采取了一个简单的，针锋相对的措施：学生玩手机，我也玩手机。案例中，教师以"毒"攻"毒"，以身示"犯"，可谓别出心裁，却违反教师职业道德，显然不可取。

案例中的学生上课不关手机，可分为三种情况：一是知道自己错了，"肇事学生吐吐舌头，一副抱歉的样子"，说明他认识到了自己的错误，教师"狠狠地瞪了他一眼"，便收到了惩戒的效果，无须大动干戈；二是"两个同学低着头，神情专注的样子"，他们看网络小说太投入，没有影响别人，没有影响教学，课后批评教育即可，或者轻轻地拍拍他们的肩膀，提醒他们注意，也不需大动干戈；只有第三种情况是需要教师管理的，"'嘀'的一声，手机短信铃声响起"，刺耳的铃声破坏了课堂秩序，学生也未表现出"抱歉"之意，教师不行使管理与惩戒权，则是一种失职行为。

从以上分析可以看出，课堂上的场面是可以控制的，教学秩序是可以维持的。

然而，情况很快发生了彻底的变化。五分钟后，教师把自己的手机带进了教室。先是"手机铃声《荷塘月色》响起"，老师走出教室接电话，学生"起哄"；后是"短信提示铃声响起"，老师拿起手机回复短信，"同学们瞠目结舌"；再是快下课时，老师玩"切水果"游戏，"学生窃窃私语"。可控的教学秩序至此彻底失控，课堂秩序混乱不堪，而"肇事"者不是别人，正是教师，是管控课堂教学秩序、制止学生玩手机的教师。这是有失教师身份，有违教师职业道德的行为。

课堂上，师生 PK 手机，谁之过？"老师，说实话，这堂课你讲了什么，我没听懂"，谁之责？"你违反了教师职业道德"，谁之错？

其实，对于学生上课玩手机，可由班主任牵头，召开团队成员会议，商讨良策。可召开主题班会，展开调查、辩论：你的手机花了多少钱？谁买单？一部手机需要父母打工多少天、种多少地才能换回来？每月话费多少，谁付费？如果是自己付费，对生活有什么影响？如果是父母付费，是不是加重了父母的负担？长期玩手机，对视力的影响有多大，辐射对身体的危害有多大？这个时候，教师可以以身示范，现身说法：为了节省话费，自己总是尽量少打电话，少上网；为了防辐射，总是尽量不带手机；等等。

也可跟家长沟通，要求家长收回孩子的手机。还可做学生的工作，劝说其上课期间把手机交给其信任的老师保管。此外，可以健全班级管理制度，通过制度管理：凡上课玩手机者，根据情节轻重，在一定时期内不得评优。

教师的职责是"教书育人"，一手握着"教书"，一手攥着"育人"，两手都要硬。学生上课玩手机，客观形势影响老师"教书"时，就要履行"育人"的职责。

《中小学教师职业道德规范》《中小学教师违反职业道德处理办法》为教师划定了底线，教师必须自觉遵守，不能逾越。况且，正是因为学生顽皮，"问题"频出，才需要教师教育，才显出教师教育的价值，才有教师存在的必要性。

（原载2014年第3期《湖北教育·新班主任》）

中小学生浪费现象之我见

结合课外读物《文明湖北》，我在七年级、八年级搞了一个调查：你身上或周围有哪些浪费现象，为什么浪费？整理他们的回答，大约分为七大类：饮食类、水、电、纸巾、本子、笔、衣鞋等。其排序是按照浪费的重轻程度排列的，学生们认为浪费得最厉害的是饮食类、水、电。具体表现为：不管是饭食还是零食，或是饮料，不论多少，不好吃（喝）就扔掉；就餐时，怕饭不够，一打就是一大碗，吃不完就倒掉；剩菜剩饭，不吃，倒掉；洗手洗脸洗头不关水龙头，用完也不随手关，重复使用率低；不随手关灯，寝室、教室里有时整日整日亮着。其心理活动，大致归为三类：一是认为家庭富有，浪费没关系，反正有钱买得到东西；二是攀比；三是认为资源无穷无尽，取之不尽，用之不竭。

特别应该指出的是，饮食和水电的浪费人人都有过。

应该说，其表象在学生身上，但根子在大人身上、社会环境上、文化糟粕的负面影响上。

放眼酒馆，下列情况司空见惯：一桌人酒酣耳热，酒足饭饱，擦嘴的擦嘴，剔牙的剔牙，已近尾声，但又上了菜，一两个人象征性地点了一下，即停杯放箸，结账离去。这盘菜在餐桌上走了一个过场，很快就进了泔水桶，没人打包，没人感叹浪费。

私人宴请如此，商务宴请和公务吃喝浪费更为严重。有关数据显示，商务宴请浪费的比例高达 90.4%，公务吃喝浪费的比例高达 88.6%。

近年，全国两会期间，有会议提案列举一组数据：目前，全国一年公款吃喝的开销已达 3000 亿元，某些为富不仁者也助长了这股奢靡之风，有些人浪费粮食的行为到了令人发指的地步。大型酒店泔水桶里的菜肴之丰盛，令山区老百姓餐桌上的菜肴感到羞愧。

我们再来看看青年人的结婚开支。我们这里工薪族人均工资为 2000 元上下，农民人均纯收入 2010 年为 6220 元，但青年们结婚的开支一般在 10 万元左右。除餐桌上的开支，还有结婚照、钻戒、聘金、乐队、腰鼓、烟、婚车、礼炮等，相当于一个工薪族四年多的收入，一个农民十多年的纯收入，而且还要不吃不喝。

这可能微不足道，再看看某些政府的"大手笔"。据媒体报道：C 市某镇耗资 400 余万元，修建了一幢仿"天安门"城楼样式的办公楼；S 省某县花费 280 多万元修建一栋五层、拥有 120 多间房的办公大楼，领导办公室像总统套房，配有卧室和卫生间；G 省某镇斥资 400 万元违规修建一幢豪华办公楼，院子里有停车场、假山、喷泉、草坪，其中村主任一张办公台就花了 7000元……

除了生活的改善、制度设计的漏洞为国人创造了奢靡的条件外，更重要的是根植于国人心中的文化的影响。中国人"好面子"，争强好胜是其主因——人家没打包，我打包，怕别人说"小气"；商务、公务宴请；不吃鱼翅，不能显示身份；邻居儿子结婚用了 10 万，亲戚的儿子用了 10 万，我的儿子不用 10 万，面子上过不去，况且结婚是大事；我的办公楼、办公室比别人的豪华、气派，显得我有面子，财大气粗……一切都是"面子"在作怪，哪怕里子破破烂烂，面子也要光光鲜鲜。

这种"面子"文化由来已久。西晋时期的王崇与石恺在金谷园中比富争豪，说到底，争的不就是"面子"吗？

两人的斗富对后世的影响是深刻而长远的。到了北魏明帝时期，历史上演了轮回，发生了高阳王元雍和河间王元琛斗富的事件。

元琛家有一口井，用玉石做井栏，金罐做吊桶，五色丝线做井绳（这井什么都好，就是不能打水）；他还从波斯进口了100匹高头大马，用银子打成马槽，金子铸成锁环；他最喜欢邀请皇族来参观，以显示他的富有。

高阳王元雍不甘落后，一下子买了6000个童仆，500个乐伎（看你的马多还是我的人多），他一顿饭要吃好几万，以至于陈留侯李崇羡慕地对别人说："高阳吃一餐，抵得上我吃一千日。"孝明帝老妈胡太后得知宗室间的比富后，为了显示朝廷的富有，有一次把群臣带到朝廷绢库门前，开玩笑地说，你们愿拿多少，尽管拿。

从商纣王到杨广，到陈后主，到历朝历代末代统治者，到蒋介石政府蒋宋孔陈，莫不是酒池肉林，歌舞升平，挥霍无度，穷奢极欲。

百姓和百姓比，政府和政府比，朝代和朝代比，比的是财富，争的是"面子"。俗语"人比人，气死人""比上不足，比下有余""为××争光""佛争一炷香，人争一口气"，就是这种"面子"文化的反映，它毫无疑问会辐射到学生身上，深深植根于学生的骨血之中——饭倒掉了，我有钱再买；饮料扔了，我有钱再买；本子、笔、衣鞋等一切，不喜欢就扔，反正我有钱。这不就是中小学生版的比富争阔吗？这不就是对祖国传统"文化"的误解吗？

既是社会环境、文化因子在起作用，那么，要想改变学生铺张、摆阔心理，就绝非一朝一夕、轻而易举之事，需要长久的潜移默化、润物无声的影响。

建设校园文化，打造节约型校园——

我们每一位教师都要从小事、从琐事、从学生身边的事做起，以绳锯木断、水滴石穿的精神，泅润学生，改变学生。

教室里，浪费最严重的是粉笔，大多数老师一支粉笔用一半就扔了，我们老师要把每一支粉笔用完，用得只剩粉笔头。

有的学校课桌凳损坏特别严重，助长了学生的浪费心理。课桌凳要编号造册，一人一号，责任到人，损坏赔偿，用这种契约文化培养学生节约、爱护意识。

扫帚、扒撮等劳动工具，学校发放后，跟学生约定使用时间，如中途损坏，由学生自己掏钱购买。

让学生养成随时关灯的习惯。

墨水、纸张等办公用品一定用完，不要喜新厌旧，不要挑三拣四。

就餐时，要把饭吃光，不剩饭，不倒菜，用"光盘"行动感染、影响学生。

作为教师，少穿名牌，少抽名烟，不羡慕有钱人，不崇拜金钱，不炫富，不摆阔。

以专栏的形式，让数据说话——每期免费获得的书籍价值多少，学校免费提供的课桌凳价值多少，多媒体的购买花了多少，水电的开支是多少，等等。让学生们从数据中了解学校花在他们每人头上的经费数额。

全国2亿多中小学生，如果每人节约一张16开的纸，就可节约2亿多张，而1千克16开的纸大约是400张，这样全国中小学生节约的纸张就有2亿÷400=500000（千克）=500吨，它可以节约437.5吨木材、253.8吨煤和187500吨水。

我国有13亿人，如果每人每天浪费一元，一年全国就浪费了4745亿元；如果每人每月浪费500克粮食，一年全国就浪费了65万吨；如果每人每月浪费一吨水，一年全国就浪费了156亿吨水。

据统计，中国餐饮业每年浪费的粮食可养活2亿人。

据世界粮农组织2009年的统计，全球有10.2亿人口在挨饿，占全球总人口约1/6，而在非洲之角，有500万儿童正饱受饥饿的煎熬。

我想，学生一定会和这些会说话的数据进行对话的。

设立饥饿日。10月6日是世界粮食日，可把每月的16日定为学校饥饿日。这天，全校师生每人只花 2 元钱，尝尝饥饿的滋味，据此提醒师生树立节约意识，不浪费粮食，做负责任的公民。

设立劳动日。把每月的最后一个周六，设为劳动日。学生要随父母下田劳动，或犁田，或育苗，或栽种，或除草，或收割，以体验稼穑之苦，明白身披一缕，当思织女之劳；日食三餐，当念农夫之苦。

城市家庭可和农村家庭结成友好家庭，劳动日由家长带领孩子下乡，和农村孩子一起劳动，哪怕是在田垄上走一走，在田野里玩一天，对其成长也是极有好处的。

通过劳动，我们的孩子们就会知道，他们每天浪费的粮食，不是像他们倒掉那样容易得来，是像妈妈十月怀胎那样，历经千辛万苦才到了他们的口中。

校家联动，引领家庭树立节约家风——

学校要和家庭互动，引领家长做出表率，做节约的标兵。一粥一饭，当思来之不易；一丝一缕，恒念物力维艰。对于劳动的维艰维辛，劳动成果的来之不易，农村家长们是深有体会的。为此，学校要引领家长珍惜每一份劳动成果，饭菜吃光，节约用水，随手关灯，控制电器音量亮度，婚丧嫁娶，按需开支，不摆阔，不铺张，不浪费。遇有大型开支，要和孩子预算好每一笔花销，并把家庭年收入和年开支摆在孩子面前，让孩子计算收支状况，让他们从小学会当家。在当家中，他们就会知道，"钱"并不是像伸手找大人要那么容易的。

桓宽说："民奢，示之以俭；民俭，示之以礼。"通过打造节约文化，营造节约氛围，通过老师、家长的身先士卒，通过节约文化的长久熏陶，学生们一定会去掉奢靡之气，树起节俭新风。

（本文系首次发表）

中学生智能手机的使用调查与思考

学生玩手机，特别是上课时一个个低着头、全神贯注、旁若无人地拨弄，完全不把上课和老师当回事儿，成为学校和老师"头痛"的病根，且久治不愈。甚至有老师因为收缴学生手机，付出了宝贵而年轻的生命代价。为了了解中学生使用智能手机的基本情况，为研究对策提供依据，我特地在所带八（1）班搞了一个调查。全班 45 人，17 人有智能手机，占 37.8%。发放问卷 17 份，回收 17 份，有效 17 份。

一、问卷调查基本情况

问卷设计 6 个问题。

1. 你什么时候拥有智能手机？

有一名同学 9 岁就有了，是拥有手机时年龄最小的，两名同学 14 岁时才有，是拥有手机时年龄最大的。有 6 人 13 岁时拥有手机，占最大比。

2. 买手机花了多少钱？

从 500 元到 1500 元不等，有 2 人是父母给的，2 人是姐姐给的。

3. 买手机干什么？（一问多答，统计有重复）

15 人为接打电话，玩游戏的 5 人，登 QQ 的 3 人。其余回答较零散，分别是听音乐、看书、连 wifi、看电影、发短信、看小说、下载资料、看新闻等。

有 2 人没装卡，只听音乐、玩游戏。

4. 你觉得中学生拥有手机有什么好处？

仍然是接打电话、登 QQ 的占多数，和爸妈说话、很方便地和亲友联系、下载资料、帮助学习、照相、看书、当镜子用也是同学们拥有手机的目的。

5. 你觉得中学生拥有手机有什么坏处？

有 6 人认识到手机的辐射危害，认为坏眼睛的 3 人，影响学习（上课总想玩，无心学习）者 3 人，沉迷游戏者 2 人，1 人认为会学坏，2 人回答不知道。

6. 你认为学校应禁止学生使用手机吗？如何禁止？

7 人认为应该禁止，其理由是，学生是来学习的，不是来玩手机的。9 人反对禁止，其理由归纳起来有三：手机是跟家人联系的工具，没收了会让父母牵挂；可以帮助解决学习困难，缓解学习压力；听听音乐，放松自己。一人未回答。

至于如何禁止，大多数同学不知道，只有少数同学主张"没收""没收一个学期""没收一周，沟通后再还给他"。

二、问卷调查基本分析

1. 从调查可以清楚地看出，全班有手机的同学只占 37.8%，是少数，绝大多数同学没有买手机赶"潮流"。

2. 部分父母在孩子身上花钱很大方，最少的也花了 500 元，最多的花了 1500 元。

3. 学生手机用途排在前三位的分别是接打电话、玩游戏、登 QQ，其余用途，根据个人爱好，不尽相同。

有两名同学有手机，不装卡，纯为凑"热闹"，赶"潮流"。

4. 有 15 人认识到手机的危害，只有 2 人不知道，说明绝大多数同学的头脑是清醒的，没有完全掉入手机温柔的陷阱。

5. 关于应不应该禁止使用手机的正反双方人数大体相当，且多数同学都说不出理由。

怎么禁止？没有一个同学有好的办法。

三、学生拥有手机的动机解码

从调查中，我们发现，拥有手机的同学大部分都是留守学生，父母长年在外打工，为解两代人相思之苦，父母给学生配了手机。

少部分家长是"面子"在作怪。别人的孩子有了手机，我的孩子也应有，不然，太没面子了。所以，尽管家庭困难，咬咬牙，还是买了。

极少数同学纯是为了好玩，既不为与亲人联系，也不为学习。

四、对策及办法

1. 家校结合。对于无志于学习的同学，建议家长将手机回收。班主任、学校可通过家访、电话等形式，与家长沟通，陈明利害，陈明黄色下流的东西对青少年的危害——他们正处于性格形成、品格养成的人生关键期，外界的影响特别重要，说服家长收回、学生交回手机。至于联系，可通过班主任，学校门卫室也有电话。

2. 学校可考虑设立亲情日。每月最后一天，留守学生集中在门卫室跟家长"见面"，倾诉相思之苦。

3. 举办主题班会，辩论赛，出版专栏。让同学们在激烈的辩论中，专栏的资料搜集、整理、出版中明白中学生使用手机的危害，生成自己的感受、判断。如辐射，一组组具体的数据，会告诉同学们，其危害到底有多大。

4. 引进学分制。学生一节课、一天、一周、一月、一学期不玩手机，可计不同学分，可作为评优表模、综合素质评定的依据。

5. 学校要丰富学生的校园文化生活，抢占学生情趣制高点。班上有一名学生被同学们称为"电脑高手"，我有不懂的问题经常向他请教，我的系统坏了也请他重装。像这样的学生，学校应创造条件，激励其兴趣，开发其特长。

6. 洁净网络环境，严打网上黄赌毒。网络运营商要担当社会责任，要把社会效益放在首位，严把黄赌毒网上入口，为青少年创造干净、放心、温馨的网络环境。国家也要尽快出台相关法规，从法制上予以保证。

（本文系首次发表）

错误频出的校园挂牌，连"花瓶"都不是

暑期，去外地旅游，到某校散步，看到教学楼的墙壁上挂着这样几幅文化挂牌："感恩之人，亮若璀璨星光；仇怨之人，暗若惨淡悉云。"——何为"悉云"？"自信创造未来，拼搏读写神话。"——应该是"书写"神话吧？"做人就像蜡烛一样，有一份热，发一份光，给人以光明，给以温暖。"——最后一句少了一个"人"字。

几幅挂牌的内容不错，或教人感恩，或教人拼搏，或教人奉献，学校也确实需要这样富含哲理性的名言警句来激励师生。但遗憾的是，几幅挂牌要么字错了，要么词错了，要么句子错了，如此错误频出，如何育人？如何励志？这些挂牌本身就是聋子的耳朵，学校只是拿来装饰门面，并没打算发挥它们应有的作用。但不管怎么说，校园里挂着这些错误的挂牌，有害学生成长，有碍社会观瞻，有伤学校声誉，有损教师形象，连"花瓶"都算不上。

学校是对学生进行教育的主阵地，是文化熏陶的主战场，校园文化是一种无声的教育资源，是一所学校灵魂的自我展示，集中表现了学校的办学宗旨，指导思想，而这些挂牌则是它的外在载体。我们常常教育学生要心怀感恩，感恩家人，感恩学校，感恩社会，"感恩之人，亮若璀璨星光"就是学校赠给学生的金玉良言，如果后边一句没有错字，整个句子前后对比，结构一致，极具教育意义。

文化挂牌展现的是整个学校的精神价值取向，是一所学校文

化品位的自我展示。可以说，有什么样的文化，就有什么样的学校，就有什么样的师生。打个比方，一个文化人家里挂的条幅，一定是关于山水、励志、教育、哲理的，而一个生意人家里挂的条幅则一定是关于生意、风水、发财之类的。走进家里，只看字幅，便知主人身份。学校的挂牌也是这个道理。

这些文化挂牌其实还是一所学校独有的校本课程，它与国家课程、地方课程互相补充，相得益彰，是对学生进行爱家乡、爱乡亲教育的好方式。

有内涵、有品位的校长一定会把校园文化挂牌的作用发挥得淋漓尽致，绝不会把它当"花瓶"；有内涵、有品位的学校，其文化挂牌从外到内都是美的，绝不会有瑕疵。想想，那些蜚声中外的世界名校，哪一个不重视校园文化建设？哪一个不重视校园文化熏陶？

（原载2016年7月9日蒲公英评论网）

小·牌真有那么神奇吗

《中国教师报》曾刊载了文章《挂牌之后的主动》。文章说，受公交车"青年文明号"的启示，某校长在全校各个花坛立了"党员示范岗"的小小牌子，然后"在全校师生大会上大讲特讲党员示范岗的光荣职责与使命。之后，又在校园里发布招领启事，让党员主动认领"。党员老师们由起初的"不十分情愿"，到紧接着的"心花怒放"，再到后来的"党员带团员"，"党员带群众"，"成了全校师生共同的工作"。"一块小小的牌匾让师生劳动由被动变主动，真是万分神奇"。

对此，我是"万分"怀疑。一块小小的牌匾就有这么"神奇"的魔力吗？

管理是一门学问，也是一门艺术。校园的管理一直是令校长头痛的事。为了管好学校，为了保护娇嫩的花草，许多校长搜肠刮肚，绞尽脑汁，取经拜师，实践探索，可总无良策，收效甚微，无奈还是交给各班级打理。如果小小的牌子一立，校长一"大讲特讲"，一"发布招领启事"，党员们就"主动为之"，"乐意为之"，那也未免太简单，太"神奇"了吧？牌子一立，点石成金？管理就这么简单？这就是"学问""艺术"？

不光学校有花草，其他单位，包括行政机关，都有绿化，这花那花的，我们去看看吧，有几个单位是"小牌一立，党员上岗"？特别是行政机关，书记、首长号令一下，哪个敢不动？可是我们看见"干部侍弄花草"的"风景"了吗？哪个单位不是清洁工或园林工在侍弄？道理很简单，这不是立小牌那么简单的事。

我不否认文章所述内容的真实性，但我们不应该孤立地看待"党员挂牌"这件事，应该把它与校长、与学校的管理联系起来，综合思辨。

有人说，校长是学校的灵魂，是学校的旗帜，有什么样的校长，就有什么样的学校。应该无人能够否认这个观点吧。一个校长如果德才兼备，独具魅力，勇于开拓，思想前卫，以教育为使命，把教师当"人"看，在师生中有威信，有号召力，则他的"大讲特讲"，可能会畅通无阻地进入师生的心灵深处，他发出的号令可能会受到大家热烈的响应，进而变成全体师生的主动认知与自觉行动。

如果仅仅是这样，还不足以让党员老师们动情出力，平常还必须对党员、老师们进行前途理想教育，进行职责使命教育，开展丰富多彩的党员校园实践活动，校委会与党员的联系活动，党员教师与普通教师的联系活动。只有在长期的实践活动中，让党员不忘职责，牢记使命，关键时刻，才拉得出，用得上，见得效。而这个时候，不是小小牌匾"万分神奇"，而是校长的人格魅力与"党员"的模范作用"万分神奇"。

换个思维想想。一个校长德才不备，热衷当"官"，投机钻营，把校园当官场，把教师当用人，把学生当工具，这样的校长天天"大讲特讲"，又有谁听呢？时时"发布招领启事"，又有谁认领呢？更不会行动了。

部分学校花草的采购、栽种都是由极少数人在保密状态下操作的。利益当前时，把老师们一脚踢开；需要管理时，把老师们吆喝拢来。大家想想，这种校长即使喊破嗓子，又有谁理睬呢？

有的学校长期不重视、不开展党组织活动，一年中就"七一"那天"活动"一下——吃一餐饭，平时大事小事从来不过问党员，学校发展从来不征求党员意见，侍弄花草的时候，头一拍，想起"党员"来了，恐怕只能是一厢情愿吧。

我想，牌匾是无所谓"神奇"不"神奇"的，牌匾的神奇，管理的智慧，都出自校长，校长的"神奇"与"智慧"来自于党员、师生们的心悦诚服与衷心拥护。向日葵总是向着太阳，以太阳为中心，是因为太阳能给它源源不断地输送养料。只有能给学校和老师输送养料的校长才能撒豆成兵，他所立的小小牌匾才能"万分神奇"。

（本文系首次发表）

"推门听课"值得推敲

打开电视，某县"法制·教育"频道正在播出访谈节目：一位小学副校长正在接受记者采访："……我们将强化责任落实，随时推门听课，形成推门听课的常态化机制……"

"推门听课"，每一个教育人都不陌生，很多校长视之为质量抓手之利器，专家、学者推崇它，认为是真抓实干对事不对人的具体体现，也确实有些老师害怕"推门听课"，因为并不是每节课都像经过彩排的公开课那样精彩，那样令领导满意，同时也害怕在学生面前丢丑，影响自己的"威信"。

不过，对于"推门听课"，我总觉得哪里不对劲。

首先是缺乏对教师的基本尊重与信任。说白了，"推门听课"就是突击检查，其思想根源是不信任。而这种"不信任"只会加剧不信任，加剧隔阂。如果是"名师"，大概是不会享受这样的"待遇"的，因为"名师"在校长心目中的信任值是百分百。

在建立社会主义核心价值体系、倡导社会主义核心价值观的今天，它也是不可取的。核心价值观倡导民主、文明、和谐、平等、友爱，教师在教室内履行法律赋予的教育教学职责，校长不打招呼，不经商量，门一推，在众目睽睽和师生的惊愕中，进来听课，无疑是一种单方面行为，是一种霸王行为，是非"民主"的，非"文明"的，是强加给教师的一种不平等行为，是不友爱的。

细细分析起来，它还是校长扭曲了的权力观在作祟。我是校长，我是学校王，我有主宰学校一切大小事务的权力，在学校这一亩三分地里，我的权就是法。为了学校前途，为了学生前途，让"信任"和"尊重"让路，有何不可？

"民主管校"是现代学校的孪生兄弟，职代会、民主选举校长、校长的定期述职，都是"民主管校"的产物，可是，从我几十个QQ群里全国各地老师的反映来看，极少有哪个地方的老师为自己的校长点赞的，绝大多数都是不满，其中一个很大的诱因就是校长专横跋扈，素质低劣，滥用权力，不尊重教师，把学校当成了自己的小王国。

还有一个问题，不知"推门听课"的校长想到没有：正当学生们聚精会神、兴致勃勃地和老师互动时，"不速之客"不请自进，是不是干扰了正常的教学秩序，干扰了教师的教学、学生的学习呢？是不是破坏了师生的好兴致呢？学生的注意力本身就难以集中，特别是小学生注意力集中时间更短，一下子被打断了，什么时候才能又集中起来呢？校长进来了，会不会喧宾夺主，把学生的目光全部聚焦在自己身上，而让上课的老师沦为配角呢？这是不是与"推门听课"的初衷背道而驰呢？

俗话说，兄弟同心，其利断金。"同心"的首要条件是信任，"信任"是兄弟同心的基石，是老师自觉行动的原动力。否则，就是躲猫猫，是应付，而这是不能"断金"的。

《关于培育和践行社会主义核心价值观的意见》指出："培育和践行社会主义核心价值观要从小抓起、从学校抓起。坚持育人为本、德育为先，围绕立德树人的根本任务，把社会主义核心价值观纳入国民教育总体规划，贯穿于基础教育……各领域，落实到教育教学和管理服务各环节……形成课堂教学、社会实践、校园文化多位一体的育人平台。"这就把校长们推向了更高的育人高地，要求校长要做践行社会主义核心价值观的表率，要建设民主、文明、和谐的校园文化，营造友善、平等的校园氛围，平等对待每一位教师，打造自身的软实力，打造学校的软实力，用软实力唤起教师对学校管理理念的认同，并愿意为之自觉行动。

要用校园文化、精神风貌、道德规范、校务活动熏陶我们的学生，培育我们的学生。校长要从点点滴滴做起，应成为新时代社会主义核心价值观的化身与代言人，从与教师、学生的互动中，潜移默化地影响师生。

真正有事业心的校长会正确对待自己手中的权力，会在制度的范围内使权用权，用制度指导权力的运行，勿以言代"法"，以权代"法"。

在"推门听课"前，校长们要不要仔细思量，推敲推敲呢？

（本文系首次发表）

班主任应懂点教育艺术

时下，不少班主任都有同感：现在的学生不好教，不好管。不爱学习，逃学辍学；抽烟喝酒，"恶习"缠身；调皮捣蛋，打架斗殴；不守"规则"，不尊师长；好走极端，轻视生命……久而久之，人们把这些学生叫作"双差生"，时下又叫作"问题生"，一部分老师见之则怕，听之则烦，面对他们，似乎无能为力，束手无策，班主任工作面临前所未有的挑战。其实，只要严格按照《中小学教师职业道德规范》（以下简称《规范》）的要求去做，运用教育艺术科学引导、管理学生，与时俱进，以身作则，以生为本，换位思考，一切问题就会迎刃而解，就能构建良好和谐的师生生态，学生也就喜爱老师，老师也能从中收获教书育人的快乐与幸福。

慈爱博大，包容学生的艺术

《规范》指出：教师要关心爱护全体学生，平等公正对待学生，对学生严慈相济，做学生的良师益友……作为班主任老师应该知道，这一要求的核心就是要构建良好和谐的师生生态。

人无完人，任何人都有缺点和不足，何况是正处于成长期的学生？这个学生可能有这样的缺点，那个学生可能有那样的不足，如果用放大镜一看，还真不得了——问题太多太严重，有的似乎还无可救药。俗话说"可怜天下父母心！"这些孩子的缺点、不足，在家庭环境里同样存在，可没有哪个父母不以一颗博大的慈爱之心去包容、宽爱自己的孩子的。苏霍姆林斯基说：

"教育技巧的全部奥秘在于如何去爱护学生。"爱又是人们身上普遍存在的一种心理需求，爱能拉近人与人之间的距离，而师爱又是人类社会中一种特殊的爱。作为班主任教师，应该极为大方地给予学生这种爱！如果老师能够像父母一样，以海纳百川的宽广胸怀，去包容自己的学生，用大慈大爱的博大情怀，去感动自己的学生，学生一定会像亲近自己父母那样亲近教师。况且爱学生是老师的天职，是教育学生的前提和基础！

一娘养九子，九子九个样。世界上没有相同的两片树叶，也没有相同的两个人。受性格秉性、文化背景、家庭教育等因素的影响，学生们千差万别，各不相同，这就是个体差异。班主任必须尊重这种差异。尊重这种差异的体现就是因材施教，因人施教，就是按客观规律办事，就能最大限度地包容、爱护学生。在班主任面前，学生们都是孩子，班主任应该一视同仁地去关爱他们，教育他们，引导他们，而不应有所偏心和歧视！他们每个人都有权从老师这里得到一样的关爱、一样的教育、一样的引导。

现行的教育美其名曰素质教育，实则应试教育。素质教育喊破嗓子，应试教育甩开膀子。评价一所学校、一个学生的唯一维度就是考分。有关调查表明，每所学校、每个班级，所谓的"尖子生"不到5%，其余的95%就成了"问题生"，成了教师眼中的另类。他们的"缺点""错误"也就为老师所不容了。如果老师都能按照《规范》的要求，真正从德智体美劳等诸方面来全面评价一个学生，而"不以分数作为评价学生的唯一标准"，学生们还能有如此多的问题吗？如果对学生的评价手段灵活而多样，真正做到课标所说的"评价时要尊重学生的个体差异，要综合采用多种评价方式"，学生们一定会八仙过海，各显神通，各人各方面的长处、优点就都会充分表现出来，而问题就会减少，即使有，也就能为老师所接受。况且，从人格上讲，师生是平等的，所以，对学生的缺点错误最好是循循善诱，因势利导，而不能恶语相加，简单粗暴。班主任不是完人，更不是圣人，何况正在成长的学生呢？

老师一方面要尊重他们，另一方面要与他们平等相处。在人格上平等相处，在心态上平和相融——学生的问题也就像父母眼中孩子的问题了，是可笑的，是幼稚的，甚至是可爱的。如果每位班主任教师都能运用父母般的心态去解决学生的问题，还怕春风化雨不能滋润千姿百态的春兰秋菊？反之，如果对学生的问题总是斤斤计较，耿耿于怀，抓住一点纠缠其余，则是把自己摆在与学生对立的位置了。

学生既有缺点又有优点，作为老师不能只见缺点不见优点。要用全面的眼光看待他们，要多表扬，少批评。课标就指出：对学生日常表现，应以鼓励、表扬等积极评价为主，采用积极性的评语，尽量从正面加以引导。如果老师善用课标提出的要求来管理学生，一定会达到一种师生和谐共振的局面。

呕心沥血，取信学生的艺术

不得不承认，有些班主任老师不为人师，不为世范，工作马马虎虎，敷衍塞责，打牌赌博，浑噩度日，以致社会不信任，学生不信任。学生如果都不信任自己的班主任，这是一个班主任最大的失败！对他个人来讲，信誉已经破产，自身价值、地位也就无足轻重了！所以不管有什么烦恼，不管学生有多调皮，不管待遇有多低，都应该保持平和心态，兢兢业业，对学生负责，对自己负责，对国家负责！学生也就信任教师，教师也就乐在其中，美在其中。教师付出了心血，收获了信任，收获了快乐，收获了幸福，岂不快哉！美哉！

当然，要常年如一，心无旁骛，呕心沥血地教书育人，除了有极高的文化素养外，还必须有极可贵的职业道德——终身诲人不倦。而这也是《规范》中关于"爱岗敬业"的要求。

广闻博识，征服学生的艺术

教育学理论要求教师要有"宽厚的业务知识"以及"广泛的爱好和才能"。教育是"一切艺术中最渊博、最复杂、最高和最充分的艺术"，"教师要有理论家的分析综合、雄辩之才，又要有艺术家的想象概括、表现之才，既要有科学家的观察、试验、推理之才，又要有语言家的凝练、形象、表达之才"。《规范》要求教师要终身学习。课标要求教师应转变观念，更新知识，不断提高自身的综合素养。所以对一个有所作为的班主任来讲，首先是一个优秀的教师，必须勤学不辍，丰富素养，拓宽视野，增长见识，天文、地理、社会科学、自然科学等都要有所涉猎，时事新闻必须时时关注，必须钻研班级管理理论。既要有厚实突出的专业优势，又要有广博多元的学识见闻，既要有演说家的滔滔雄辩，又要有理论家的严谨逻辑。试想，这样一位学者型、大家型的班主任，哪个不服，哪个不敬？

机智幽默，融洽学生的艺术

幽默是一门艺术，是一种智慧，它以笑声代替批评，以诙谐化解冲突，以善意的嘲讽取代严厉的指责。善用幽默，能收到意想不到的效果。苏联的一位诗人说："教育家最主要的也是第一位的助手是幽默。"幽默能化解冲突，冰释误解；幽默能活跃气氛，融洽感情；幽默能展现智慧，润物无声。幽默是阳光，能温暖学生的心灵；幽默是亲切，能缩小师生距离；幽默是魅力，能弥补自己的缺陷；幽默是信任，能给学生以信心；幽默是力量，能给学生以帮助……当学生当众指责老师拖堂时，送上一句"谢谢你的提醒，老师讲得太投入，马上下课"，就能化解冲突尴尬，化被动为主动；当学生迟到时，送上一句"昨晚做的什么美梦，能不能与大家分享"，就能以调侃代替批评；当学生向班主任问好时，送上一句"你比老师更好"，能引得师生同乐，师生就能亲如父子，亲密无间。

幽默不仅表现在口头语言上，还表现在肢体语言上。当学生上课呼呼大睡时，轻轻敲一下桌面提醒他这是上课时间，既能传达班主任的善意，又能表达"班级之王"的柔情，此时无声胜有声，学生就能自我检讨，自我纠正；当师生有了心理距离时，不失时机地拍拍他的肩膀，摸摸他的头，就能达到情感的交流，心灵的契合；当班主任欣赏自己的学生时，用眼神赞许他，就能给他送上温暖、鼓励和力量！

要成功地运用幽默，首先要有爱心，班主任要把每一个学生，即使你最不欣赏的学生当作可爱的人，爱至则幽默至；其次，要放下身段，不能高高在上摆架子；再次，要素养深厚，底蕴扎实，否则，只能是耍嘴皮子，油腔滑调，俗而不雅，引起反感。

儒雅敦厚，感染学生的艺术

温文儒雅，应是班主任的基本职业要求。它不是装腔作势与矫揉造作，而是潜质内涵的外在表现。当一个人的内在涵养、文化底蕴、思想容量达到一定的程度之后，就会有相应的行为举止，道德规范。通俗地说，教师的一言一行就是让人觉得你像一个教师。你的音容笑貌举止言行应该成为你无字的名片，你的学生以你是他的班主任为骄傲。

同时，还必须要有良好的外在表现——得体的衣着，文雅的谈吐，合适的发型。衣着既不能太前卫，也不能太落后。太前卫不庄重，太落后跟不上时代的脚步。谈吐文雅是指语言文明，动作优雅，不说脏话、粗话、假话，不当着学生攻击党和政府，攻击社会，攻击他人，不随地吐痰，不当众挖鼻孔。头发不要乱蓬蓬，脏兮兮。发型要适合自己的脸型和身份，不能成天喝酒带着酒气进教室，不能茶馆进，酒馆出，赌博抹牌。班主任还应有较好的人品，道德高尚，忠厚诚实，谦虚坦诚，不能太过油滑，更不能无德。厚重的内在修养和良好的外部形象相辅相成，相得益彰，共同打造一个合格的、受欢迎、受尊敬的班主任教师，学生们耳濡目染、潜移默化、不知不觉中就会受到深深的影响。这也正符合课标"应该注重熏陶感染，潜移默化"的精神。

涓滴细流，滋润学生的艺术

学生的进步是点滴的、缓慢的、多方面的，这就要求班主任教师要特别细心，要留意学生的每一个细小的进步，要勤做记载，及时肯定。古罗马贺拉斯说，"细心在任何时候都不会是多余的"。某个活动学生组织得有特色，送上"你很棒"；手抄报办得很新颖，称赞"有创意"；演讲稿写得出色，讲得精彩，祝他成为"演说家"……并且在班上公开表扬，着力肯定，学生们就能重拾信心，鼓足学劲，迎头赶上，稳步前进。作为个体，学生明显的全方位的进步是很少的，大量的是某一个方面的缓慢进步。一些名家的成功实践经验表明：一个班主任教师能始终如一、持之以恒、坚持不懈地抓好这个琐碎的工作，就能积跬步成千里，以量变促质变，如涓流成海一样改变一个学生，学生想不喜爱老师都是难事，不知不觉地就成了学生心目中的好班主任。此时，那种成就感和幸福感是局外人难以言说的。

教育学原理指出："教师要有教育艺术修养，懂得教育规律，掌握教育艺术，要懂得一些心理学、教育学，并在教育实践中机智地加以运用。"这就要求教师要按照教育规律科学育人，能按照教育规律了解学生，研究学生，引导学生，管理学生，依据学生自身成长的规律促其健康发展。如此，师生矛盾就会化解，关系就会融洽，教育艺术之花就会灿然绽放，教师也就乐在其中，美美地收获幸福与成就感。

（原载2013年第9期《新教育时代》）

班主任应懂点心理规律

班主任因收缴学生手机而被学生弑杀，小学生因完不成一千字的"检讨"而跳楼自尽。血淋淋的惨剧告诉我们，班主任管理工作出了大问题。长期以来，班级管理工作始终没有脱离"人治"的轨道，全靠班主任的喜怒哀乐、情感好恶，难免会出现偏差，甚至酿成悲剧。虽然有所谓的班级管理制度，要么是聋子的耳朵，纯为应付检查之用；要么执行起来冷冰冰，缺少人情味，没有顾及学生的年龄特征与心理感受。本文试图从心理效应的角度，结合自己的实践，探讨班级管理的有效性，以期收到抛砖引玉之效。

刺猬效应

两只困倦的刺猬，由于寒冷而拥在一起，可因为各自身上都长有刺，容易扎伤对方，不得不保持一定距离，但又冷得受不了，无奈只得又凑到一起，几经折腾，它们终于找到一个合适的距离，既能互相获取对方的温暖而又不至于被扎。

刺猬法则主要是指人际交往中的"心理距离效应"。

当前的师生关系，尤其是农村学校，呈现两种极端化的情况：一种是以中老年班主任为代表的"保守派"。他们深受旧的教育思想的影响，信奉"一日为师，终身为父"的伦理观念，信奉"不打不成器，不打不成才"的封建礼教，刻意装严肃，装威严。刻意与学生保持距离，搞得师生关系就像猫和鼠，上课不敢举手，不敢发问，下课不敢求教，不敢交流，路上遇到教师躲而避之。特别值得玩味的是，这种教师在农村家长中很有"市场"，认为有"威信"，是"好老师"。

另一种是以部分青年班主任为代表的"开明派"。他们是在新教育思想的熏陶下成长起来的，在学生面前没有"架子"，能与学生平等相处，民主交流，受到学生喜欢。但没有把握好"度"，没有守住"底线"，师生关系滑入庸俗，因而惹来家长批评，指责他们"不像老师，没有老师的样子"。

刺猬法则告诉我们：人与人的距离太近容易扎伤对方，太远又不能起到互相帮助的作用。师生关系也是这样。

中老年班主任应该卸下心中旧的伦理观念，安装新的教育理念，走下神圣讲台，放下架子，躬下身子，与学生交朋结友。如果还死守过去的条条框框，不能与时俱进，不能改变自己，则势必要被时代淘汰，被学生炒鱿鱼。要主动地改变自己的角色定位，脱下"权威"的外衣，扔掉"管理者"的袈裟，穿上"合作者、引导者、参与者"的礼服，与学生平等相待，互相尊重，教学相长。一句话，不高高在上，不指手画脚，不唯我独尊，把学生当作与自己平等的"人"看，做学生的良师益友。

与此相反，青年班主任又和学生走得太近，没有距离感。

青年班主任要学会运用刺猬理论指导班级工作。在与学生交往中要注意言行举止、场合、分寸，在公开场合，如教室、办公室、球场、社会上不要与学生勾肩搭背、搂搂抱抱，不要称兄道弟，教育学生进办公室要敲门，进宿舍要敲门，不要为了显示亲近，让学生成批地涌进办公室，更不要让他们到自己宿舍玩耍。

不管是中老年班主任，还是青年班主任，都要校准师生距离。太远，没有亲近感；太近，没有距离感。适度的距离，才有温暖感。

鸟笼逻辑

挂一只漂亮的空鸟笼在房间最显眼的地方，过不了几天，主人会因受不了别人的疑惑，而在下面两个做法中作出选择：或把鸟笼扔掉，或买一只鸟放进去。这就是鸟笼逻辑。它告诉人们，人类绝大部分的时候是采取惯性思维。

这个逻辑给班主任的启示是多方面的。

大多数班主任倍加宠爱"优秀生"，而讨厌"问题生"，说白了，就是只喜欢成绩好的，不喜欢成绩差的。成绩好的就是"三好生"，就是"优秀干部"，就是"少先队员""共青团员"。成绩好的犯了错误可原谅，差的则不能犯错，也犯不起错。成绩好的如果家庭困难，可免交各种费用，差的则不行。成绩好的能享受各种教育资源，如各科教师的精心辅导、资料的免费供给，差的则不行。

对学生的评价方式与评价主体也一成不变，一是以分数论英雄，二是班主任说了算。班主任手握学生"生杀大权"，科任教师说不上话。

这样的惯性思维害人。

因此，应改变我们对学生感情的惯性布施，即"优生"受宠，"差生"讨嫌，要把感情的因子均匀地种在每个学生心中，要改变"三好生""优秀干部"的评选制度，要用哲学的一分为二的观点客观地看待每一名学生——他们都是有长处的，要擦亮慧眼努力发现其长处。"世上不是没有美，而是缺少发现"，这句话用在班级管理工作中，同样适用。成绩好是长处，善良明礼、孝亲敬长、爱护公物、遵规守纪、友爱同学同样是长处，也应是"优生"，是"优秀干部"，是"三好生"。

班主任一个人评价学生，难免感情用事，有失偏颇，应让本人、同学、科任教师、家长、社会共同参与评价，让评价更丰满，更立体，更有效。

班级管理制度的制定主体应由班主任向学生转换。班级是学生们的班级，应由他们来制定游戏规则，班主任只是指导者、合作者、参与者、监督者。游戏规则应扔掉强迫命令，拥抱契约精神，用契约精神指导班级活动。

习得性无助

把狗关在笼子里，用电击它，它开始左突右闪，几个回合后，它终于明白，挣扎是徒劳的，无论怎么逃离，都不能免遭电击。以致后来当狗有机会逃离电击时，它会因沮丧而自认无力逃离，从而形成了一种习得性无助观念。人如果产生了习得性无助的观念，就会陷入一种深深的绝望和悲哀之中。

用在班级管理工作中，班主任一个很重要的职责，就是要时时点燃学生智慧的火花，希望的火焰，要给他们以希望，以阳光心态，要多表扬，少批评；多鼓励，少讽刺；多热情，少冷漠；多沟通，少误解；多引导，少打击；多耐心，少急躁。

特别是对那些"问题生"，更要多一份关注，多一份关爱。留守学生、特殊家庭子女、残疾学生、调皮学生，他们也是会发光的星星，只是被灰尘覆盖。班主任要做的，是拿起水桶和抹布，把他们擦拭干净，让其闪闪发光。

除了要"拯救"学生，班主任还要学会"拯救"自己。工作久了，不免倦怠，激情消退，兴趣索然，在无可奈何中有了习得性无助的感觉。这时，班主任要给自己重新订立目标，重新出发，给自己确立适宜的志向和抱负，用学生重新点燃自己，用目标引导自己，用事业推动自己。

向日葵效应

向日葵区分于其他植物的一个最大特点是它的向阳性，无论太阳转到哪里，它都脸向太阳，从太阳中吸收营养。太阳是它的中心。

学生是向日葵，班主任就是太阳，学生应该从班主任那里吸收营养，滋养自己健康成长。

留守少儿、特殊家庭子女、残疾学生，缺失家庭温暖，缺少亲情友情，心灵之地荒漠光秃，情感之地杂草丛生，在他们面前，班主任就是他们的亲人，是父母，是姐姐，是哥哥。要义无反顾担当起亲人的职责，抚慰他们营养不良的心灵，剪除其情感上的杂草，丰富其孤寂的生活。

中学生青春初度，情窦初开，少女怀春，少年钟情，是一种自然而美好的事情，但如果把握不当，则易陷入早恋，美事成憾事，甚至坏事。班主任应及时介入，做其情感路上的向导。既要热情地祝贺他们长大了，有"情"了，男生快要长成男子汉，女生快要长成好姑娘，又要刹住他们作为"新手"驾驶的情感之车，引导其缓慢而沉稳地前进，免得颠翻。通过名人故事、讨论思辨、道理宣讲，让他们明白：现阶段的主要任务是学习，不是恋爱。人的一生有若干个重要阶段，每个阶段有每个阶段的主要任务，应循序完成，春天不能做秋天的事。

在学生频遭性侵的今天，单凭班主任的单打独斗，显得势单力薄，要与思想品德课教师、学校政教干部联合行动，形成合力，采取多种形式，为学生架设多重防护网，保护学生免遭侵害，当好学生的守护神。

今天，班级管理工作，面临前所未有的挑战，变化了的时代、变化了的学生、万众瞩目的升学率，都给学校和班主任带来沉重的压力。时时发生的教育悲剧提醒各位班主任，不能仅凭经验管理，不能仅靠条条框框管理，要善用心理规律，科学化管理，人情化管理，以创新班级管理方式，收到管理实效。

（原载2014年第5期《青年教师》）

心理效应是科学管理的灵丹妙药

管理是一门学问，更是一门艺术，同时也是一个难题。农村学校因为师资、经费、生源、升学压力等方方面面的问题，管理工作遇到了新的挑战。有的学校制度、规章一套一套的，似乎很完美，"管理"很到位，但其实大家心知肚明，这些贴在墙上的东西，到底有多大的作用，能收到多大效果呢？说实话，这些冷冰冰的东西有时不但不能如管理者所愿，反易激发逆反情绪，给学校管理增添阻力。如果学校在用制度管人的同时，善于借用心理效应实施科学化管理，温情化管理，人性化管理，可能会收到意想不到的效果。

羊群效应

在一群羊前面横放一根木棍，第一只羊跳了过去，第二只、第三只也会跟着跳过去；这时，把棍子撤走，后面的羊走到这里，仍然像前面的羊一样向上跳一下，尽管拦路的棍子已经不存在了。这就是所谓的"羊群效应"，也称"从众心理"。

羊群效应被广泛应用于企业管理。学校管理也同样适用。它给教育管理者的启示是，"第一只羊"就是校长或校领导集体。有什么样的校长或校领导集体，就有什么样的学校，就有什么样的老师，就有什么样的学生，就有什么样的学风校风。校长或校领导集体热心教育，勇于创新，与时俱进，公道正派，则学校一定洋溢着阳光、积极、乐观、生动的气氛；相反，校长或校领导集体不学无术、私欲熏心、因循守旧、得过且过、热衷钻营、把工作当差事、把岗位当跳板，则学校定会充斥着松松散散、浑噩度日、精神萎靡、敷衍塞责、紧张对立的情绪。

一个聪明的校长，首先应不断修炼自身，从人格修养、业务素质、管理能力等诸方面提升自己，完善自己，为班子成员和全体教师作出表率。孔子说："其身正，不令而行；其身不正，虽令不从。"有人认为，校长是学校的灵魂，有什么样的校长，就有什么样的学校。此言不假，羊群效应即是对此的最好注解。

一个聪明的校长，除了修炼自身，还必须抓好班子队伍建设，打造一支素质高、过得硬、懂管理的领导集体。俗话说，鸟无头不飞。没有强有力的校领导集体，怎么可能管好学校，管好老师，管好学生？

羊群效应同样适用于班主任和每一位老师。班主任想把自己的团队打造成什么样的集体，想把班级打造成什么样的集体，自己首先就应该是什么样的班主任。俄国教育家、美学家车尔尼雪夫斯基指出："教师把学生造成一种什么人，自己就应当是什么人。"雅斯贝尔斯说："教育的本质就是用一棵树摇动另一棵树，一朵云推动另一朵云，一个灵魂唤醒另一个灵魂。"两位大家的话即说明了榜样的作用之大，威力之大。

手表定律

是指一个人有一块表时，可以知道准确时间，而当他同时拥有两块表时，因为两块表的时间不一样，却反而无法确定准确时间了，使看表的人失去了对准确时间的信心。

该定律给管理者的启示是，学校各处室之间，要分工明确，防止交叉重叠，防止推诿扯皮，防止人人有职、却人人无责的怪现象。笔者所见到的一个普遍现象是，农村学校教导处事务多，政教处事务少。倒不是政教处没事做，而是被教导处越俎代庖包办了。学生的迟到早退、考纪考风、评优表模等该政教处做的事往往被教导处胡子眉毛一把抓了。教导处既负责监考阅卷，又负责考试纪律，完了，还负责总结表彰。这就是典型的分工不明产生的职责不清。干事的，忙不过来，没事的，玩不过来。

班主任也能从中学到管理艺术，运用手表定律科学管理学生。现在的情况是，各班没有一个统一的管理标准，班主任及各科任老师各管各的，各人凭自己的情感、素养、道德、学生成绩进行管理，可能张老师很喜欢李生，而王老师则讨厌李生，于是，就导致对李生的判断、管理多样化，不利于学生健康、正常成长。根据手表定律，对学生的管理只能有一个标准，这就要求班主任要经常召开自己的团队会议，统一对班上每一位学生的认识、判断、管理，以最大限度地做到各科任老师对同一个学生的判断、情感、管理措施大体相同，避免各说各话，打乱仗。

青蛙效应

把一只青蛙直接放进热水锅里，它会不适应而奋力跳出锅外，但如果把它放进冷水锅里，慢慢地加热，青蛙感觉不到危险，不会跳出，逐渐加热的水温最终把它煮死了。

青蛙现象告诉人们：一些突发事变极易引起人们的警觉，但却往往在自我感觉良好的情况下，对实际情况的逐渐恶化没有清醒的警觉而死于安乐之中。

这是有例为证的。前不久发生的南北两起学生弑师事件，看似偶然，其实必然。是教师（或学校）的管理引起了学生的不满，而不满没有得到及时的宣泄和疏导，教师又浑然不知，继续着这样令学生不满的管理，在看似平静的表象下，实则已波涛汹涌，随着时间的推移，量变终成质变，酿成悲剧。

青蛙效应给教育管理者多重启示。

启示之一：危机不是危险，危机可能是转机。

市场经济和城乡一体化的浪潮对农村学校的冲击是很大的，教师进城、学生进城、留守儿童、经费紧张、待遇低下都已成为农村学校的办学瓶颈，成为难以解开的结。但如果因此而使校长、全体教师警觉，从此众志成城，同心同德，锐意进取，披荆斩棘，则可能如青蛙一跃，跃出险境，到达安全区域。山东杜郎口中学原先是一所濒临关门的农村中学，校长崔其升带领一班人杀开一条血路，大胆改革，如今已成为全国知名学校。没有原先的"濒临关门"，就没有如今的杜郎口中学，危机反而成了转机，成了动力，成了好事。

启示之二：当今社会是一个知识爆炸、日新月异的时代，知识更新速度日益加快，教师万不可沉湎于现状，安于现状，不思进取，做一天和尚撞一天钟，以免被时代淘汰，成为时代的弃儿。

对中老年教师来讲，从学校毕业二三十年了，在学校学的那点知识早已成为过去式，用那点可怜的知识来应付一代又一代的学生显然是困难的，不时时充电，三尺讲台将无立锥之地。课程标准、教改理论、课改新潮流、网络教学等新生事物，不应成为教师成长的拦路虎，而应成为成长的发动机。最近，一些省市出台新规，教师五年考核一次，打破铁饭碗，建立正常退出机制，已给教师敲响了警钟，教师应当重视与深思，并赶快行动起来。

面对已经变化了的时代，变化了的学生，班主任要更新管理手段，管理方法。现在的学生独生子女多，留守儿童多，是管理工作面临的新问题，新难题，学校和班主任应正视它，研究它，破解它，决不能以不变应万变，用旧瓶装新酒，人进了新世纪，思维还在旧时代。

对学校管理者来讲，应不断学习先进管理理论，从理论里获得智慧，获取方法。眼光不但要紧盯国内管理前沿，还要紧盯国外新动向。不学习，只凭经验管理，是不起作用的，是要碰壁的。

罗森塔尔效应

1968 年，美国心理学家罗森塔尔做了一个著名实验：他们到一所小学，在一至六年级各选三个班的儿童，进行煞有介事的"预测未来发展"的测验，然后将有"优异发展可能"的学生名单告知老师。8 个月后，再次智能测试的结果发现，名单上的学生成绩普遍提高，教师也给了他们良好的品行评语。其实，这个名单是随机抽取的，它是以"权威性的谎言"暗示教师，从而调动了教师对名单上的学生某种心理期待。这被称为"罗森塔尔效应"。

它给教育工作者的启示是，校长、班主任、教师要多鼓励，少批评；多引导，少责骂；多信任，少怀疑；多鼓气，不泄气。

一所学校，并不是每个老师都能与校长同心同德，情投意合，并不是每个老师都能不折不扣地执行学校的安排，并不是每个老师都是校长心目中的"好老师"。作为校长，必须冷静、客观、公正地看待、评价他们，不能夹杂感情色彩，不能有意不信任，不能给穿小鞋，更不能打入另册，要以工作为最高诉求。他们敢与校长叫板，往往是有水平、有能力、有个性的，校长要有宽广的胸怀，要有伯乐的慧眼，要有用人的气度，接纳他们，信任他们，甚至是重用他们。

在应试教育体制下，在以分数论英雄的背景下，班主任视野要开阔，评价学生要灵活多样，要善于发现学生各方面特长，并给予欣赏、鼓励，大方地给他们开一张"前程远大"的支票。

纽约州州长罗尔斯的经历足以让每一名教育工作者反思。

罗尔斯读小学时经常逃学、打架、肮脏、偷窃。一天，当他又从窗台上跳下，伸着小手走向讲台时，校长皮尔保罗将他逮个正着。出乎意料的是，校长不但没有批评他，反而诚恳地说："我一看你修长的小拇指就知道，将来你一定会是纽约州州长。"从那天起，"纽约州州长"就像一面旗帜在他心里高高飘扬。他的衣服不再沾满泥土、语言不再肮脏难听、行动不再拖沓和漫无目的。此后的40多年间，他没有一天不按州长的目标要求自己。51岁那年，他终于成了纽约州的一把手。他的校长没有感情用事，没有批评、开除，而把罗森塔尔效应用得极为成功。如果当时校长觉得他品行败坏，不可救药，则他的命运就要改写了。

蝴蝶效应

20 世纪 70 年代，美国气象学家洛伦兹在解释空气系统理论时说，亚马逊雨林一只蝴蝶翅膀偶尔振动，也许两周后就会引起得克萨斯州的一场龙卷风。

蝴蝶效应是说，初始条件十分微小的变化，经过不断放大，对其未来状态会造成极其巨大的差别。有些小事可糊涂，有些小事经过系统放大，则对一个组织、一个国家来说，就成了暴风骤雨，就不能糊涂。

某高三学生弑杀班主任，就是蝴蝶效应在起作用。收手机→弑师，收手机是很小的事，弑师是很大的事，一件小事，经过不断放大，成了天大的事。

斯诺登这只原本不起眼的"蝴蝶"轻摇翅膀，轻启薄唇，在全世界刮起了一场巨大的批美风暴。俄罗斯总理批"无耻下流"，连美国的欧洲盟友也气愤难平，赴美国讨要说法，世界一片指责，奥巴马百口莫辩，灰头土脸，美国政府尴尬不已，狼狈不堪。

对管理者而言，蝴蝶效应要求学校要创造尽可能的条件，充分发挥党支部、工会、职代会、政教处的作用，营造气氛活跃、积极向上、心情舒畅、阳光正面的校园氛围，不让教师戴着脚镣跳舞。积极的情绪可化为巨大的正能量，消极的情绪可化为巨大的负能量，哪怕只是一个人的消极情绪，也不能忽视，因为这一个人就是一只"蝴蝶"，振动起来，"风"会刮伤学校。

班主任要注意留心每名学生点点滴滴的情绪变化，应了然于胸，积极应对。现在学生心理承受能力不强，感情脆弱，遇事易消沉，逃避，走极端。班主任要时时注意班上的每一只"蝴蝶"，关注他们的每一次轻微振动，主动应对，沉着应对，善于应对，以免小小的振动发展成为风暴。

保龄球效应

玩保龄球，砸到 9 个瓶子得 90 分，而砸到 10 个瓶子则得

240分。职场也是如此，多坚持一会儿，最终的成功将是巨大的。

农村学校因为教师大量进城，留守教师年龄大，年轻教师不愿来，学生流失严重，生源急剧减少，不少学校生存十分艰难，教师意志消沉，更谈不上生机与活力。其实，这时重要的是坚守，只要守得云开日出，定会阳光明媚。

最美乡村教师徐德光从18岁进山，坚守贵州省大山深处扇子林教学点20多年。他用了一年时间为学生砍出一条5公里长的羊肠小道，用黄土、竹篾夯起3间土屋，自费1000多元购买一匹马，接送学生，搬运书本教具。斗转星移，春去秋来，学生们一个个飞出了大山，他却把青春韶华献给了大山，人民把"最美乡村教师"的荣誉赠给了他。

我们没有徐老师困难，更不能自缚手脚，自我消沉。教师们人到中年，教学阅历、教学经验是丰富的，多彩的，这是人生宝贵的财富，可提起笔来，开始总结经验，把自己几十年的教育、教学、管理等方面的认识、失误、经验、体会等码成文字，进行系统性的梳理、总结，可放在空间，可发在博客，可在QQ群与同行交流、讨论、分享，如果有信心，可e给报刊发表。

叶澜教授说："一个教师写一辈子教案不一定成为名师，如果一个教师写三年反思，有可能成为名师。"

对于中老年教师来讲，即将面临退休，船到码头车到站，不能满足于击倒9个瓶子，要重拾信心，敢于亮剑，梅开二度，再写辉煌，要用240分的佳绩画上圆满句号，甚至感叹号。

心理效应已被广泛运用于企业管理，但这不是企业的专利，教育管理者要奉行拿来主义，大胆为我所用。相信，凭借心理效应这一科学管理理论，将使教育管理工作上一个新台阶，创一片新天地。

（原载2013年第11期《新教育时代》）

校长要善用心理规律，科学管理学校

学校管理是关系到人的发展、社会进步和人类文明的基础性事业，管理对象包括人、财、事、物、时间、信息等要素。管理者是人，管理的对象也主要是人，管理对象的其他非人因素也是通过人而发挥作用的。管理的核心是研究和激励人的积极性。管理者只有尊重人、理解人、关心人、满足人的合理需求，才能得到师生信任、支持和拥护。成功的管理必须是科学和有效的管理，而善用心理规律则是校长科学管理学校的重要途径。

二八定律（巴莱多定律）

19 世纪末 20 世纪初意大利经济学家巴莱多认为，任何一组东西中，最重要的只占其中一小部分，其余 80% 尽管是多数，却是次要的。这就是二八法则。二八法则告诉我们，工作中，不要平均地分析、处理和看待问题，要分清主次，要把主要精力花在解决主要矛盾、抓主要项目上。学校工作千头万绪，冗务繁多，校长如果不分轻重主次，胡子眉毛一把抓，则势必吃亏不讨好，陷入事务主义中，成为事务性校长，而非事业型校长。校长分身无术，没时间也没精力一一亲力亲为，怎么办？二八法则则是最好的理论指导。

在一所学校，最重要的应是教育教学工作，教育教学工作是二八法则中的"二"，是校长重点抓的项目。校长应该把主要精力和注意力投在这上面，而教育教学工作是靠教师来完成的，因而，又应把重点放在教师身上。教师大体上可分为三类：一是老年教师。基本上已退居二线，事业上的成就需要较弱，更多的是考虑子女升学和就业，以及退休后的生活安排等现实问题。二是中年教师。他们是学校的中坚力量，工作上重任在肩，成就动机强烈；生活上一肩挑两头，上养老、下抚小，面临生活实际问题较多。三是青年教师。相对来说，他们要复杂得多，有从学生到教师的角色转换、婚恋和发展空间等问题，青年女教师还有生小孩、休产假等问题。针对几类教师不同的物质与精神的需求，学校要想方设法创造条件，尤其是要加大对教师的情感投入，关心并努力改善教师的工作及生活条件，采取必要的激励措施，进行师德、师能和师风建设，打造一支高素质的教师队伍。

除了人的关心、关注，教研教改、素质教育、学校办学理念、办学目标，以及校长个人的专业成长等，都应是校长任内的工作计划，是校长工作的目标任务，是校长的"施政"内容。至于各种各样的达标检查、后勤工作、安全工作和迎来送往，则应交给相关处室，实施对口管理，这样既能体现分工负责的原则，又可为校长腾出精力与时间，以利抓主要矛盾，以免陷入事务泥淖，被各种琐事绑架。诸葛亮事必躬亲，鞠躬尽瘁，死而后已，精神可嘉，但不足效仿。因为这样工作的后果是人亡政息，政息国亡——他死后不久，蜀国也随之而去。

晕轮效应

俄罗斯大文豪普希金狂热地爱上"莫斯科第一美人"娜坦丽，并且和她结了婚。娜坦丽容貌惊人，但与普希金志不同、道不合，为了她，普希金债台高筑，最后决斗而死，一颗文坛巨星过早陨落。在普希金看来，一个容貌出众的女人也必定有着非凡的智慧和高贵的品格，然而事实并非如此。这种现象被称为"晕轮效应"。它提醒我们，人际交往中人身上表现出来的某方面特征，遮盖了其他特征，从而造成人际认知上的障碍。

作为校长，在学校复杂的人际关系中，要擦亮眼睛，慧眼识人、公正用人，不能亲"小人"，远"贤臣"，不能搞小集团，不能推一班、拉一个，不能搞亲亲疏疏。有的人，工作能力一般，人品修养一般，甚至低劣，但溜须拍马、阿谀奉承的功夫那叫了得，堪称一流，在这种人的凌厉攻势下，境界不高的校长昏昏然很快中枪，缴械投降，自觉地把他划入自己阵营，视为心腹，纳为高参，从此，晋级有他，提干有他，表彰有他，出谋划策有他。时间一长，学校就"小人"当道，邪气盛行。有的教师操守高，能力强，工作有一套，个性独特，但不喜奉迎，不为五斗米折腰，则被校长视为另类，甚至视为对手，视为威胁，时时刁难、排挤，处处打击、报复，以致众叛亲离，人心涣散。

普希金的悲剧告诉我们，在与教师的交往中，校长既不能只见树木、不见森林，又不能只见森林、不见树木，要用唯物主义的观点全面、冷静和客观地看待与评价一个教师，应亲"贤臣"，远"小人"，要以学校大局为出发点和落脚点，当一个"明君"。

鲇鱼效应

沙丁鱼在运输中成活率很低，若在其中放一条鲇鱼，鲇鱼会上蹿下跳，搅起阵阵气泡，给水中带来氧气，沙丁鱼也得以存活。这就是鲇鱼效应。鲇鱼效应给管理者多重启示。

首先，假如鲇鱼本体代表领导者。领导者即对学校实施管理的校长或校领导集体。在缺乏活力和管理僵化的学校内，沙丁鱼则象征着一批同质性极强的教师群体，他们师能水平相似，缺乏创新和主动性，整个学校软弱涣散，得过且过，缺乏生机与活力，而鲇鱼领导者的到来，大胆整顿、改革，严肃纪律，规范制度，选贤任能，奖优罚劣，则学校焕然一新、欣欣向荣。在鲇鱼领导者的带领下，整个学校的活力都被调动起来，每位教师的正能量都合理释放，从而让学校旧貌换新颜。

其次，鲇鱼代表团队中的一员。正如沙丁鱼离不开鲇鱼一样，学校团队中也不能缺少鲇鱼教师。如果团队中每个成员高度同质，那么这个团队擦出创新火花、结出创新果实的概率微小。

聪明的校长，在注重团队建设、打造优质团队的同时，不忘培育、引进适量的鲇鱼，从而给团队带来活力、创新和成长。但现实中部分校长往往喜欢"听话"的团队、奴化的教师，最好是个个俯首帖耳、人人毕恭毕敬，着意打造"清一色"，容不得半点"杂色"，遇到有个性的教师，轻则穿小鞋，重则请出走人，几欲除之而后快，大搞顺我者昌，逆我者亡。殊不知，这样"清理"的后果非常危险、可怕，没有了鲇鱼，则沙丁鱼只能在平静的死水里慢慢死去。

踢猫效应

某董事长事业遇挫，叫来经理一顿暴风骤雨，经理受了窝囊气，转身劈头盖脸地拍员工桌子，员工无辜挨骂，回家打骂儿子出气，儿子无处可泄，狠狠地踢了趴在脚边的猫一脚。此即踢猫效应。

人的不满情绪和糟糕心情，一般会沿着等级和强弱组成的社会关系链条依次传递，由金字塔尖一直扩散到最底层，无处发泄的最小元素（猫），则成为最终受害者。踢猫效应告诉我们，作为校长，面对纷乱如麻的工作，面对性格各异的教师，特别是工作受挫之时、上级批评后，要学会控制自己的情绪，要把情绪关进理智的笼子里，不能信马由缰，让它失控，特别是不能拿"老实人"出气、拿"对头"出气。苏东坡说："猝然临之而不惊，无故加之而不怒。"这不仅是修身之道，更是校长必备的心理素质。2013年报道的校长锤杀女教导主任的教训，应高悬头顶、警钟长鸣。

再要注意到其他连锁效应。教师受了无名气，则会把气转嫁到工作上，即转嫁到学生身上，工作、学生则无缘无故成了受害的"猫"。有时教师的一通无名火可能会深深伤害学生，甚至影响学生的一生。苏霍姆林斯基说过："教师无意中一句话，可能造就一个天才，也可能毁灭一个天才。"这是有例为证的。某市一男生，因把钢笔水甩在老师身上，被老师辱骂为"人渣，没人性", 为此自缢身亡。某直辖市一中学学生在老师长达 1 小时的体罚和侮辱后, 愤而从教学楼 4 楼坠楼身亡。

破窗理论

一扇窗户被打破, 如果没有及时修复, 就会引起连锁反应, 导致更多的窗户被打破, 甚至整栋楼被拆。由美国政治学家威尔逊和犯罪学家凯琳观察总结的"破窗理论"指出, 环境可以对一个人产生强烈的暗示性和诱导性。受此启示, 校长要根据自己的办学理念, 营造乐观、生动、和谐、进取的优质校园文化氛围, 通过环境教育学生、引导学生和感染学生。

优质校园文化氛围主要包括: 一是文化栏。这里说的文化栏, 不是特指通常意义上的文化长廊, 而是指学校每一处可以利用的墙壁, 让校园文化在这些地方生长、开花、说话。苏霍姆林斯基主张, "要让学校的每一道墙都会说话"; 美国教育家艾德勒说: "凡是没有艺术介入的地方, 我们就不能称之为教育"。二是校门口传达室。一句轻轻的问候, 能让到校的学生感到温暖; 一句善意的提醒, 能让寻求智慧的学生们会心一笑; 一句诚挚的祝福, 能让回家的学生倍感幸福。三是文化长廊。这里应该是学生们展示才艺的舞台, 激发志向的平台, 营养心灵的餐台, 启迪心智的灯台, 师生交流的窗台, 以及政策宣传的讲台。四是教学楼墙上。这里应是伟人名人肖像、各种励志标牌的专区。学生们上课下课, 可与伟人在线、与名人传情、与名言对话, 以及与警句交流。五是黑板报和校报。校报和黑板报可在专任教师指导下, "打包"给学生, 由他们自己策划、组稿、编辑、美工和出版。有条件的学校可出版校报。这里是他们的乐园, 是他们的自留地, 他们在这里学习知识, 经受锻炼, 增长才干。六是食堂。这里不光是就餐的场所, 还应是对学生进行品格熏陶和"光盘"教育的好地方。通过警示标牌入眼、入心, 通过教师的言传身教让学生认识到粮食来之不易, 正所谓"粒粒皆辛苦"; 让他们认识到节约粮食不光是个人修养之事, 更是关系到国家粮食安全的大事。

上述这些表现都是硬环境。光有硬环境还不行，还必须打造软环境，即要强化教师的师德、师能和师风建设。

《中小学教师职业道德规范》对中小学教师的职业操守作了清楚的规定，教育部又划定了师德红线，每一位教师都应该认真学习、遵守和践行，并且能丰富和完善。时时把它作为工作指南、行动镜鉴，一日三省，修炼和完善自己。陶行知说："道德是做人的根本。根本一坏，纵然你有一些学问和本领，也无甚用处。"

师能即教师的技能，是指教师熟练的教育教学技能、娴熟的课堂驾驭能力；师能是灵活机动的教育机制、人际关系的处理能力；师能是不断探索、力求创新的能力；师能是审美高雅、身心健康的能力。师能是发展之本，是成为优秀教师的基础，是推动学生和学校发展的根本原动力。师风是指教师通过职业道德修养所表现出的思想和工作作风，包括对政治的关心和了解、对职业的热情和投入、对同事的团结和合作、对学生的尊重和爱护、对学术的严谨和进取，以及对自己的要求和自律等各方面的综合状况。师风决定了一名教师的境界，即是把工作当谋生的手段，还是当作事业的阶梯；是做教书匠，还是做专家型教师。师德师能师风三位一体，互相作用，缺一不可。

学校只有营造出极具魅力的软硬环境，才能迷住学生，才能如滴滴甘露，滋养学生；如润沃之水，浇灌学生。

心理效应也叫心理规律，属于心理学知识，是一门科学；心理效应的运用则是艺术。校长善用心理规律，能拉近"干群"距离，赢得教师的认同与支持，凝聚强大的团队力量；校长善用心理规律，就能如鱼得水、游刃有余，创新学校工作、带动教师成长的同时，也能打造自己的亮丽名片，从而达成科学管理学校的目标。

（原载2014年第4期《中小学校长》）

校长要有书香气

　　洪应明在《菜根谭》第44章《修德忘名，读书深心》中用振聋发聩的高分贝告诫教师："学者要收拾精神，并归一路。如修德而留意于事功名誉，必无实诣；读书而寄兴于吟咏风雅，定不深心。"意思是说，做学问就要集中精神，一心一意致力于研究。如果在修养道德的时候仍不忘成败与名誉，必定不会有真正的造诣；如果读书的时候仍喜欢附庸风雅，必定难以深入内心，有所收获。依我观之，要抛却"名誉"与"风雅"，"收拾精神，并归一路"，营造书香校园，关键是校长。

一、校长是营造书香校园的灵魂人物

　　有人说，校长是学校的形象，是学校的旗帜，是学校的灵魂。有什么样的校长，就有什么样的学校。有"风雅"校长，就有"风雅"学校；有"书香"校长，就有"书香"学校。作为农村中学一名"资深"教师，我看到了太多校长对"事功名誉"的追捧与膜拜。据报载某校一名教师长期不上班，吃空饷，忽一日，心血来潮，想当校长，几番运作后，走马上任了。有权后，大肆贪污，热衷钻营，梦想"更上一层楼"，把一个宁静的校园搞得乌烟瘴气，民怨沸腾。两年后，在老师们的愤怒中黯然下台。他任职的两年，整个校园毫无"书香"，只有"铜臭"。还有的校长不读书，不看报，考试请人"捉刀"，论文及各种竞赛自己从不参与；更有校长连工作总结都不会写，因为没有"工作"，所以无法"总结"，要交差只能从网上抄袭。有这样的校长当家，哪来书香？

校长溜须拍马，不学无术，老师就以吹捧为能事，以"创收"为乐事，以看书为耻事，以浮躁为常事。有一个情节很有意思：一次我看《中国教育报》，一名在我校支教的同事说："教师还看《教师报》？"我反问："教师不看《教师报》，看什么？看《律师报》？"这名县城的同事不屑地说："干了这么多年，还不懂？还要看报？"

换个角度看看。江苏南通二甲中学校长凌宗伟把阅读当作生命成长的需要。他自己读，带领教师、学生读，引领素不相识的网友读，还推动成立了"'今天第二'青年教师专业成长读书沙龙"，他用"读书推动思考，读书改变理念，读书引领行动，读书涵养生命"。这个乡村中学校长的"行读人生"及他的书香校园被《中国教育报》《中国教师报》专题报道，被《中国教育报》评为 2012 年度推动读书十大人物。

因而，营造书香校园的关键是选好校长，就像一句广告词说的："不选贵的，只选对的。"贵的伤不起。

二、多措并举，让校园书香浓郁

选好校长之后，要"营造"的就是老师了。一所学校，总会有那么几名教师爱书，看书，身上奔涌着书的血液，学校应舍得"出血"，要用"精神"和"物质"重奖这些"读书人"，要不惜代价让他们成为校园香饽饽，成为亚马孙雨林的一只只蝴蝶，期待他们在得克萨斯州刮起一场读书的龙卷风。

图书室管理员也应该姓"书"。这个人应具备这样的素养：爱书，最好是嗜书如命；除此之外，还要爱学习、爱研究、爱写作。爱学习的人必定爱书，爱研究、爱写作的人须臾也离不开书，这样的人一定会想方设法把图书室建设好、管理好，也只有这样的人担任图书室管理员才能影响师生，营造氛围，为建构书香校园创立软环境。这个人挑好了，即使学校不重视，图书室的翰墨也一定会香飘全校，浸染师生。

中国共产党的创始人李大钊担任过北大图书馆主任，以歌颂十月革命和宣传马列主义的雄文，深刻而有力地影响了我国的一代知识分子，其中，最卓越的是毛泽东。

李大钊介绍毛泽东到北大图书馆工作，毛泽东在汗牛充栋的北大图书馆读到了李大钊的文章，接触、接受了马列主义思想，从而成长为中国革命的领袖。

李大钊是什么人？一个知识的精灵！文化的化身！一个学养深厚、满身书卷气与灵气的图书馆管理人员，对一个人成长的影响由此可见一斑。

反观我们有些学校，图书室要么是聋子的耳朵，要么交给后勤人员去"守"，这两种情况的本质都一样——不重视。铁将军把门，书在里面呼呼大睡，书虫们要进不得进，只能望书兴叹；把图书室像仓库一样交给后勤人员，就好比把美味佳肴交给一个毫无食欲的人，其结果还用想吗？

营造读书氛围，开展读书比赛，是构建书香校园的有效手段。学校和图书室要定期不定期地在师生中开展读书比赛，引导师生爱书、读书、用书，每月读一本书，每期确定一个主题，比赛的形式可以多样，不拘一格——征文、朗诵、书画，师生共读，皆可。早读课、诵读课，师生要一起读，共同体验阅读的美好，切忌自己不读，强迫学生读。对读书用书的师生要着力肯定，大力表扬，并推向社会，优秀作品可编辑成册，载入个人成长档案，同时，向上级、向报刊推荐。

设立读书节。近几年来，不断有人大代表提出议案，建议国家设立读书节，虽暂未成为现实，但作为以书化人的地方——学校，可以带头践行，成立自己的读书节，通过节日强化师生的读书意识，掀起全校不可逆转的读书风潮，让读书成为学校一道亮丽的风景，成为学校重要的文化元素，成为广大师生血液里的成长基因。

　　加强图书室制度建设。图书登记、开放时间、借书制度、管理人员职责都要用制度规范、保障，确保图书室长久、有序、规范、高效运行。

（本文系首次发表）

好校长的"标准像"

校长是学校的灵魂和旗帜，其重要性无须赘言，仅举两例。崔其升校长挽救了濒临倒闭的杜郎口中学，李希贵校长在北京 11 中探索"走班制"，"走班制"成为教育改革的新热点。故此，让我重新勾画了心目中好校长的"标准像"。

好校长首先是一位好老师，是教学骨干，是教师中的出类拔萃者。他善于学习，思想新潮，与时俱进，能够紧盯教育改革前沿，紧跟教育改革潮流；在自己的教学领域有所思考，有所建树，不僵化保守，不故步自封；深受学生喜爱，深受同事敬佩，是在一定范围内有一定影响力的教师。

好校长的血液里流淌着与生俱来的、强烈的事业心与使命感。他视教育为事业、视振兴学校为己任、视教书育人为天职。他尽忠职守，不为加官晋爵、升官发财，而是把校长作为施展抱负的平台。

好校长具有披荆斩棘、杀出重围的担当和勇气。一所农村学校若存在师资短缺、理念僵化、生源稀少、经费紧张等情况，让学校陷入恶性循环，那么学校迫切需要一位有魄力、有担当、敢于披荆斩棘的校长带领学校跳出重围，走向新生。因此，校长应对自己的学校进行深入了解，有切实可行的措施，有革故鼎新的能力，有愈挫愈奋的毅力。他知道学校需要什么、老师需要什么、学生需要什么、社会需要什么，他有改造学校、使学校脱胎换骨的宏伟计划和能力。他能把专家学者的理念，把先进学校行之有效的措施与本校的实际情况有效嫁接，使之本土化，本校化，打造一个崭新的学校。

好校长胸怀宽广，管理民主，敢于纳谏，敢于扶持"反对派"，不刚愎自用。为了学校的最高利益，他有听取不同意见的雅量，尤其善于倾听"反对派"的意见，并严肃思考，大胆采纳……

有着这些特质的校长，正是当今学校亟需的。

（原载2015年6月19日《未来导报》）

当一个"另类"局长

虽然我只是一名普通的中学教师，但我常想，如果有一天，我"有幸"当上了全县的"教师王"，我将抱持三条为"官"原则，当一个"另类"教育局局长。

第一条，不唯上，只唯下。我将靠自己的原则和理想为"官"，放下身份，走遍全县每一所学校，包括村小、教学点，深入各校了解办学情况，重点了解办学困难，了解各校对课改的认识及实施情况，了解各校收费及学生负担情况，了解各校对教育局及局长的期盼。

我将尽可能多地走进教师家里，看他们的生活状态，听他们的心声；询问他们的幸福是什么，坚守的动力在哪里；尽量记住每一位教师的名字，大街上遇见能准确地"对号入座"；把每一位教师对教育和幸福的看法记下来，为他们著书立说；建立全县教师QQ群，与他们互动、交朋友，做他们信得过的"娘家人"。我不希望他们恭恭敬敬地叫我局长，希望他们真心诚意地称我为老师。

第二条，不唯虚，只唯实。我不搞花架子，不玩"蜻蜓点水"式的调研，不满足于听汇报，不满足于校校都"非常满意"，个个都"充分肯定"；出了局长办公室，不进校长办公室，而是到教师办公室，听教师意见，听学生心声，用眼观察，用心思考。我将建立全县教师流动机制，乡村教师可进城区学校挂职锻炼，城里教师要送教下乡；努力缩小城乡教师待遇差距，让城乡教师同工同酬，同享教师职业幸福。

第三条，不唯己，只唯教。任何时候我都要把全县的教育工作摆在首位，一切工作的出发点和落脚点都是为了教育，为了教师，为了学生。教师有困难，需要帮忙的，我将鼎力相助。

"另类"教育局长一定不好当。但我相信，做到了这三条，就一定上不愧国家，下不怍教师，良心就将得以安宁。

（原载2013年12月18日《中国教师报》）

打造文化软实力才是正道

这里长廊，那里小湖；这里竹林，那里怪石。如果不是书声琅琅，还以为这是公园。为了打造特色校园文化，一些学校砸下巨资，大拆大建，大装大修，似乎校园"新"了，"名片"就亮了，质量就高了，人气就旺了。

但，恕我直言，这其实是不健康的政绩观在作祟。为官一任，功劳一堆。我求"神"拜"佛"争得了多少资金，建起了文化长廊；我顶风冒险，违规收了多少资金，栽种了一片竹林；借校庆活动，我募集了多少资金，挖掘了碧绿小湖。总之，这都是我的功劳。没有我，就没有学校的今天，就没有这美丽的校园。这功劳看得见，摸得着，谁也不容抹杀，今后在校史上势必要留下一笔，要"载入史册"的。有人说，瞎折腾，抓这不如抓质量。质量我也想抓，可那是慢工细活，不能立竿见影，再说了，考上了几个学生，老师们也有功劳，我不能独享。这就不同了，全是我的功劳。

说得尖锐一点，这里面有没有腐败？现在社会上充斥着各种各样的潜规则，谁能说里面就清清白白？难道就没有回扣、利益交换？媒体上经常披露的某些高校腐败窝案，就发生在工程、基建领域，这已成为易发、高发地带。有的学校本来资金有限，却不惜亏空，大举借债，大装大修，其动力恐怕就在于此。

其实，社会对一所学校的评价，除了校容校貌、人工环境外，更看重的是教育理念、教育质量、师资力量、办学前景等。这些软件才是学校之魂，是学校生存、发展乃至壮大的根本，是学校的软实力。有紧贴时代的教育理念、有过硬的教育质量、有强大的教育家队伍，有美好的办学前景，则如"梧桐引得凤凰栖"，引得各地学子纷至沓来。俗话说，酒香不怕巷子深。只要软实力过硬，学校就能魅力四射，立于强手之林。

写到这里，我想到了国立西南联合大学。全面抗战爆发的第二年，西南联大迁至昆明正式成立。第三年，新校舍落成。学生宿舍36栋，全是土墙茅草顶结构；教室、办公室、实验室56栋，为土墙铁皮顶结构；食堂2栋、图书馆1栋，砖木结构。校舍如此，景观就不谈了。可就是这样一所"土"学校，却吸引了吴大猷、周培源、金岳霖等学界泰斗、教授来校任教；就是这样一所"土"学校，师生中有171人（学生92人）担任中国科学院、工程院院士，其中，杨振宁、李政道2人获诺贝尔奖，赵九章、邓稼先等8人获两弹一星功勋奖，黄昆、刘东生、叶笃正获国家最高科学技术奖，宋平、彭佩云成为国家领导人。

无可辩驳的事实告诉我们，校园文化景观对学生能起到一定的熏陶作用，但真正起作用的是为广大教师、学生认可和推崇的办学理念，是教育家的时代风采，渊博学识，人格魅力，奉献精神。不然的话，就难以理解，为什么在抗战爆发、社会动荡、民族危亡的当头，西南联大能取得如此辉煌的办学成就，能培养出享誉世界、为国家科技事业做出杰出贡献的顶尖科学家。

西南联大的奇迹当让我们深思。虽然时代变了，条件好了，打造校园文化景观也是办学需要，但要量力而行，不能不考虑承受能力刻意为之。

把思维转动一下，换个角度想一想。假使学校建得像故宫、像圆明园，但学校不是把培养人才、社会效益放在首位，而是把经济利益放在首位，领导班子无战斗力，老师无责任心，人人为己，各自为政，人心涣散，师德沦丧，这样的学校又能培养出什么样的学生呢？又能有多大的吸引力呢？又能激励谁呢？墙上的励志语一句比一句说得好，景观一处比一处漂亮，但教师不讲职业道德，不履行教育教学职责，精神萎靡，不思进取，得过且过，那这样的文化景观，不但不能激励学生，反易激起学生的反感。

如此观之，不顾一切，大操大办，大兴土木，装饰校园，不如潜下心来，研究教育教学规律，研究办学之道，研究师生成长之道，像陶行知、苏霍姆林斯基那样当校长，打造像西南联大那样具有强烈吸引力的文化软实力的学校才是正道。

（原载2013年第11期《中国西部》）

三谈幸福——仰头长啸，甘为改革鼓与呼

　　有作为的优秀教师既能从微观上洞察教育弊端，并能直面之，又能够跳出教育看教育，从宏观上站在一定的高度深刻剖析弊端产生的深层次原因，有着自己独到的见解及对策，甘为教育改革鼓与呼，并为之幸福。

老师在学生面前搞那么"高冷"干吗

时常看到学生们礼貌而真诚地问候"老师，您好"，有的甚至伴随一个 90 度的鞠躬。被问候的老师呢，或面无表情地应付一声"好"，或以一声干瘪瘪的"嗯"敷衍，或点头示意，有的则干脆置若罔闻，视而不见，难得理睬。根据我多年的观察，鲜有老师热情饱满地回应学生："你好！"

刚刚走上讲台的青年教师，漠视学生的诚挚问候和真诚鞠躬，无非是想通过此等"高傲"或"高冷"的举动，在学生面前树立威信，以免被学生小瞧，同时赢得学生的佩服与尊重。虽然方式不当，但这种想法是可以理解的。

相比较而言，一些中年教师对学生礼躬毕敬的致意熟视无睹，满不在乎，实在让人无法理解。中年教师在讲台上摸爬滚打了几十年，与各种各样的学生打过交道，心理不会像青年教师那样"不成熟"，更不需要端着架子装腔作势。我细细地分析研究，中年教师的"冷漠"无非是出于这几种心理：一是自身形象不佳，想通过此举来挽回形象。有的教师或者不负责任，或者师德低劣，或者思想落伍，担心被学生小视，就故意装"高冷"，在自己和学生之间挖一条鸿沟，使自己和学生保持适当的距离，以免被学生窥破心理，以修补自己不佳的形象。二是"师徒如父子""一日为师终身为父"等旧的伦理观作怪。部分教师认为，为师者应有为师的样子，不能与学生"嬉皮笑脸"，因而故意端着架子，装着样子。三是认为学生向老师问好是应该的，是天经地义的，而老师则无须向学生问好，无须回礼。

从人格上说，师生是平等的，没有高低贵贱之分，因而，当学生向老师问好时，老师给予热情的回应，不仅是对学生人格的尊重，也是对自己的尊重，展示的是自身修养，是自信的表现，它不但不会有损教师威信，反而有助于教师赢得学生的良好口碑。

青年教师无法短时间内在课堂上让学生心悦诚服，正好可以利用45分钟以外的机会和学生交朋结友，交心谈心。青年教师和学生年相近，心相通，这是他们走进学生心灵的天然优势。如果青年教师善加利用，与学生多亲近，成为朋友，不是更能赢得学生的喜爱、信任与尊重吗？

至于中年教师，则要放下一切戒备心理，摒弃一切旧思想旧观念，热情地、大方地与学生寒暄问暖，一呼一应。这么做，往往会收到意想不到的效果，缩小师生之间的距离，密切师生感情。

对此，我有深切体会。前年刚接手八年级，部分学生为了给我"下马威"，经常叫我的名字，有时刚走出教室就叫起来了。我苦思冥想，如何让学生叫我"老师"，而不是叫我的名字呢？正当我茫然无计、无可奈何时，我猛然发现，学生几天没再叫我的名字了，以前可是天天都要叫的呀。我欣喜地静下心来寻找原因，总结答案，原来，不管什么学生，不管在什么地方，只要他们向我问好，我总是喜笑颜开、高声爽朗地向他们问好，有时我还远远地主动跟他们打招呼。我想，征服学生的秘诀只能是这个，因为我没有采取其他特别的举措来制止学生的"冒犯"，因为我可能是学校唯一长期坚持向他们回礼、向他们表达尊重的老师。

老师们啊，我们在学生面前搞那么"高冷"干吗？当你的学生向你奉上一声"老师好"时，他们多么希望听到你一声热情的回应："某某同学，你好！"

（原载2015年11月20日蒲公英评论网，被评为"月度好稿"，标题有改动）

"90分及格"是反教育行为

前不久，网曝西部某省会城市部分小学教师将"及格线"提高到 90 分，并要求 95 分以下的学生，将试卷带回家，让家长签写"下一步如何提高成绩"的意见。

闻此消息，第一反应是逆流而上，开历史倒车。前不久教育部出台了小学生减负新规，党的十八届三中全会刚刚提出了教育改革的若干新政。在此背景下，将及格线从 60 分拔高到 90 分，无疑是一种极端的应试教育思想在作祟，是无视教育改革的政策法规，是无视青少年的健康成长。

哲人说，世上没有相同的两条河流，没有相同的两片树叶。人亦然。受家庭环境、禀赋、志趣等影响，每个学生都有自己的特点，很难要求学生对每门学科都那么敏感，那么感兴趣，怎么可能人人每科都考 90 分以上呢？假设，让教师与学生一起考试，能保证每名教师每科都考 90 分以上吗？我想，未必！不是经常有报道说，某作家做小学试卷不及格吗？既然教师、作家都做不到的事，为什么要强学生所难呢？

再说，一张试卷，学生考了 70 多分、80 多分，表明他已经掌握了大部分知识，按照现在的等级标准，分别是良好、优秀，应该表扬、鼓励才对，可这样一拔高，他们反倒不及格了，成了批评的对象，他们会是什么心理感受呢？

心理学原理中有一个著名的罗森塔尔效应。美国心理学家罗森塔尔到一所小学进行像煞有介事的"预测未来发展"测验：在几个班随便挑选几名学生，然后告诉老师说，这几名学生有"优异发展可能"，老师也就真的对他们布施阳光雨露，作为"种子学生"培养。过了几个月，奇迹发生了，这几名学生还真的成了班上的佼佼者。

此实验告诉老师，鼓励、正面暗示，能给学生神奇的正能量。但及格分数线拔高后，那些原本"良好""优秀"的学生往往会产生消极的自我暗示：我不行，我连格都不及。这样的暗示是很危险的，他们可能会自暴自弃，会从此"倒"下去一大片。

在现代教育中，教师是主导。我想问，教师，你准备好了吗？你准备好由"演员"到"导演"的蜕变了吗？在你的主导下，大概有多少学生能"及格"呢？如果"及格"的总是少而又少，你准备如何"培优补差"呢？如果从此后，90分才算"及格"，那多少分是"良好"，多少分是"优秀"呢？几分之差又能说明什么呢？如果"不及格"的学生需家长签写"提高"意见，那是不是一种责任转移呢？家长支持吗？

有个成语叫标新立异。我想，此举大概算得上标新立异。估计是想通过炒作来提高知名度，唤起社会注意，增加生源，为领导晋升捞取资本，当然，也可能反映了部分教师内心的焦虑——在将学生考分与教师各种待遇挂钩的背景下，通过此举刺激学生大幅提高成绩，为自己争光，积累资本，以打败"对手"。殊不知，这违背了学生认知规律，违背了教育规律，是反教育行为。

愿教师多一点事业心，少一点功利，勿把自己的利益建立在学生的痛苦之上。

（原载2013年12月13日《四川民族教育报》）

学生体质不是"考"出来的

当代中小学生体能体质的不断下降，已是不争的事实，已引起有识之士的关注及忧虑。把体育纳入考试就能有效改善学生体能体质只是专家们的一厢情愿，事情远没有这么简单。

我们这里前些年体育是纳入中考的，计 30 分。七年级、八年级每周开两节体育课，名曰体育课，其实是"放羊"课，学生自由活动，九年级则一节也没有。体育中考时，学校几番运作，只要保证几个"尖子生"能达到"优秀"就行了，其余则顺其自然，考多少是多少，他们反正升学无望。

因为操作不规范，体育中考，饱受诟病，后来废除；近年又兴起，但情形依旧。

因此，将体育纳入考试，绝不是改善学生体能体质的办法，反而滋生腐败。

要想真正有效改善学生体能体质，正确的做法应该是多种措施并举——

一、三餐吃饱，零食免了。家庭、学校要互动起来，强力监督学生按时就餐，三餐吃饱，禁吃零食。有的学生把吃饭当成零餐，把零食当正餐，主副颠倒，零食度日。俗话说，人是铁，饭是钢，一顿不吃饿得慌。学生长期不吃饭，身体焉能不垮？一些零食高热量，低营养，添加剂多，怎能满足正处于成长期的中小学生身体成长之需？怎不危害身体？于是就有了一个个小胖墩，于是小胖墩们走起路来气喘吁吁，于是跑步时猝死者有之。为此，家庭、学校应联手整治学生吃零食之顽症——家庭可断绝其经济来源，学校可从制度入手，教育、引导学生一日三餐吃饱吃好，少吃或不吃零食，以最大限度减少不健康的饮食习惯带给学生的危害。

二、科学上网，文明上网。黑网吧已成为中小学生体能体质下降的重要推手，甚至生命杀手，以致全国各地不断有未成年人猝死网吧的报道。有的学生以网吧为家，几天不下线，情绪长期紧张，视力、听觉长期受损，心理依赖严重，这不是慢性自杀吗？因此，执法部门应加大执法力度，严治黑网吧，严查未成年人上网；学校、政府还要加大宣传力度，呼吁、指导未成年人科学上网，文明上网。

三、体育课要"上"，活动要多样。体育课要真真正正"上"起来，要让学生扎扎实实"动"起来，体操、田径赛、球类运动都要轰轰烈烈开展起来，并且经常性开展各种形式的体育比赛，培养学生对体育的兴趣。教师纳入教育教学常规检查，学生纳入综合素质考核。

四、有"劳"学生，一"动"就好。"劳动"是强身健体的灵丹妙药，农村家长要把双休日安排起来，让孩子下田间参加劳动，既培养吃苦意识，又能提高体能素质。城市家庭可与农村家庭结成友好家庭，双休日带孩子下农村参加劳动。

学校可建劳动基地，每周的劳动课，应带领学生挽起裤子卷起袖，脸朝黄土背朝天，干一番"战天斗地"的"大事"。

以上四项应纳入学生日常行为规范管理。

如此组合拳打出，学生体质方能无忧。

（原载2013年3月8日《江苏教育报》）

学生体质的强健是一项社会系统工程

据一些城市对中小学生体质状况的调查显示，仅三成中小学生体重正常，肺活量、速度、力量、耐力等难以达标；此外，还偶尔发生学生长跑猝死悲剧。在物质水平不断提高的今天，面对学生体能体质不断下降的尴尬事实，人们震惊、忧虑。

据笔者看来，学生体能体质的强健，绝不仅仅是学校的事，更不只是体育老师的事，而是一项社会系统工程，需要全社会齐心协力，齐抓共管。

首先，是家长的事。家长要教育、引导、监督孩子按时就餐，正常就餐，不吃零食，或少吃零食。部分学生长期不吃饭，只吃零食，靠零食度日。这些零食高热量，低营养，又含有各种各样的添加剂，长期食之，身体焉能不垮！于是，我们就看到一个个小胖墩走起路来，气喘吁吁；于是，就有了中国学生登山不如日本学生之说；于是，就有了长跑猝死的悲剧发生。而家长能够监督孩子一日三餐正常就餐，就为孩子体质的提升以至强健，打下了一个好的基础。

此外，农村家长在双休日要带领孩子下田间劳动。孩子帮父母挖挖沟、施施肥、除除草、治治虫、插插秧、收收谷，甚至吹吹风，淋淋雨，一是能体验稼穑之苦，二是能极为有效地锻炼身体，增强体质。

毛泽东在长沙一师读书时，就常常进行日光浴、风浴、雨浴、游泳、登山、露宿、长途步行等活动，还在数九寒天用冷水淋浴。因为有了强健的体魄，有了革命的本钱，毛泽东才有力量带领无产者闹革命，成为人民领袖。

野外的花朵总比温室里的花朵开得鲜艳，长得顽强。

城市家庭可和农村家庭结成对子，两家孩子一起定时下乡劳动。春天，和农村父母一起耕田、施肥、播种；夏天，灌溉、治虫、除草；秋天，收割、运输、收藏，这些在城市高墙院落里不曾见过的事情，对于他们既新奇，又有锻炼意义，极具正能量。习近平、李克强年轻时下乡到农村劳动，同农民一起日出而作，日落而息，同甘苦，共患难，非但没有垮掉，反而成长为当今的国家领导人。

从根本上讲，学生体质应从娃娃抓起。现在的幼儿园娃娃、小学生都是家长用车接送，车来车往。如果家长有足够的时间，应陪他们"走"——"走"来"走"去，让他们在日复一日的"走""动"中，练就牛一般的体质。

然后是学校的事。学校要制订学生体质提升计划。体育课要"育"，而不是"放羊"；劳动课要"动"，也不要"放羊"。要经常开展各种体育、劳动竞赛，经常开展中小学生运动会，经常开展学生体能体质的评比，先进者、合格优秀者予以表彰。

政府有关部门要对体育老师进行培训。现在文化课老师都有培训，还未听说体育老师培训的事。农村学校体育老师奇缺，基本没有专业老师，都是其他老师兼任。想一想，这样的体育课有质量吗？学生体质能提升吗？

中小学生是祖国的花朵和未来。他们体能体质的强弱，关乎民族的兴衰存亡。国家要有顶层设计，从国家层面制定《中小学生体能体质发展战略》，要和正在实施的中小学生牛奶工程结合起来，要有时间规划，分地域，分步骤，逐步实施。

记得有这样一则寓言：河的一边水草丰茂，环境舒适，这里的主人——一群羊长期安逸、懒散惯了，生病的生病，早死的早死，羊群面临种族灭绝的危险。后来，河的对岸来了一只狼。老羊、病羊被迅速吃掉，其余的羊在长年累月的惊恐的逃生中，狂奔乱跑，东窜西逃。很快，羊群体质得到整体提升，面对狼，再也不似惶惶丧家犬，而能应付裕如，镇静从容。就这样，狼和羊，一东一西，相安无事。

每一位关注学生体能体质的人士是不是能够从中悟出些什么呢？

（本文系首次发表）

学校不是生命的终点

据媒体报道：2014年元月3日正午，W市一名高二学生突然翻过护栏欲跳下，幸被同学及时拽住，才没酿成悲剧。2013年10月30日，C市一名五年级学生在课本上留下"老师，我做不到，跳楼时好几次我都缩回来了"的遗言后，从30层楼上跳下，起因是老师批评他不遵守会场纪律。

我们的学校怎么啦？我们的教育怎么啦？学校怎么成了生命终点，教育怎么成了凶手？学生接受教育本来是为了完善自我，超越自我，建构新我，怎么反倒选择自戕的不归路？

且看我们的教育：

"高否？富否？帅否？否，滚去学习！"这是某学校的"励志"语，直截了当地告诉学生若你不是高富帅就必须去学习。

C市某中学公开把学生分成三六九等，对于调皮的学生，公然要求其他学生不要与他来往，孤立他。

一年有104名学生考入北大清华的某超级名校，对上万名学生实行"无死角管理"，从5点半到22点10分一律军事化，成绩、德行、卫生，包括男女生频繁交往、发呆、吃零食都由"棱镜"监控，其指向很明确——分数。

在这所名校里，学生迈进了学校大门，就把自己交给了学校——学习、生活、言行、思想都不属于自己了，自己只是一台听令的机器。

无死角的管理，剥夺自由的管理，军事化刻板的管理，给那些中等生、学困生太大的压力——学习，他们无过人天分，整日用自己的短板跟别人的长板比，到哪里去找半点信心，半点自豪感？自己的长板又无处可用，因为那与分数、升学率无关，所谓扬长避短，那是"尖子生"的事，对他们而言，是扬短避长。

2013年最后一天，S省某中学40多名高三家长联名要求学校补课，又为这种分数教育推波助澜。

"师徒如父子。"这话是形容师傅和徒弟的关系的。撇开话中所反映的封建等级观念不说，它揭示了师徒关系的本质——心心相贴，亲密无间。朱永新也说："无论在学校，还是在家庭中，只有平等的心灵沟通，才会产生真正的教育。"

《论语》里有这么一则：子夏问："'巧笑倩兮，美目盼兮，素以为绚兮。'何谓也？"子曰："绘事后素。"曰："礼后乎？"子曰："起予者商也！始可与言《诗》已矣。"我们分明看到了这样的温馨场面：孔子和他的弟子盘腿，围圈：一起探讨，快乐学习，民主平等，共同成长——体现生命的尊严和活泼，增加生命的厚度，提升生命的价值。国家督学罗崇敏在任云南省教育厅长时就在全省大力推行"三生教育"，教育学生珍爱和敬畏生命。

学校不应是生命的终点，它应是生命的接力点、再起点。学校承载了教育，教育的出发点是人，终极目标还是人。学校应与生命相约，与生命携手，与生命共舞，用生命教育谱写生命华章。

（原载2014年3月14日《四川民族教育报》）

孩子的心理保健为何不在服务区

最近，一个焦点新闻和其他热点新闻交缠在一起，用力地撕扯着家长、教育、社会的"心"：在"复旦投毒案"宣判的日子，H省一名14岁的肖姓少年在网吧用弹簧刀刺死了前来催他上学的父亲。事件不复杂：父亲接到儿子老师的电话，问孩子为何没上学，气愤的父亲在网吧找到了玩得起劲的儿子，打了儿子几耳光，儿子拿出弹簧刀手刃了自己的父亲。父亲倒地了，儿子又接着玩，哪怕他已玩了7个小时。

据孩子母亲讲，孩子一直乖巧懂事，洗碗拖地，碰到邻居爷爷奶奶都会打招呼，还会照顾脑瘫的弟弟。在亲友眼中，他"曾是模范留守儿童"。

"模范留守儿童"成了"弑父凶犯"，谁之错？

人们的第一反应可能是孩子以下犯上，大逆不道。"天下无不是的父母"，怎么能"杀父"呢？批评、指责的唾沫星会将孩子淹死。可是，请注意一个细节：孩子是在挨了几耳光后才动的刀，而这已不是孩子第一次挨打了。据记者调查，"父亲脾气暴躁，发起脾气来很吓人，一点小事都会大发雷霆，扫把、棍子，抓起什么就是什么，直接打上去。""有一次，看到儿子床上有一根皱巴巴的烟，冲着他就是一顿拳打脚踢。"而最具讽刺意味的是，烟却是他自己掉床上的。孩子母亲说，有一次还把孩子的小拇指打骨折了。不需要凭借想象，事实告诉人们，孩子是在暴力中长大的，是在棍棒下长大的，暴力、棍棒养成了他暴戾、冲动的性格，他原本稚嫩健康的心理开始受损了。假使父亲懂得一点家庭教育学，放下架子，换位思考，用亲情浇灌，用血脉润沃，则悲剧完全可以避免；假使父亲不被孩子的缺点遮蔽双眼，善于发现孩子身上的闪光点，懂得称赞孩子，欣赏孩子，则悲剧可以避免；假使父亲懂得"孩子的成长是等待的艺术"，耐心在等待中静听花开的声音，在等待中静赏花开的美丽，在等待中静收花结的果实，则悲剧可以避免；如果修复及时，父子二人甚至可以合演一曲人间喜剧。

进城务工人员游击式的工作是摧毁孩子心理健康的有害病菌。跟大多数进城务工人员子弟一样，小肖先在老家读书，后随父母外出打工，在几所学校上过学，由于对外地生活难以适应，被迫回家乡继续上学。南北辗转，东西迁徙，年纪轻轻，阅历"不浅"。父亲的大棒教育，各个学校、不同老师的不同教育，把孩子"教"得"性情古怪"，不太正常了。小肖的母亲说，孩子做了半年事回来后，"性情变了"，老师也认为他特别不好管教。孩子本来是单纯的，可是"复杂的经历"慢慢把孩子变得不单纯了——年龄上他未脱孩子的稚气，心理上已是一个具有叛逆意识、反抗意识、斗争意识的"成年人"了，令人遗憾的是，父母对他"邪念"的潜滋暗长却浑然不知，仍然一如既往地沿着以往的轨迹工作、生活着，丝毫不知改变。应该说，从这时起，悲剧的种子就已经埋下了，只要遇到合适的条件，如水、气候等，就会冲出泥土，开花生长，结出罪恶的果实。假使父母察觉到危险后，丢下工作，或固定工作，把孩子的培养、心理的矫正作为第一要务，则悲剧可以避免。

留守儿童、进城务工人员子弟已引起广泛关注，这次又引起了有识之士的讨论，但大多从家庭亲情、学校关爱、成长环境的角度在探讨，当然，这是必须的。从实际情况来看，这两类未成年人群已或多或少、或轻或重、或明或暗地存在着各种各样的心理挫伤——学习焦虑、恐惧、习得性无助、抑郁、多疑、自卑等，如小肖就很内向自卑，又不善于表达。我想，这是不用过多例证的，因为，每一名教育工作者、关心他们的人都心知肚明，并且揪心着。而现实情况是，少儿心理挫伤的康复还是空白区域，没被社会服务覆盖的空白区域。不少的留守儿童、进城务工人员子弟"心"里有"病"没被及时"发现"，得不到及时治疗，带"病"留守着，随父母迁徙着，忍受着父母的打骂，整个少儿期间戴着脚镣在跳舞。我们现在的工作又过于注重"事前"，就好比在河边修建了防护设施，阻止孩子掉下河去，而孩子一旦掉下去就不管了。因此，笔者建议：各学校要开设专门针对这两类学生的心理辅导课，社区、县乡要建立专门的心理康复医院或科室，给他们受伤的心灵以抚慰，帮其按摩康复——在前述预防的基础上，着眼于治疗、矫正。心理辅导、心理矫正，实际上是家庭亲情、学校教育的工作延伸，是把"预防"和"治疗"有机结合起来，全方位地、深度地为孩子的成长服务，同时，也能唤起家长及全社会对孩子心理健康的关注。

愿全社会都来关注留守儿童、农民工子弟，不只关注他们的读书学习、身体成长，更要关注他们的心理健康。

（该文被教育散文集《教育絮语》收录）

重视人身安全，更要重视心理安全

又到一年毕业季，各地教育部门又在召开会议，下发文件，反复强调学生安全，包括食物中毒、溺水、交通安全等。

"安全重于一切"，虽然没提这句话，但在有的学校，安全是压倒一切的。特别是 H 省一小学组织学生春游发生交通事故后，各校更是谈安全而色变，校长提到安全就头大，以致夜不能寐。

重视学生人身安全是正确的。毕竟人命关天，毕竟孩子是家庭的希望，是国家和民族的未来。但我们似乎忽略了另一种安全——学生心理的安全——学生以某种方式主动结束自己的生命（或他人的生命）。君不见，有小学生在课本上留下遗言后，从高楼上纵身一跳的，有小学生在网吧刺死自己的父亲的，有中学生因手机被缴而弑杀自己的班主任的，有中小学生因作业未完成而跳楼自戕的，有大学生残忍杀人的，有研究生投毒，把毒手伸向自己的同室好友的……

不知是我见识浅薄，孤陋寡闻，还是其他原因，每临此事，似乎从没见过哪个教育部门像重视学生人身安全那样，为此专门召开会议，下发文件，讨论学生心理安全对策，讨论学生心理安全教育办法，似乎领导们的注意力全在学生人身安全上。

原因何在？一个原因恐怕是认识有误区。即一说到安全，想到的就是人身安全，而不是心理安全，因而，学生人身安全摆在议事日程上，而心理安全则没有。另外，恐怕是一种自我保护主义在作怪。学生人身安全已经形成风声鹤唳之势，一出事故，轻则丢职丢饭碗，重则判刑坐牢（如 H 省某校长），谁也不敢玩忽职守，掉以轻心。而出了心理安全事故，责任相对轻松得多，虽说有时有所处分，但还没人像 H 省某校长那样去坐大牢，因为有各种各样的理由为自己开脱。比如，孩子是在家里自杀的，与学校无关；杀的是自己的父亲，与学校无关；杀的是老师，社会压力小；杀人偿命，该他自己承担责任，与学校无关；等等。现实案例也告诉人们，无论是从经济的、行政的，还是法律的角度看，责任都轻得多。

因为以上两个原因，某些教育部门不是十分重视学生心理安全，而这种不重视，反过来又加剧了此类事故的频发。

但，如果我们稍加分析，就会发现，此类事故造成的危害远甚于人身安全事故造成的危害。

人身安全事故一般只是普通意义上的安全事故，它没有影响、示范作用，也就是说，学生们不会效仿，也无法效仿他们去做傻事。但心理安全事故就不同了，它具有极大的负面影响、示范作用，有一个学生跳楼，就会有另外的学生效仿，有一个学生杀人，就会有另外的学生磨刀霍霍。事实也是如此，看看前面列举的事例，哪个是偶然的、单个的？过去有，今后也还会有，光是大学生杀人，先有马加爵，后有药家鑫，研究生投毒，前有北大投毒案，今有复旦投毒案，最近又有研究生自杀。这就是说，这些学生的错误行为在校园内、在社会上起了极坏的负面示范作用，对其他学生的心理冲击不可低估。

因此，在加强学生人身安全的同时，万万不可忽视学生的心理安全。

（原载2014年5月20日《荆州日报》）

学校有能力为学生单方面"减负"吗

最近，看到某校长在媒体上发表题为《让孩子崩溃的"刑具"》的文章，认为"中国可能是目前世界上中小学生课业负担最重的国家"，中小学生家庭作业被描述为"一种让中国学生崩溃的'刑具'"，作者认为，"把孩子从沉重的家庭作业中解放出来，应从学校和老师开始做起"。并且以他所在的学校为例证："取消九年级的晚自习；减少所有年级学生的在校时间；增加学生的自主活动课；将每天的家庭作业由多科变单科；容许家庭作业完不成；等等。"

从现实情况来看，该校长的这套减负措施能否行得通，能否长期实行下去还是个问题。作者也写道："中国学生的学习负担过重，表面上看是应试教育的结果，深层的原因却是中国人价值观的异化，导致人们把升学当作人生的目标和方向，当作判断人生成功与否的唯一标准……一个不愿正视的事实是，孩子的压力往往来自于家长们曾经的失败和他们未曾实现的梦想，来自于扭曲的价值观和社会对成功的狭隘定义。"

这段话其实描述了一个事实：学生过重的课业负担表面上看来自于学校和老师，实际上来自于家长和社会——学校和老师只是舞台上听从指挥的演员，家长和社会才是幕后的导演。为什么社会上各种各样的补习班、培训班如雨后春笋般地纷纷涌现？那是因为有市场。市场来自于家长异化的价值观，来自于社会的狭隘评价。于是，我们就痛苦地看到，学校这厢把课业负担减轻了，家长那厢立马又加上去，学校减轻的是自己的负担，而不是学生的负担，家校之间玩了一场加减游戏而已。

现在的农村学校都办得很艰难，生源稀少是重要的原因，直接导致经费紧张，人气不旺。要想拯救学校，目前唯一的办法只能是提高升学率，用"时间＋汗水＋身体"换来的分数来兑现家长的希望。要提高升学率，无外乎增加作业量，延长在校时间，舍此，别无他途。以我所在的监利县福田中学为例，全校上晚自习，九年级上四节晚自习，周日全天上课，即使是寒冷的冬天，也是如此，丝毫不敢懈怠，特别是第四节晚自习上完后，走在回家的路上，已是夜深人静，万籁俱寂。有人会问"不上行吗"？家长把各种希望都寄托在孩子身上，如果不上，他们会认为学校抓得不紧，老师不负责任。更让人无奈的是，你的学校不上晚自习，不上到夜深人静，别的学校会上，两相对比，家长心目中就有了谁是"好学校"、谁是"孬学校"的自我评价。你的学校不让学生"拼命"，家长会把孩子转到别的学校去"拼命"。剧场效应害莫大焉。

前不久，两学生在上晚自习之前打架，一学生住院，学校赔了几万块。家长质疑学校的一个重要理由是，上面三令五申不准上晚自习，你们为什么要上？学校回复：学校不上晚自习，你们会把学生送到我们学校来吗？不上晚自习，住读生如何管理？打架斗殴的事岂不是更多？看，要上晚自习的是家长，批评学校上晚自习的也是家长，学校、老师吃亏不讨好，里外不是人。学校不是生活在真空中，教育不是学校单方面的事，它是全社会的事，我们应该跳出学校看教育，看待各种教育问题时，不要太情绪化，太理想化。因为解决教育的问题，学校往往独木难支！要想从根本上解决学生负担过重的问题，家长转变观念才是上上之策。

（原载2016年1月10日中国教育新闻网，被评为"月度好稿"）

厅堂也可成学堂

9月开学季，大多数孩子已坐在窗明几净的教室开始了新的学习旅程，然而却有一部分孩子则选择由父母授课"宅"家上学。

从本质上说，让孩子在家上学是一部分文化程度较高、见识较广、眼光前瞻的现代家长对现行教育体制的反抗和逃避，是一种无奈之举；从形式上说，是一种现代私塾；从功能上说，是对公立学校的补充和对抗。它的存在，有其合理性，有其有利性。

首先，学生在家上学也能享受优质的教育资源。一般地说，这部分家长有一定的文化素养、教育能力以及经济实力，自身（或雇请老师）能够满足学生的求知需求，特别是能把孩子按照自己的愿望培养，按照自己设计的模式打造，培养成自己所希望的那种人，而且，学生如果对自己家长或老师的讲解不满意，还可从网上下载观看全国各地乃至全世界顶尖教师的深刻、精彩的讲解，可以任意选择适合自己口味、适合自己的风格的老师的讲解，一遍不懂，可以两遍、三遍地看，直至看懂为止，特别是，这个优势是学校的课堂上所没有的。

学生在家上学也能与老师、志愿者互动。由某生或某家长牵头，组建在家上学志愿者QQ群。在群里，师生、"同志"之间能够对话、交流、生成，可讨论、可辩论，甚至可争论。它最大的好处，就是不管你是胆小、内向、腼腆的学生，还是胆大、外向、大方的学生，都可以在这个虚拟的平台上一展自己，表现自己。尤其是那些胆小、内向、腼腆的学生，这里最是他们的舞台，因为在现实中，在学校里，在课堂上，面对老师和几十号同学，他们一般是不发言的，即使被老师点到了，也是低着头，红着脸，要么一言不发，要么结结巴巴，语不成句，但在虚拟网络，你不见我，我不见你，这部分同学就能放下顾忌，扔掉恐惧，大胆表达，真情流露。

学生在家上学也能自主、合作、探究。在家学习，没有老师可依赖（家长或雇请老师不会无原则地放纵孩子的依赖心理），没有同学可指望，只能靠自己。自己想怎么学，就怎么学，没人干预，没人影响。自己完全是学习的主人，学习完完全全掌握在自己手中。如果周围有学生，还可和他们一起组成学习小组，也可通过QQ与志趣相同的学生（不限在家还是在校）组成网上学习小组，共同合作，一起探究，既可互相释疑解惑，也可对共同感兴趣的问题展开探讨、研究，如某些同学对家乡环保问题感兴趣，就可成立志趣小组，共同立项，分头调查，一起写调查报告。

学生在家上学有利于倒逼国家实行真正的教育体制改革，有利于学校实行真正的素质教育，有利于学生真正减轻负担。没有题山题海，没有各科老师布置的永远也做不完的作业，没有反反复复的大大小小的考试轰炸。

学生在家上学在某些大城市已是我们不得不面对的客观事实，但在实践中会遇到一些过不去的坎。这个坎主要体现在制度和孩子成长方面。

在家上学如果不经过政府有关部门批准，就同《教育法》等有关法律相抵触，就是非法办学，是要取缔的，因而它们的存在是一种非法而尴尬的存在。

家长们选择让孩子在家上学，本意是给孩子创造一个接受良好教育的世外桃源，让孩子们如他们所愿，轻松学习，健康成长，但孩子们长期在家上学，不与外界接触，可能会形成孤僻性格，不合群，长大后，不能与人合作，不能融入社会，甚至敌视社会。如果是这样，那些望子成龙的父母可能会追悔莫及，悔不当初。

　　学生在家上学，把厅堂变成学堂是新生事物，与课改的理念也不相悖，但与法律相悖，实践中也会有许多障碍，有待观察。

（原载2013年第9期《中国西部·教育》）

多管齐下，还高考纯净与公平

高考过后，一则某神秘人物组织众多"枪手"赴 H 省代考的消息立即轰动了全国，引起了教育界人士的极大关注，引发了社会各阶层的广泛议论，引起了有识之士的理性思考。

消息称，监考教师明知有破绽，明知人与证不符，也故作不知，视而不见，装聋作哑。据报道，"枪手"们将根据情节轻重受到开除学籍等不同处分，涉事教师正在接受司法调查。

此事暴露出了高校思想政治教育缺位、教师法律意识淡薄、考试监管制度存在漏洞等多方面弊端。

大学生接受教育多年，理应做法律秩序的捍卫者，社会公平正义的维护者，却铤而走险，以身试法，只能用大学思想政治教育苍白无力、疲软无效来解释。

从大学教授剽窃论文，到大学领导在基建领域栽跟头；从大学生杀人投毒，到有计划成规模地组织"枪手"代考，这一件件已经深刻改变人们对大学"象牙塔"的固有认识——大学已非一块净土。

大学教授本应是学识、人格的代名词，却为师不尊，学术造假，校领导本应是教师与学生的楷模，但却贪污腐败，违法乱纪，不可能不对学生产生负面影响。这次有人组织他们代考，他们欣然领命，心存侥幸，就是顺理成章的事了。残酷的事实再一次提醒人们，部分为人师表的教师，部分接受高等教育的天之骄子，法律的篱笆扎得并不紧，或者说已出现松垮。

高考监管制度有漏洞可钻，是因为缺少第三方监督，"枪手"们和涉事教师从"漏洞"顺利钻过，逃避了检查。这跟因为缺少监督，官员们贪污腐化而自毁前程的道理是一样的。

有鉴于此，加大大学生的法律道德意识的强化教育应该提上议事日程，应该提到事关国家建设接班人培养的战略高度来看待大学生群体不断出现的违法犯罪现象。"严打"要进高校——严打学术腐败，严打腐化堕落，严打大学生犯罪。通过严打，震慑一批，教育一批，挽救一批。

要在高校开展持续不断的法律教育，前途理想教育，社会公平教育。一方面通过严打树立法律的威严，另一方面要用法律占领学生的思想道德高地，使之敬畏法律，遵守法律，捍卫法律，绝不能让他们成为漠视法律，违背法律，冲撞法律的"无法无天"者。

"严打"还要进"高考"。除严打组织者、"枪手"外，还要严打雇佣者，严打教育部门的不作为、乱作为及假作为，斩断从组织者到"枪手"到考生到教育部门的利益链条。高考最关键的环节是监考，各种问题是暴露还是隐藏，往往就在这一环节，应该引进监督机制，加强对监考教师的监督。比如，用制度严格规定，每一考室，必须由本考室的两至三名不同学校的学生代表，或者临时指定的两至三名家长代表和监考教师一起检查核对考生基本信息，此举可使众多"暗箱操作"有效暴露于光天化日下，从末端阻止高考犯罪，这样就可大大减少此类事故的发生，以至杜绝。

教育与严打，两手齐下，可还高考纯净与公平。

（原载2014年6月27日《四川民族教育报》）

教代会要对校长任免监督 "说得上话" 才行

据我所知，部分农村学校很长时间以来一直没有教师代表大会（以下简称教代会）。后来，根据上级要求，各学校才陆陆续续成立了一个议事会——由老师代表和校委主要成员组成的、一事一议的内设机构，召开临时教代会。

但有的议事会议事很不规范——没有个别座谈，没有会前公示，老师代表及议事会的牵头人由校委会内定后，直接拿到临时教代会上讨论决定。会议开始，先公布老师代表名单，不给时间酝酿讨论，然后就问老师们有无意见。下面鸦雀无声，见无人表达反对意见，就赶紧宣布"通过"。问题是，都是一个单位甚至一个班上的同事，谁来当面表达不同意见呢？从那以后，学校里的大事小事，都由临时教代会上内定的牵头人说了算。

显然，这种教代会只是打着"教代会"的名义，绑架和亵渎教职工的意愿。我认为，根本问题出在中小学校长选拔任用机制上。现在的中小学校长，无一不是上级任命的，校长只对上级负责即可，无须对老师负责。要彻底改变这种状况，必须改革目前程序颠倒的校长产生办法，必须在校内建立对校长的约束监督机制，而教代会的作用尤其不可忽视。

具体办法是，先由全体教师在上级教育行政机构、社会知名人士代表、学生代表、家长代表的监督下，制定教代会组成、议事规则。然后，据此规则，自由公正地选举出自己信得过的、在校内外有正面影响、正直无私、热爱学校的老师组成教代会。教代会以投票提名的方式确定校长人选，再由上级考察任命。此外，教代会根据学校章程，行使对校长的监督权和弹劾权。教代会任期三年，可根据学校需要，或党组织提名，或老师推荐，把在校内外有良好影响、德才兼备、受到公认的老师及时推举到校长职位上，并颁发任命书。

只有这样的教代会，才能激发广大教师的主动性和创造性，才能真正对学校发展发挥重要作用。

（原载2015年11月22日中国教育新闻网，被评为"月度好稿"）

教育之路不能越走越窄

据大楚网报道，H省某中学出台政策——考取清华北大者每人奖励10万元。目前已有三人获取奖金。

这让我想起了两件事：H省某某中学为状元塑像，S省以650分的高分成为县理科状元、后考取某名牌大学的高才生刘某成流浪汉。

前者因为状元塑像成了"名校"，同时也广受质疑、饱受诟病；后者是把应试教育演绎到极致的代表性人物，一时间，掌声、鲜花、荣誉集于一身，令人时空错觉，以为范进中举，然而8年后的今天，他成了家长怒斥"丢脸"、人们扼腕叹息的流浪汉。

一方面学校重奖状元，不惜巨资为状元塑像，另一方面状元成了流浪汉，这不得不引起人们的理性深思。

坦率地讲，我们目前的教育，已经不单单是教育了，它已被"功利"所绑架，沦为部分人沽名钓誉、争名夺利的工具，沦为家长光宗耀祖的载体。重奖学生，为状元塑像，无非是向社会炫耀，我的学校出了状元，我的教学质量高，以此制造"名校""名人"效应。然后，它就成了晋升的敲门砖，或干脆以此为投名状邀功求赏。出了状元后，学校有名，政府有功，家长有光。这就不难理解，为什么H省某中学在高考前夕，学生集体打氨基酸；S省某中学40多名家长联名致信学校，强烈要求寒假补课。

复杂的"人"的教育难道就是简单的"分数"教育？是我们不能承担"人"的教育这一重任，还是我们有意窄化了教育的功能？恐怕是后者。因为"人"的教育不仅包括品德、心理、知识的教育，还包括能力（如抗挫折能力）的培养、意志（如百折不挠、坚韧不拔）的锻炼、精神的成长以及作为公民的责任等。

宁夏一高考落榜生被哈佛大学录取，并给予全额奖学金。这名学生花了很多精力建立一个公益组织，支援西部教育。哈佛大学解释录取理由时说："我们需要将来能改变世界的人。"但"将来"不是"马上"，不能"速效"，也就不能立刻给教育管理者、给家长们带来耀眼光环，故他们也就选择性地把这些人生至关重要的东西有意给屏蔽了，而把"分数"无限放大，让它一枝独秀——分数是显性的，一开动宣传机器，报上有名，政府有奖，百姓有赞，前途有望。

中国学生的应试能力天下无双。从前些年的奥林匹克竞赛，到这几年的上海学生两获PISA冠军，都独领风骚，独占鳌头，但中国学生的体能体质不断下降，动手能力差，抗挫折能力弱，又是不争的事实，不然名牌大学生就不会流落街头。从这个角度看，这种教育是一种伪教育。

因此，重新认识教育，赶快"释放"教育，还教育以"自由"，还教育本来面目，不让分数变成利维坦，不让大学生穷得只有文凭，多些宁静与淡泊，少些浮躁与功利，才是教育的应有之义。

（原载2014年4月11日《四川民族教育报》）

改革不是一加一减这么简单

2016 年，北京中、高考语文分值将由原来的 150 分提高到 180 分，英语分值将由 150 分降为 100 分。改革征求意见稿一经公布，引起众多教育人士、教师、考生和家长的热议。

我认为应该把中、高考分开，不能笼而统之，一概而论，简单地一升一降。

中考应该维持现状不变。初中阶段是基础中的基础，学生学到的所谓英语知识可谓皮毛，如果再降，则势必影响师生情绪，进而影响到教与学，到时学生可能连皮毛都学不到。中、高考同时降分，英语学科可能会被边缘化。

中国要走向现代化，一定会继续大开国门，与国际交往，这就要求我们的公民必须具备最基本的英语知识，具备最起码的与外国人沟通、交往的能力。

反过来，看看遍布全球的孔子学院，看看外国学生学习中文的热情与热潮，看看大山、好哥、好弟——人家在学习我们，了解我们，我们为什么不能学习人家，了解人家？我们的青少年为什么要做国际交往的"聋""哑"人呢？为什么要自我封闭？

高考英语分值也可不降，学习方式也不变，考试由全县统一出卷，不纳入高考总分，平时过关就行，不过关者取消高考资格。

也可这样：分值不变，但考分按一定比例折算（具体需研究），纳入总分。

不管怎么改，应把握的核心之一是十分注重学生兴趣特长。如果因为改革不当，掐灭了学生对英语的浓厚兴趣，则是改革的失败。所以，改革既要为学生兴趣特长的发挥创造条件，又要能通过学习、考试发现英语偏才、怪才、奇才。

语文可以加分，但要看加在哪些地方。如果加在死记硬背的地方，则是加重学生负担，建议加在汉字书写、阅读、写作上。

看看现在的大学生，有几个能写得一手漂亮的汉字？要么像蚯蚓，软绵绵的；要么像鳖鱼，无棱无角。我看到不少大学生的字迹，不如五年级学生的字。

现在的大学生喜欢吃"文化快餐"，不愿啃"老古董"。四大名著谁在看？《诗经》《论语》谁在学？唐诗宋词谁在背？快餐，只能临时充饥，没营养。真正的营养沉淀在历史的古籍中，储存在祖先的智慧里。真正有生命力的才是那些经过岁月洗礼、能够给人以滋养、以灵魂的经典古籍。

他们的写作能力也无法让人舒展眉头，特别是专科、三本学生，有的写的稿子甚至语不成句，逻辑不通。现在下载方便，大学生们热衷于复制、剪切、粘贴，不愿亲自提笔写作。

要引导学生热爱祖国的语言文字，要会读、会写、会说，特别是要会写。要把对祖国文字的感情落实到书写上。学校要把写字课落到实处，平时可组织经常性的书写比赛。

引导学生热爱祖国的文学艺术。语文老师每周要花一定时间和学生一起看名著、背诗词、赏国学经典，师生间可开展学经典竞赛。学校图书馆应定期开放，对古文经典有兴趣的学生，学校要为其研究提供必要的条件。高考中用文言文写文章的那些怪才们，谁能肯定他日后不能成名成家？

引导学生会用祖国的语言文字写作，表情达意。会用手写，而不是敲键盘给父母写信，表达感恩；会用手写，而不是敲键盘总结求学经历，总结成长历程；会用手写，而不是敲键盘规划人生，描绘远景。

改革不是一加一减这么简单的事，一定要注重长远影响，注重前瞻性。不要总用考试来"整"学生，在分值上做文章。一说到增强学生体质，专家们口吐金言——把体育纳入考试，好像一"考"就灵。若如此，就不是教育了。改革应进行整体设计，切勿头痛医头、脚痛医脚。应把握的总原则是，整个中学阶段都是打基础的阶段，要为学生今后的发展创造储备充足养料，准备足够能量。

（原载2014年第2期《师资建设》）

既要真刀实枪，又要深谋远虑

　　校长教师交流轮岗是党的十八届三中全会从国家层面对教育和发展提出的统一要求，但各地情况千差万别，各不相同，很难有放之四海而皆准的灵丹妙药，这就要求教育管理者从思想深处认识这项改革的深远意义，以抓 GDP 的决心和手段狠抓这项改革，因地制宜，做好一定层级的制度设计，扎扎实实做好城乡教育资源均衡配置工作。

交流要制度化、长期化，防止一阵风

　　这项改革牵涉到教师的住房、福利、交通、工作环境、心理适应等，范围很广；老师们在一个单位待久了，有了固定的工作方式和人际关系，就有了惰性，一般不愿挪窝，因而，改革的难度也大，不会一帆风顺。

　　为了打破城乡二元分割、资源配置不均衡的状况，前几年某县出台文件，尝试探索推进教师流动，鼓励教师下乡下村，到薄弱学校支教，并且组织全县教师进行了学习讨论，结果是只见楼梯响，不见人下楼，只有文件，没有行动，只有想法，没有实践。其原因是阻力太大，有教师在城镇买了房，有自己的第二收入，谁愿意下去？

　　要想让失败不至于重演，把失败变成经验、教训，需要用制度做后盾，用制度来保障改革，以防一阵风。

　　比如，以县为单位规定：每年每所学校必须拿出一定比例（全县所有学校相同）的教师交流，且要注意老中青、学科、男女教师的比例均衡；城镇学校师资力量相对较强，只能纵向交流，即只能下乡、下村，不能横向交流，换汤不换药；每年须有一定比例的校领导带头交流出去，以防结成利益共同体。

为了顺利推进改革，彻底解除教师后顾之忧，应该彻底打破教师的单位属性，由"单位人"变成"系统人"，并且保证交流后的各项待遇不低于交流前。

制度化的直接后果是长期化，防止因人废事，人走政息。行政系统的干部交流就已制度化，可借鉴。

交流要与教师的锻炼成长结合起来

交流的本质是"统筹城乡义务教育资源均衡配置"，这就要求不能为交流而交流，不能作为任务完成，要与教师的专业成长、本地区和教师的长远发展结合起来，统筹安排。

有的学校为了完成任务，可能会把只知服从的"老好人"，或立根未稳的青年教师推出去，这虽也是交流，但违背了交流的本意，应该把"行家""能人"请出来，请他们到外校去传经送宝，用自己的经历、收获去润沃渴望营养的教师，以起到"一棵树摇动另一棵树"的作用；应该把久经世故、近乎麻木的教书匠推出来，让他们到外地去感受新鲜气息，沐浴改革春风；应该把青年教师推向前，让他们到外边去经风雨见世面，迅速成长。

总之，在均衡配置教育资源的同时，必须制订人才成长计划，一批带一批，强校带弱校，城里学校带农村学校，让教师在交流中，在不同学校的工作中锤炼自己，成长自己，成熟自己。

行政系统培养干部常用的方法之一就是交流，下基层，去边疆，到苦地方去，到复杂的地方去，以锻炼、增长他的才干。这不是现成的好方法吗？

做好做足各项保障措施

万事开头难。为了启动改革大幕，须有羊群效应，必须充分调动一批教师的主观能动性和示范带头作用，这就要从经济待遇、政治荣誉入手，唤醒他们内心的认同，进而成为先行先试的驱动力。

如绩效工资可适当倾斜，根据远近和新单位情况（如有无食堂）解决交通补助、边远地区补助、就餐补助，愿意调到农村学校的教师可晋升职称，愿意长期交流的教师可晋升工资，表现优秀者可授予"城乡交流先进教师"称号，取得公认成绩、品质优秀者可批准入党。

改革是全社会的事，可敞开大门，引进社会力量，一是接受监督，二是吸纳智慧。社会力量起来了，可防止改革走过场，防止改革半途而废，这也符合"管、办、评"分离的现代教育治理原则。

一句话，均衡配置城乡教育资源既要真刀实枪，又要深谋远虑。

（原载2014年第4期《青年教师》）

争议"改期"不如论"改革"

教师节已经从幼儿长成青年了。她的出世，提升了教师地位，鼓舞了士气，给心中还被"臭老九"阴影覆盖的广大教师彻底解除了心灵枷锁。伴随着她的出世，全社会形成了尊师重教的良好风气。

但后来，伴随着她成长的还有争议声不断，以近10年尤甚，主要是她的纪念日之争。国务院法制办公布了《教育法律一揽子修订草案（征求意见稿）》，拟将教师节由9月10日改为孔子诞辰日9月28日，又将这种争议推向高潮。

争议的内容大致归为三条。议论者的主要观点是，9月28日是孔子诞辰日，把这天设为教师节，可以增加其文化内涵，传承其文化意义。次要观点是，开学时老师们很忙，9月10日不适合做教师节。而反对者则认为，日期更改后离国庆节较近，教师节的意义有可能会被冲淡。历史上我国曾把教师节和劳动节放在同一天，结果教师节被劳动节屏蔽，教师节被逐渐淡忘。

依我看，这种争论的意义不是很大。赞成更改日期者，主要是认为孔子诞辰日文化"含金量"更大，更适合做教师节，更能承载其功能，并用联合国"世界教师节"、台湾地区和香港特别行政区"教师节"，甚至美国加州地区"教师节"都在9月28日加以佐证。问题是，孔子诞辰日是否为9月28日也有争议。辽宁大学文学院毕宝魁教授曾发文《孔子生年生日详考》指出，孔子诞辰日9月28日是缺乏科学依据的。据记载，可确定孔子生年生日为公元前552年10月9日，其他说法应摒弃。除此外，还有 8 月 27 日、10 月 3 日说。既然是一个有争议的日子，为什么要拿来做教师节呢？何况还涉及修改《教师法》，假若有一天，历史学家发现孔子的生日不是 9 月 28 日，是不是又要修改日期，修改法律呢？这样修来改去，是不是不够严肃？叫社会、教师如何适从？况且，9 月 28 日离国庆节太近，确实有意义被冲淡之虞。

运用哲学的观点透过现象看本质，稍加思考分析，我们就会发现，争论的表象是教师节的日期，而实质是想通过一个有意义的日子的设立，唤起全社会给予教育、给予教师应有的尊重。

孔子是教师的鼻祖，是儒家学说的创始人，是伟大的教育家、思想家，主张把他的生日设为教师节的人，无非是想借助孔子这位教育的先圣师祖来唤取更多的人尊重教育，尊重教师，这才是主张修改者的本意，而不主张修改者，其出发点也是为教育、为教师着想，所以二者并无本质不同。

这几天热播电视连续剧《历史转折中的邓小平》，邓小平同志第三次复出后，就自告奋勇主抓文教工作，发出了尊重知识、尊重人才的呐喊，广大知识分子备受鼓舞，欢呼雀跃，一时间，社会上尊重知识、尊重人才蔚然成风。可是，那时是没有教师节的，而此次改期之争同邓小平的呐喊其实是殊途同归，异曲同工。

提高经济待遇、提高社会地位是一种尊重，理解教育、支持教育也是一种尊重。如今，社会评价一所初中的标准只有一个——重点高中的升学率。升学率高，社会满意，就是好学校；否则，就是差学校，他们就要用脚投票。为此学校每年倾尽全校之力，就为了那么一两个"尖子生"，学校所有的资源都为他们服务，其余绝大部分学生都是"陪读"，都是绿叶，这一两个"尖子生"如果争气，社会舆论还能"宽容"，如果全军覆没，社会舆论一片谴责。

教育的痛苦，教师的痛苦，只有自己最清楚，感受最深——想改革，但是困难和阻碍重重，如果不能通过课程改革杀出一条血路，不允许开发适合每个学生特点的校本课程供学生主动学习，健康成长，各成所才，学校教育就只能是死路一条。到了那时，即使教师节改在了 9 月 28 日，即使天天都是教师节，又有谁会尊重教师、尊重教育呢？到了那一天，日期的改与不改又有什么意义呢？

　　不搞争论，实干兴教，行动尊师，才是根本。

（原载2014年第9期《中国西部》）

以壮士断腕的勇气打造教育公平

《政府工作报告》强调要促进教育事业优先发展，公平发展。作为一名农村中学教师，我举双手赞成。在我看来，教育公平同司法公平一样，已经成为维护社会公平正义的最后一道防线。如果教育持续不公，我们的后代将会在不公不正的教育中成长起来，他们走入社会后，将怎么样去维护社会公平正义，成为人们强烈的担忧与思考。因此，维护教育公平，已成为人们对社会公平正义的最后奢求。

校长应由选举产生，拒绝任命

现在多数校长都是任命产生的，其弊端已日益显露，饱受诟病。一是部分校长把这作为向上爬升的跳板，根本不关心校务、事业，成天跟官员套近乎，拉关系，用公款四处打点，用公共资源为自己铺路，一待条件"成熟"，立马拍屁股走人，留下一个大窟窿给后任做"见面礼"。二是任命制已成为腐败的温床。基层中，不学无术胸无点墨蝇营狗苟之徒通过苦心钻营、投机倒把甚至行贿而担任校长的现象也屡见不鲜。

学校的事主要靠老师们完成，如果收了好处而随意任命校长，"校长"又任意糟蹋学校，则势必遭到老师们反对，又叫老师们怎么不消极怠工呢？

我们常说，校长是学校的灵魂，有什么样的校长，就有什么样的学校。这些"校长"因"来路不正"，目的不正，本身就"先天不足"，素质能力又短缺，怎么可能"热爱教育事业"？

怎么可能成为大家的领头羊？更为重要的是搞乱了人心——事实一再告诉老师们，不要素质、不要能力、不要事业心，只要有关系，就能当校长，就能有前途。他捞他的好处，我们混我们的吧！加之农村学校各种资源配置不均衡，如青年教师少、学科师资结构不合理、经费紧张等原因，使得农村学校运转极为艰难，这就尤其需要一个有事业心、有能力、公道、正派的校长出来力挽危局，做大家的主心骨和领头羊，而这样的人只能通过一个透明、合理的机制来产生！绝不能私相授受，暗箱操作！

因此，我强烈呼吁改变校长的任免方式——由全体教师选举、罢免校长，并用制度固定下来，坚决拒绝任命，坚决拒绝强加给学校、强加给教师的所谓"校长"。无论是从挽救农村薄弱学校，还是挽救教育公平正义，挽救后代，改变校长的产生方式，已是迫在眉睫。

校长教师交流轮岗应制度化、常态化

校长、教师交流轮岗无疑是化解教育资源配置不均衡的良药，关键是如何扎扎实实落到实处，防止一阵风。应该把这个改革上升到政府法规或法律层面，作硬性规定，把它制度化、常态化，不因人废事，不人走政息。

校长、教师交流轮岗，不能为交流而交流，为轮岗而轮岗，要与校长、教师的成长、薄弱学校的成长有机结合起来。

比如，不能为了完成任务，把刚刚走上岗位、涉世未深、立足未稳的青年教师全部推出去，不能把船到码头车到站、即将退休的老教师全部请出去，不能把学校"反对派"、长期和校长唱对台戏的"冤大头"赶出去。应该根据自己学校的实际情况，有目的、有计划、有步骤地派一部分老中青教师出去交流、学习、成长。如学校的课改未见行动或起色，可派出对课改有研究的教师到课改强校学习课改经验，学校缺体音美、艺术等小科教师，可派出有兴趣、有特长的教师去相关学校交流学习。我们平常总在培训教师，这不就是学习、培训、锻炼的好机会吗？它接地气呀！平常的培训听了、记了，过后就忘了，因为地气不浓。行政系统培养一个干部，总是不停地交流轮岗，上下交流，东西交流，南北交流，下基层，到农村，到边疆，到苦地方，几个轮回，干部就成长、成熟了。校长教师的交流轮岗也应该参考借鉴。

教育资源均衡配置，还应借助学校结对帮扶这个平台。一所强校和一所弱校结成兄弟学校，由强带弱，通过多种途径帮助弱校走出困境。通过强弱结对，达到强强联手，以彻底改变教育资源配置不均衡的状况。如干部的交流任职、教师的交流培训、学生的交流互动、信息资源的交流共享等，有计划、有步骤地达到目的。大家知道，内地对西藏的扶助就是结对子，从干部的充实，到技术、资金、物质的帮助都是一对一。

应拓宽农村学生成才、向上流通的渠道

现在农村学生上名校的越来越少，向上流通的渠道越来越窄。李克强总理曾指出，贫困地区农村学生上重点高校的比例再增长10%以上。我认为，步子可迈得更大些，可像人大代表的产生一样，按人口比例分别招生。假如重点高校招生比例是10%，则城里学生报名数×10%＝录取数，农村学生报名数×10%＝录取数，这样可确保农村学生上名校的通道不被挤占，堵死，有利于农村学生向上流通，有利于城乡教育公平。

身为教育人，常怀教育情，我无限渴望教育公平。校长公平选举，教育资源均衡配置，城乡教育公平，有利于缓解"择校热"，有利于破解教育不公，有利于恢复政府的公信力，能凝聚人心，汇聚正能量，因而我们应以壮士断腕的勇气大力打造教育公平。如果拙见能到达领导案头，成为领导们的思考，则心愿了矣。

（原载2014年第3期《中国西部》）

真不希望再有这样的事情发生

近日，一则《三小孩扶起摔倒老太，反被诬陷索赔》的帖子在网上流传：三名小学生好心扶起一名摔倒的老太太，反被老太太死死抓住不放，一口咬定是他们撞倒的，要求赔偿医药费，并且由其儿子护送，住到了最开始扶她的那名小学生家中。该家长一面小心翼翼地接待服侍，一面报警，因不胜其扰，还准备搬家。

看到这则帖子，我心中五味杂陈，心揪得紧紧的。因为事情的双方都是特殊群体，一方是饱经沧桑，年近七旬的老太太，一方是涉世未深，尚未成年的小学生，怎么会发生这种事呢？如果不问对错，处理不公，对受害的一方无疑是一种极大的再伤害！七旬老太太伤不起，稚嫩儿童伤不起。好在事情有了圆满结局——据《新京报》报道，经公安机关调查，受伤老太太蒋某系自己摔倒。因敲诈勒索，被行政拘留7日（因年高不予执行），其儿子拘留10天，罚款500元。

我揪着的心终于放下来了。这是一个公正的判决，是对正义的弘扬，是对童心的褒奖，是对邪念的惩罚，是对道德的救赎。

这件事特别地让人深思。照理说，七旬老太太饱经世故，阅尽人间冷暖，应该心存善念，展现真心，可这位老太太自己摔倒了，呼唤三名小学生前来施救，却不顾疼痛，扼住小孩不放，一心实施敲诈，并且堂而皇之地住到了小孩家里，老太太哪里来的歹念？是什么在支撑着她？怎么老太太都学会了"碰瓷"，学会了勒索？

南京"彭宇案"后，人们杯弓蛇影，心有余悸，见老摔倒而不扶，见小被撞而不救。武汉一位八旬老爷爷在离家100米的地方摔倒，因无人敢扶而逝去。小悦悦案更是震惊全国。是人们冷漠吗？未必！是人们不尊重生命吗？未必！

有人说，"彭宇案"后，只要一有青壮和老太太发生纠纷的事，有些舆论批评就习惯性地指向倒地老太太，貌似在"彭宇案"后，所有慈祥的阿婆和亲和的邻家大妈只要一倒地，就立刻变得面目狰狞起来。这些善良的人们大力地为"慈祥的阿婆和亲和的邻家大妈"鸣屈，其情其心可以理解，可是，这一次，人们确确实实真真切切地看到了老太太的"狰狞"，而且，她"狰狞"的对象不是青壮，不是大款，不是富二代，而是不谙世事的小学生，贫家之子。

我就想，是不是"彭宇案"真相的迟到，及媒体对类似事情不当的宣传报道，让老太太心灵开窍，找到了"发财"秘诀，故不惜为老不尊，实施敲诈！如果连七旬老太太都不顾自身应有的尊严，而亵渎法律尊严，那我们这个社会该是多么可怕呀！只是，今后，老太太再摔倒了，谁还敢往枪口上撞呢？

事情的另一方是三名小学生。他们心纯如水，不识人间险恶，又在校读书，心中住着雷锋叔叔，听到老太太的呼救，立即伸手相助，没想到麻烦缠身，好事成了坏事，好孩子成了坏孩子。如果判决不还他们以公道，以清白，我想，对他们的打击将可能是毁灭性的，一块巨大的石头将长期压在他们心中，永不得安宁，孩子们将前景难料，特别是不公判决所发生的负面导向作用，将会很快发酵，将如台风"海燕"一般，横扫人们最后的道德底线，席卷仅存的良知，更多的"老太""老爷""小姐""公子"们将会前赴后继出现，中国将再无道德可言。

令人欣喜的是，判决及时、公正，伸张了正义，打击了邪念，维护了公序良俗。严肃的真相调查，是对恶念恶行的道德审判，公正的判决，是对公民的法制教育，事实的厘清，表达了人们对良知和道德的呼唤。

真不希望中国的大地上再有这样的事情发生！

（原载2013年11月29日《荆州日报》）

应为社会正能量保驾护航

综合媒体消息：江西宜春高三学生柳艳兵、易政勇在公交车上勇战歹徒，身负重伤，当人生的大考（高考）来临时，却与其失之交臂，在重症监护室里接受治疗。令人欣慰的是，教育部准备为之单独安排考试，南昌大学、东华理工大学等多所大学已经向他们高举橄榄枝。

曾几何时，高中生弑师、大学生杀人、研究生投毒……似乎，我们的青年学生已经成为垮掉的一代，人们纷纷为青年学子的道德滑坡担忧，呼吁重建学生的道德体系，但耳闻目睹两位学生的英雄事迹后，不仅竖起大拇指为他们点赞，为他们的勇敢行为而讴歌，为他们弘扬道德而高兴，更为扶正祛邪、惩恶扬善的正能量的传播而叫好。

事情发生后，教育部反应迅速，特事特办，多所学校愿意开辟绿色通道，"破格"录取，这是用正能量在回应正能量，用正能量在抚慰英雄学生，用正能量在回应社会的期盼。

我之所以在"破格"上加引号，是因为两位学生未能参加高考，没有文化分数，也就没有被录取的"资格"，大学也就没有录取依据，但几所大学表示要录取，当然是"破格"。我们培养的是德智体全面发展的学生，文化分数不应是录取的唯一依据，药家鑫、林森浩等人文化分数"优秀"过人，但"德"不及格，以致栽了大跟头。相反，两位英雄学生，用正义和勇敢在公交车上完成了考试，在"德"上交了一份优秀的答卷，谁又能说他们没有"资格"升入大学呢？从这点看，大学录取他们，不是"破格"，而是正常录取。

网上有议论，主张给两位学生的见义勇为加分，或保送上大学，但有关方面回应，江西省没有加分政策。这就有问题了，假如没有大学愿意录取他们，假如他们在"补考"后分数不够，他们无缘大学，岂不是让英雄在流血之后再流泪？岂不是在打击英雄壮举？岂不是在扼杀社会正能量？因此，建议有关方面尽快出台政策，建立英雄学生见义勇为的补偿、奖励、保障机制，如加分、破格录取、授予荣誉称号等，以弘扬社会正气，为社会正能量保驾护航。

有的学校重奖高考状元，有的为状元塑像，两位学生所在的学校能否仿而效之，给予他们重奖，为他们在校园内塑像？两位学生在高考前夕完成了人生大考，他们是人生考场上的"道德"状元。而且，他们这样的状元相比文化考试中的状元更显弥足珍贵，因为恢复高考以来，文化考试的分数状元数以千计，而他们这样的道德状元却是凤毛麟角。有远见的校长应该重奖他们，为其塑像。

政府部门号召全国的学生和社会青年向他们学习是必要的，但愿不要一阵风，尤其是在见倒不扶、救人被讹的今天，两位学生不畏恐惧、舍生忘死的精神应该成为我们民族的血液。应通过精神鼓励、宣传报道、制度建设为社会正能量保驾护航，营造和谐、健康、向上的社会氛围，大力弘扬社会主义核心价值观。

（原载2014年第6期《中国西部》）

用法律为学校活动撑起一片蓝天

前不久，H省某小学组织500多名学生春游，途中，发生了交通事故，车子侧翻，8死4重伤28轻伤，司机、校长等7人被刑拘。人们在为逝去的孩子悲痛，为受伤的孩子祈福的同时，也不得不对校长的命运表示同情，不得不对我国谈安全而色变的教育进行严肃而深沉的思考。

据媒体报道，该校属民办学校，在当地的口碑不错，此次春游没有报请上级行政主管机关批准，也就是说，此次春游是"私自"行为。校长被拘后，对媒体喊"冤"，说老板（学校投资人）安排的活动（春游），我们不得不执行，也不知道自己该负啥责。

惨剧发生了，校长被刑拘了，成了"犯罪嫌疑人"，面临刑事指控，可是，我们都知道，犯罪应该有犯罪动机，那么，校长组织春游，其动机是什么呢？我想，无非是，或者借春游收费，或者在春暖花开的季节，让学生走出学校，亲近自然，陶冶性情，不可能借机制造惨剧，不可能通过制造惨剧把自己投进监狱。从车队、司机都具备合法资质这一点来看，说明校长还是懂法，还是以学生安全为重的。只是司机为逃避检查、超速行驶才酿成悲剧，也就是说，事出偶然，责任在司机，不在学校，惨剧与学校组织没有必然因果关系，而且，开展春游等教育实践活动是《教育法》等有关法律赋予学校的权利。那么，人们就要问了：没有犯罪动机的人"被犯了罪"，该不该承担责任呢？该承担何种责任呢？该承担多大责任呢？有相应的法律依据吗？是不是报批了，校长就没责任了呢？如果报批了，校长不用承担责任，又该谁承担责任呢？局长吗？如果报批了，校长同样要承担责任，那么报与不报又有什么不同？如果报批了，校长、局长都没责任，那岂不是权大于法？对这类事故，究竟是人在管，权在管，还是法在管？

人们有理由为校长扼腕叹息。

此事很自然引发人们对于学校体育活动如何开展，安全事故责任如何依法认定的思考。

《中国教育报》曾发表文章《没有活动的学校还有教育的尊严吗》，文章说，耳闻有的学校为了规避学生安全事故，制定了许多"清规戒律"，比如，严禁学生在校园体育场活动，严禁学生在校园内玩老鹰捉小鸡、猫捉老鼠之类的游戏，严禁学生在楼道走廊附近玩耍、观望，防止学生受伤，等等。闭上眼睛想一想，难道不是这样吗？有几所学校的体育课不是或被文字课挤占，或成为自习课，或成为玩耍课？即使是让学生欢呼雀跃地玩耍，如上所述，他们也是戴着脚镣，戴着带电高压线。现在农村学校难得有春游秋游了，至于参观访问、公益活动则是传说中的事，教育教学成了毫无生气、毫无亮色的文字游戏。正如作者所说："没有了活动，教育就失去了诗性的灵魂、深邃的气质和自然的底色。""这样的学校，还有教育的味道和尊严吗？"

问题是，没有"味道"和"尊严"没有关系，没人追究责任，不用害怕"刑拘"，"味道"和"尊严"是靠风险换来的！谁愿意承担风险呢？谁愿意在号子里捶胸顿足、后悔不迭、涕泪长流呢？要知道，趋利避害是人的本性。只是，戴着脚镣的教育还是教育吗？

鉴于此，笔者认为：完善有关立法工作是当务之急，应在充分听取学校、社会、专家学者等各界人士意见的基础上，尽快出台《学校（学生）活动法》（或《体育法》），用法律保障学校依法开展体育活动、组织春游与公益活动等的权利，用法律保障学生依法通过活动获得亲近自然、陶冶性情、锻炼身体、锤炼意志、学会交往、增长见识的权利，用法律厘清学校在依法开展的教育活动中因伤亡所应承担的责任，用法律告知学校和社会公众，学校的权利义务在哪里，学校的责任边界在哪里，用法律为学校教育教学活动撑起一片蓝天，还学校完整的教育，还教育应有的灵魂、气质和底色，还教育应有的味道和尊严。

（本文系首次发表）

四谈幸福——保养内心，收获小确幸

不甘平庸，敢于进取的优秀教师常怀律己之心，常驻教育之梦，常葆激情之鲜，一心要做自己内心世界的主人，内外兼修，内圣外王，献身教育，幸福自己。

当老师有时真的很幸福

今天的九年级思想品德课是一节活动课，内容是放飞自己的理想，收获明天的希望——设计自己初中毕业30年时的"名片"，要反映出自己在实现理想过程中遇到的重大困难，以及理想的实现情况；自己对人生重大选择的反思；自己那时的工作、学习情况；自己对社会的贡献；自己作为过来人、成年人对中学生的忠告。

我作了开场白："同学们，30年后，你们正是意气风发、风华正茂的年龄，你们有的可能成为马云第二，有的可能成为CEO，有的可能成为科学家、艺术家，有的可能成为政府官员……希望你们充分发挥自己的聪明才智，运用文字、图画等各种形式，展示你们的才能、成就。然后，再比一比，看谁的名片做得最有创意。"话音刚落，女生小付就接过话头，发出"挑衅"："老师，我们都很聪明，名片肯定很有创意，你看得懂吗？"此话无异于在寂静的班上投下了一颗重磅炸弹，全班瞬间哄堂大笑，都停下手中的活儿，抬起头，望着我，看我如何反应。说实话，闻听这位女生的话，我不但不生气，反而特别高兴，因为这是师生感情融洽、互相信任的表现，这正是我多年来特意追求的效果，我为我们师生之间心与心的相拥而自豪。于是，我笑盈盈地对她、也对全班同学说："老师看不懂，把你接去请教啦。"她满脸惊喜地说："真的？那我会教你的！"

我一边观赏同学们设计自己的"名片"，一边陶醉在师生心心相拥的幸福中。这时，副班长说："我的理想是做一名CEO。

老师，我做了 CEO，一定接你吃饭。"我逗她："接老师到哪里吃饭，福田（我们镇）吗？""不！武汉、北京、新加坡。"我又调侃："那时，老师都 80 多岁了，不知道还在不在世？如果在，都拄拐棍了，哪能走这么远？"不等她回话，后面几名男生嚷开了："我们把你背去，用小车、飞机把你接去。"这几名男生是典型的学困生，特调皮，此刻，他们说出这样的话来，太让我意外，我很激动，只得大声地向他们表示感谢。

我以为幸福到此结束，不料，女生小彭说："老师，你一定要好好活着！我们等你！"女生小尹说："老师，你会活过 100岁的。"一句句带着深厚情感的话语，让我的胸膛有了微微的起伏，呼吸有了微微的急促，眼眶有了微微的湿润，我不能再与同学们互动了，再互动下去，我会失态的，我必须控制住自己的情绪——拿起课本当道具掩饰自己。我检视自己，我对学生没有特别的关爱，只是比较喜爱他们，善于发现每个同学的优点，并经常给予肯定，我不以成绩论英雄，善于多角度评价一个学生，善于维护学生的自尊心，我只是尽到了一个老师应该尽到的职责而已，学生就回报给我满满的幸福，这叫我太感动了！谁说我们的学生太任性？谁说我们的学生不可爱？谁说老师不幸福？

下课铃响，我收拾课本，准备离开，小付又是一句："老师，我们会记住你的！"我极力控制自己的眼泪，不让它落下来："谢谢你们。老师有你们这班学生，很幸福！"

（本文系首次发表）

（这是一节思想品德活动课后的有感而发，即兴而作。教与学是矛盾的统一体，有时有冲突，甚至是严重的冲突，如果这篇即兴之作能给教师朋友们某些启示，则幸之甚也。诚望教师朋友们且教且珍惜！）

做幸福的乡村教师

各位领导，各位专家，各位编辑，各位通讯员：

大家好。

我是监利县福田中学一名思想品德课教师。1981 年参加工作，1992 年师范毕业，在村联小主持过全面工作，任过中学副校长，分管教学。2012 年开始教育写作，迄今为止，先后在《人民教育》《中国教育报》《中国教师报》《思想政治课教学》《中小学校长》《湖北教育》等报刊发表教学论文、随笔 50 余篇。

今天，我想从三个方面和大家交流学习。

一、我的教育人生及写作之路

我的教育人生，大致可以分为三个阶段：一是努力学做教书匠，二是努力做好教书匠，三是努力不做教书匠。

如何不做教书匠？唯一的方法是教育写作。写作的素材从哪里来？一是教学研究。2013 年，我从资料上看到一篇翻转课堂的文章，文章给我的第一印象是，翻转课堂作为发源于美国的新生事物，至少在当今的中国农村学校是没有土壤的，是无法翻转的。回家后，我立即动笔，《翻转课堂与南橘北枳》很快成稿，9 月 25 日发在《中国教育报》上。

二是来自教育案例。2013 年腊月，我看到一篇报道说，大雪纷飞，寒风刺骨，严寒的天气里，学生迟到是很经常的事，但少数班主任对学生采取严惩措施，普遍做法是罚站，有的甚至罚学生站到教室门外，任凭风吹雪打。看到这类报道，我就深深地思索，我们的教育做到了这个份上，连关心、关怀、宽容都不要了，这还叫教育吗？尤其是，学生清晨顶风冒雪到校的时候，街上只有匆匆赶集的小摊小贩，没有早读课的教师，还在被窝里享受温暖，甚至连班主任、值日领导也还没有起床。教师自己都做不到的事，为什么要强学生所难呢？为什么要罚他们的站呢？为什么不能表扬他们克服困难坚持到校的可贵精神呢？

有了这些思考，我就决定把它变成文字。这就有了《做人之楷模》一文，刊在《新班主任》第3期上，并荣幸地被评为魅力作者。

我觉得这是一个值得深挖的案例，因而并未就此止步，而是继续深入思索，这种现象产生的根源是什么？为什么学生不能迟到，而老师可以迟到？而且还要理直气壮地对学生进行惩罚？不是说，身教重于言教吗？不是说，老师是学生的榜样吗？教师怎么自我矮化成了警察呢？原来，根子还在教师的教育观念上，教育理念中——那就是尽管教改口号喊了好多年了，部分教师仍然认为自己是教育教学的主体，是主宰，是权威，是发号施令者；学生则是服从者，被管理者，是听令者，对教师的管理、指令，学生不得有任何违抗，只能接受、服从。思绪在我的内心翻滚着，我有强烈的写作冲动。我从"教室"的名称切入，码成文字《"教室"随想》，刊在《人民教育》第10期。就这样，一个素材——学生罚站这一司空见惯的教育现象，我从不同角度切入，完成两篇文章，而且，还有一定的分量。

我能走到今天，主要靠三条：一是学课程标准。用课程标准指导写作，看所写内容符不符合课程标准的要求；二是看书；三是同群友交流。QQ群中藏龙卧虎，不乏高人，同他们交流，是一种享受。

这个时候的我是决心不做教书匠，决心脱下教书匠的马甲，穿上教育教学能手的外衣。

二、我的写作动力在哪里

我的写作动力很简单，就是教师的责任和良知。看到部分教师思想麻木，看到学生成为不正常教育的牺牲品，特别是大学生杀人，"状元"沦落为流浪汉，内心深处就有一种声音呼唤我拿起笔来，有一种力量推动我写下我的思考，有一种良知催促我发出内心的呐喊，以唤醒更多的教师去思考，去写作，去成长。

我已年过半百，发了一些文章，却还是中级职称，我也不在意；我上有八秩高龄双亲，下有孩子未成家，我也不担心。这使我没了后顾之忧，没了一心二用之忧。

有教师可能不会接受我的这番话：你家庭负担这么重，真能安心写作？是的！我没有半句谎言。我要成长，就不能让家庭负担、工资待遇捆住我的手脚，成为我前行的羁绊。有这么一句话：鸟儿的翅膀拴上了黄金，就飞不起来了。鸟儿天生属于天空，不能翱翔蓝天了，再贵重的黄金对它来讲，又有什么用呢？自怨自艾，怨天尤人，能怨来高工资吗？能怨来高福利吗？除了破坏自己的好心情，伤害自己的身体外，没有任何作用。我有几十个QQ群，我从不在群里谈工资，说待遇，发牢骚。我觉得，我们做教师的应该有追求自身职业幸福的"野心"，当你的才华还撑不起你的"野心"时，那你就应该抛却杂念，静下心来学习；当你的能力驾驭不了你的目标时，那就应该斩断诱惑，沉下心来历练。说得不好听一点，自怨自艾，怨天尤人，只会一条路走到黑，终身就是一名教书匠，而坚持教育写作，实际上是打开了人生的另一扇窗，走上了另一条坦途，成为你飞翔的开始。

很多老师到了三四十岁就觉得自己老了，常用来自我安慰的两句话是"人过四十日过午""人过四十万事休"。很多老师在努力一阵子后就偃旗息鼓了。其实，从哲学的观点看，人在40岁左右的时候，正是如日中天之时，这时，日只是过午，太阳还在当空，并没有落山，还大有可为，40—50岁应该是人一生的黄金时期，因此，大可不必悲观。竹子的故事能给我们一些启示。竹子用了4年的时间，仅仅长了3厘米，从第5年开始，以每天 30 厘米的速度疯狂地生长，仅仅用了 6 周的时间就长到了 15 米。其实，在前面的四年，竹子将根在土壤里延伸了数百平米。做人做事亦是如此。不要担心你此时此刻的付出得不到回报，因为这些付出都是为了扎根。人生需要储备！多少人，没熬过那 3 厘米！我的那 140 余篇文稿就是那 3 厘米。

三、我的感悟与体会

通过几年的写作，我的感悟与体会可以用我的一篇文章的标题来概括，那就是：《教师激情可以"保鲜"》。该文发表在《师资建设》上，大家有兴趣，可以找来看看。

如何保鲜？让我们一起来看看历史上几位大器晚成的杰出人才的故事吧。

姜尚八十挂相。他先后辅佐了 6 位周王，是中国历史上最享盛名的政治家、军事家和谋略家之一。

晋文公 62 岁为王。晋文公，初为公子，谦而好学，善交贤能智士。后受迫害离开晋国，游历诸侯。漂泊 19 年后终复国，杀怀公而立。为了避难，43 岁的晋文公开始过着流亡的生活，颠沛流离，尝尽苦难。在外辗转 19 年，也就是 62 岁时才得以回国，随即称霸中原，成为春秋霸主。他的人生充满了传奇。

越王勾践 47 岁复国成功。"卧薪尝胆"的故事人人皆知。蒲松龄的对联"有志者、事竟成，破釜沉舟，百二秦关终属楚；苦心人、天不负，卧薪尝胆，三千越甲可吞吴"，既是自勉，也是对他的歌颂。

齐白石 70 岁成名。这位在近代中国画坛享有盛名的艺术大师也是起步晚，基础差。齐白石从小家境贫困，世代务农，仅在 12 岁前随外祖父读过一段私塾。他砍柴、放牛、种田，什么活都干，12 岁学木匠，15 岁学雕花木工，挣钱养家。27 岁才开始正式学画画。这个时候所有人，连他自己恐怕也不会想到，日后会成为一代大师，获得一连串的荣誉。

看了他们的故事，我们还觉得自己老吗？不能青春焕发吗？

为了追寻理想，俄国象征派诗人巴尔蒙特写道：为了看见太阳／和苍茫无际的蓝天／我来到这个世界，为了看见太阳／和巍巍群山的峰巅……／我来到这个世界，为了看见太阳／假如白昼竟然消亡／我还要歌唱……我还要歌唱太阳／在我生命弥留的时光。

这首诗充满了对光明和美好的向往，拨动了千千万万人的心弦。

有了对理想的追寻和期盼，我们就会感觉到有激情，有追求，有创造。陶行知先生在评价燕子矶国民学校校长丁超时说："他能就事实生理想，凭理想正事实。他有事实化的理想，理想化的事实"。从这个意义上说，理想有时就在脚下，它需要我们迈开腿，动起来。

我们来到这个世界，行色匆匆，忙忙碌碌，充满劳绩。我们埋头苦干，也许会得到一份应得的俸禄，但是这样行走，只会让我们的生活越发沉重，毫无幸福乐趣可言。在前行的路上，需要我们不时抬起头来仰望寥廓的星空，激起对美好生活的无限向往。我们的校长不应深陷烦琐的杂务之中，要经常思考学校的未来，描绘未来学校的蓝图。我们的教师不能重复昨天的劳动，手上有自己的班级，手中有几十朵祖国的"花蕾"，要经常思考如何让她们绽放出夺目的光彩。我们更期盼校长的理想之火点燃教师的生命火把，照亮校园的角角落落。拥有一份教育的理想吧，让我们在充满劳绩的耕作中诗意地生活。

在交流的结尾，我想和大家分享一个哲理故事。两匹马各拉一车货，一马走得快，一马慢吞吞。于是主人把慢马身上的货全搬到快马身上。慢马笑了："嘁！越努力越遭折磨！"谁知主人后来想："既然一匹马就能拉车，干吗养两匹马？"主人把懒马宰掉吃了。这就是经济学中的懒马效应。它给我们的启示是，如果你被别人觉得可有可无，那么，你离走人的日子就不远了。

最后，我想用马云的一段话和大家共勉：放下抱怨。与其抱怨不如努力。所有的失败都是为成功做准备的。抱怨和泄气，只能阻碍成功向自己走来的步伐。放下抱怨，心平气和地接受现状（注意，不是安于现状），无疑是智者的姿态。抱怨无法改变现状，拼搏才能带来希望。真的金子，只要自己不把自己埋没，只要一心想着闪光，就总有闪光的那一天。不要总是烦恼生活，不要总以为生活辜负了你什么，其实，你跟别人拥有的一样多。

让我们一起振奋精神，昂扬斗志，重打锣鼓重出发，重新书写教育人生的新篇章，做一名幸福的乡村教师。

谢谢大家。

（这是应邀在湖北省通讯员培训及舆情危机应对培训会上的发言，标题有改动。）

2014年7月23日于恩施

溶在血液里

高中毕业后，我回乡做了一名民办老师，准确地说，是临时代课老师。

那时的工作极不稳定，所谓的待遇极其微薄。

民办老师由村干部任用，他们手握生杀大权，谁上谁下，谁去谁留，全凭他们一句话，民办老师就是他们招的临时工。改革开放初那阵子，村干部上上下下很频繁，你方唱罢我登场。一个新干部上任了，做老师的就得去孝敬，不孝敬就得走人。1984年，新书记新官上任三把火，第一把火就烧向我，他无端指责我藐视了他，想让我"卷铺盖走人"。可让他们为难的是，一则因为我是学校前任校长，二则我是教学骨干，他不好硬拿我开刀，就召集村干部和村民小组长的联席会议，用投票的方式来达到他们的目的。他们公开宣布，学校多一个老师，要裁减，得票少的走人。结果，36 票我得了 34 票。

这次会议虽然没能把我赶出校门，但给我的触动极大——这碗饭吃不长，寄人篱下，仰人鼻息，没有地位，缺乏尊严，遂心灰意懒，萌生去意。

不独如此，一年 240 元的工资总是拖欠，有时两三年拿不到半分钱，吃饭、穿衣、生病、人情还要家里倒贴；拿不到钱也罢，作为民办老师还要带头完成公粮水费。于是父亲不满，发脾气："一个青壮年劳力一年到头挣不到半分钱，这书不教了，去学手艺吧！"

村干部的刁难、家里的压力，使我不得不认真考虑自己的前途。于是一面教书，一面访师，谋求退路。

正当我准备挥手教育、弃教学艺时，从报上传来了振奋人心的特大好消息——国家准备设立教师节。听到这个消息，我们几个青年老师着实兴奋，我们有了自己的节日，有了自己的地位，有了自己的尊严，再也不怕村干部了，再也不看别人的脸色了。教师节那天，一个老师从家里捉来一只膘肥体壮的鸭子，另一个老师从田里扯来胡萝卜、大蒜，煮了一盆子，四个老师喝了四斤二两酒，一边喝，一边唱，一夜未睡，那个高兴劲儿啊，实在没法形容。我想，洞房花烛夜，金榜题名时，也不过如此！

我想安心从教。我把这好消息第一时间告知父亲，做他的工作，他很支持我。

1986年参加民办老师考试，获得监利县民办教师任用聘书，由临时代课老师转为正式民办老师。有了这红本本，村干部再也不能随便撤换我们了，因为教育部门可出面干预。我们的地位又上升了一步。

有了自己的节日，又有了民办教师任用聘书，我开始一面工作，一面复习，准备报考师范。这时我已经十分热爱这项工作了，可民办老师还是不稳定，只有成为公办教师，才能以身许教，才能把自己献给热爱的这项事业。

几年焚膏继晷，悬梁刺股，1990年我考取了监利师范学校，终于成为了一名梦寐以求的人民教师。

师范毕业后，分配到中学任教；后来通过自修，获得大专文凭；长期担任初三班主任，后又担任副校长。

假如1985年国家不设立教师节，或者晚几年设立，我可能成了一名手艺人或商人或农人，总之与教书无缘了。教师节的及时设立，深刻而又永远地改变了我的人生。28年来，她伴我成熟，我伴她成长；她给我尊严，我使她荣耀，她已经溶在我的血液里了。

（原载2012年第9期《教师博览》原创版）

"教室"随想

1. 突然想到一个有点钻牛角尖的问题：教室是"学校里进行教学活动的房间"，教与学，两种行为都发生着，但它为什么不叫"学室"呢？毕竟有一堆的学生在学，却只有一位老师在教。

2. 这年冬天的一个早上，寒风刺骨，大雪纷飞。天蒙蒙亮，路上，偶尔有小摊小贩匆匆忙忙去赶集，与他们一起在路上匆匆而行的只有学生们——他们冒着风雪去上早读。我准时到了班上，有意识地扫视全班，学生们只到了一半。我先向同学们问寒问暖，然后一边带着他们读书，一边等着未到的学生。几分钟后，开始有同学陆陆续续站在教室门口。我奇怪，他们为什么既不喊"报告"，也不进教室呢？我关切地问："下这么大的雪，你们不冷吗？怎么不进来呢？"他们像做了错事似的，一个个低着头，不回答。我只得"动粗"，拉他们进来。他们说："班主任规定了的，迟到了必须站门口。"我无言了。此刻，我好为难！孩子们不畏寒冷，起早来到学校已属不易，可来了之后，还要站在门口，任凭风吹雪打！难道迟到了几分钟就要接受这样不人道的惩罚吗？

或许班主任在制定班规时，没有想到有这般严酷的天气吧，我当然要让孩子们进来！我对他们讲："你们进来吧！班主任批评你们，就说我叫你们进来的！"他们勉勉强强进来了。出乎我意料的是，进来后，他们并没有回到自己的座位，而是一字排开，站在了教室后边！

孩子们被训练成这样，有着这般异常的、成人都难有的"自觉"，我真是无语了。

3. 全校的教室都挂满了名人名言和一些励志语，读书是很常见的主题，比如"书籍是人类进步的阶梯""书山有路勤为径"，等等。可是，稍加细心观察就会发现，很少有老师看书，阅览室里没有，操场上没有，办公室里没有，甚至早读课上，老师宁愿什么也不做地坐着也不看书，老师只是天天不厌其烦地督促学生好好读书，认真学习，而自己却不读。所以，教室中的标语实际上都是写给学生的，老师不必在意和理会。比如，"生命的意义在于付出，在于给予，而不在于接受，也不在于索取"，一定是希望学生付出和给予，老师则不必。再比如，有的教室贴着很漂亮的一段话："襟怀纳百川，志越万仞山。目击千年事，心地一平原。"这应该是教育人要宽容的，也是教育学生要宽容，而老师则不必。这样，也才有了学生在风雪天迟到也不能被宽容的做法，而学生则要宽容、理解老师的任何苛刻要求和惩罚。

4. 此刻，您一定和我一样，终于想明白了，教学的房间为什么叫"教室"，而不叫"学室"。因为是"教室"，教师、班主任才是这里的主人，才有至高无上的权力，才有一言九鼎的权威，才可以不顾学生的寒冷与感受而体罚学生，才可以严令学生按时进班，而自己却在被窝里享受温暖。

5. 新课标倡导自主、合作、探究的学习方式，强调把教室还给学生。为什么有的地方推行得不好，是因为有些教师没有转换自己的身份——要从以前的绝对权威转变成平等的引导者，不再做教室里唯一的主人。

为什么这些教师不愿转换自己的身份？因为这么做更难、更累。比起简单粗暴地让学生一味仰视，那种要以自己的丰富学识、人格魅力来博得学生信任的做法显然更难；而事事都要身体力行、身教重于言教的做法显然更累。当然，他们也需要付出一些，那就是要一直端着架子、保持一种神秘感，不停地向孩子们提要求，让孩子们总处于畏惧中。迈向新式教师的第一步，便是

"自毁形象"地破除这种神秘感，让孩子们不再怕自己，而是让他们爱自己，亲近自己。

6. 这天下午路过七年级教室，一名学生"嬉皮笑脸"地过来："老师，握个手。"我一愣，要按以前的做派，我应该提醒他正经些，但这天我极为高兴地握住了他的小手。不承想，旋即，又有四五只小手争着伸了过来——孩子们是多么渴望我们的转变呀！我一边与他们握手，一边轻拍他们的肩膀。我想，从这一刻起，我正在开始我所憧憬的一种新型师生关系和教育生活。

（原载2014年第10期《人民教育》）

教育科研与"小·确幸"

教育科研是草根教师主动学习、自我发展、自我提升的强大引擎。教师根据自己的兴趣、特长、专业，确定科研课题。有了科研在手，你就会以书为友，以苦为乐，不知疲倦，苦苦钻研，不达目的不罢休；你就会忘记学生的"问题"，忘记领导的批评，忘记工作的不快，忘记待遇的低下，忘记地位的卑微；你就有了明确的方向，有了进取的动力。

那么，普通教师如何"立项"，如何科研呢？

我以为应该扣住三个字。

实：即紧贴工作实际，不能离开工作谈科研。你是学科教师，应该紧密结合所教学科立项研究，边工作边研究，边研究边工作。如思想品德课教师，可研究如何把社会主义核心价值观融入课程当中去，以培养学生的核心价值观；你是班主任，可结合班级实情，研究留守学生、空巢家庭子女、单亲家庭子女、孤儿等。

小：即课题要小，不能贪大，大了嚼不烂。要在工作允许范围内，在力所能及的范围内从事研究。自身和同事的力量不能胜任的，一般不适合做课题。

用：即课题研究要有实用价值，要能指导、帮助自己的工作。前面所列几项研究，就极具现实意义。

教育科研结题之日，正是幸福收获之时。身为教师，没有财富盈门，没有权力炙手，这一个一个的小科研，就是教师不断体会喜悦与满足的"小确幸"。

（原载2014年第5期《陕西教育》）

好老师教好自己孩子的思考

我们这里有一句流传已久的俗言俚语：男服学堂女服嫁。前半句是说男孩子生性顽劣调皮，家长不易教好，必须送到学校，交给老师去教，他们才能"成人"。但随着社会的进步，人们认识的提高，关于子女教育，人们又有了新的、完全相反的说法：家长是孩子的第一任老师。由"男服学堂女服嫁"到"家长是孩子的第一任老师"，表明人们已经深刻认识到了家长在孩子成长教育中的重要作用，特别是当家长身兼教师身份的时候，教师家长的教育作用就显得更为重要。

这样的情况我见得多了：有的老师因为家庭教育方法失当，孩子或任性，或顽劣，或厌学，或沉迷网络，或自我至上，或打架斗殴……身为教师的父母深感头痛、无奈。在踌躇满志、雄心勃勃地把他打造成自己所希望的人中"龙凤"的"雄伟"计划失败后，就调整策略，半是不甘、半是不忍地把他交给同事去教，以期同事能够立竿见影，乾坤翻转。殊不知，这只是剃头师傅的挑子——一头热。一般情况下，到了家长无法改变孩子的时候，孩子往往已经长大了，懂事了，他知道老师跟自己的家长是同事，不会把他怎么样的，不会像对待其他同学那样对待他，因而，所作所为仍然是外甥打灯笼——照舅（旧）。老师呢，也在打着自己的"小九九"：你自己教不好，就交给我来教，我又有什么办法？到了这个时候，师生之间往往就彼此心照不宣啦——只要你（我）不给我（你）捅大娄子，我们就相安无事吧！就这样混个三年两载后提前出局，进入社会，开始演绎另一种角色。

可是，没有深厚的文化储存做支撑，孩子今后又有多大出息呢？

因而，好老师没有理由不教好自己的孩子。

QQ 群里一位老师跟我聊天，他说，他有一同事，好酒贪杯，打起麻将来是夜以继日，只要没课，就邀集同事、社会闲散人员到家里吃喝玩乐，一上酒桌、牌桌，就污言秽语，乌烟瘴气，全然不顾已经长大的孩子。在污泥浊水的长期浸染下，孩子渐渐长大了，读书，那是别人的事，交朋结友、沉迷网吧、彻夜不归，才是他的最爱，初中未毕业就辍学"混社会"，未到法定婚龄就结婚成家了。该老师也因嗜酒成性，缺乏身为人父最起码的责任感，遭人唾弃，在几所学校之间像皮球一样被踢来踢去。像这样，连自己的子女都不愿教、教不好的老师，谁会相信他呢？谁又愿意把子女交给他教呢？连自己的子女都不愿付出，他愿为学生付出吗？连自己的子女他都没有爱心，他有爱心给学生吗？他连自己的子女都教不好，又如何教好别人的子女？事实也是这样，他始终无法胜任教师的职责。

因而，好老师没有理由不教好自己的孩子。

套用一句哲语：一屋不扫，何以扫天下？作为教师，既是家庭人，又是社会人，既要为家庭承担责任，又要为社会承担责任，两肩要同时挑起两份责任，不可偏废，更不可弃之。做好老师的前提是做好家长，好父亲，好母亲，好老师应该是家庭和睦，夫妻恩爱，父慈子孝。在这种家庭氛围中熏陶的孩子，往往知书达理，爱憎分明，敢于担当，勇于进取。我从教书的那天起，就一心想把我的家庭打造成书香门第，因此，我的子女从小就受到这种精致的家庭教育——传统教育与现代教育的结合。作为回报，我的子女身上既有传统教育的基因，如知书达理，尊老爱幼，勤俭节约，又有现代教育的特质，如勇于担当，自立自强，敢闯敢干。我的女儿就多次批评亲戚、邻居浪费水资源。亲邻们反驳她，"靠我们几个人能节约多少水啊？"她说："如果我们人人都能节约用水，节约的水不就多了吗？"小小年纪就有环境保护意识、资源节约意识、社会担当意识，这不很可贵吗？

而我也一直受到家长、社会的广泛信任。

我认为，身为教师，把子女培养成为有出息的人，不仅是家庭的荣耀，自己的荣耀，更是为社会尽了自己应尽的责任。像我的子女，我就不担心他们会成为社会的麻烦。而像前面所列举的两例，其实是极端不负责任的表现，对子女不负责任，对社会不负责任，是转嫁责任，逃避责任。这样的人，算不得好家长，也算不得好老师。

因而，好老师首先应该教好自己的孩子。

何为"好"教师？何为"好"孩子？是不是每次考试总能名列前茅，分冠全班，就是好孩子？所带学科及格率、高分率、平均分比别人高就是好老师？是不是考上了名牌大学就是好孩子？自己班上升学率比别人高就是好老师？我想，小学生跳楼，中学生杀人，研究生投毒等恶性案例，已经对此作出了回答，无须辩驳。

一个好孩子，首先应是一个心智正常、身体健康的人，其次是一个孝亲敬长，热爱家庭的人，一个"五育"全面发展，热爱学校的人，一个遵纪守法，热爱社会的人，一个有家国情怀，热爱国家的人。这才是好孩子的特征，他的家长是好家长，也是好老师。

（原载2014年第9期《中国西部》）

渴望被尊重的教师同行们，请别忘了尊重别人

　　2015年12月16日，我在蒲公英评论网发表了《要求学生无条件尊重老师，这事行不通》一文，没想到转到"今日头条"后，招来一片吐槽、谩骂，甚至人身攻击，还牵连到我无辜的家人。看语气，这些不理性的评论者几乎都是从事教育工作的人，实在让人震惊！况且，这不是头一次，也不只是我不幸躺枪，其他老师也或多或少受过伤，只是伤情轻重不同而已。

　　我那篇文章主要是说，学生不能无条件地尊重老师，老师只有为人师表、学养深厚、诲人不倦才值得学生尊重。我想，任何一位稍微理性、成熟、深受学生喜爱的老师都不会否认这点吧？骂人的评论者说，师生应该互相尊重，学生骂老师是很不尊重老师的。可是，不知是这些人没有看完我的文章，还是在偷换概念，玩文字游戏？我在文章中说得很清楚，该班主任长期喝酒，经常喝得醉醺醺的，常犯知识性错误，学生多次指出其问题，家长多次到他的学校投诉，可他依然如故，不知悔改。这样的老师谁会尊重？如果我们是学生，会尊重这样的老师吗？我们说尊重老师，指的是尊重合格、优秀的老师，而那些不合格、与学生和家长的期望相去甚远，甚至不如学生的老师，叫学生如何尊重？有的老师道德败坏、猥亵学生，也值得尊重？那么，尊重老师究竟是无条件，还是有条件？

　　师生应该相互尊重，这话没错。可是，老师们反躬自省、扪心自问，我们尊重过每一位学生了吗？学困生、调皮生，我们发自内心地尊重过他们吗？否则，又怎么会有师生冲突？怎么会有

家校矛盾？怎么还会有弑师事件？作为老师，不应该持有双重标准吧？

对于我的观点，这些评论者不是友好交流，不是以交流促进步、促成长，而是以辱骂为本事，为快乐。试问：你们尊重文章的作者了吗？你们认为，即使老师有错，学生也要尊重老师，那么我问：即使我这个作者说得不对，你们尊重我了吗？你们的学生有错，你们耐心听其解释、给其慢慢改正的机会了吗？你们对与你们观点相悖的同行尚且口诛笔伐，对学生怎么样，就可想而知了，对犯错的学生又怎么样，就不想而知了。

看得出，这些评论者戾气很重。如果真是教师同行，我不得不说，你们没有作为老师应该具备的基本的文明素养。暴戾的老师能培养出文明的学生吗？而且，借助网络的虚拟身份，躲在幕后骂人，这本身就是缺乏修养的表现，是对公共环境的不尊重，也是对自己的不尊重。我们常常教育学生要遵守网络规则，要文明上网，如果连自己都言行不一，人格分裂，这是尊重自己吗？一个尊重自己的老师会行得端、坐得稳，坦坦荡荡，磊磊落落，会在光天化日之下公开、理性地与人辩论，不至于如此斯文扫地。一个有修养的教师，一定是有慎独精神的老师，人前人后一个样的老师。

（原载2015年12月19日中国教育新闻网，被评为"月度好稿"）

内外兼修的老师更能激发学生对知识的向往

高考前夕，我与县城几所高中的毕业班班主任有过短暂聚会。聚会上，大多数老师不修边幅，头发很"任性"地弯曲飞扬，没有梳理，穿着也很随意。有的老师正值壮年，发已白，鬓已秋，给人饱经沧桑之感，与实际年龄明显不符。有一位老师，看上去60多岁了，事后才知道，实际上才50岁。大多数老师虽然都贴有知识分子的"标签"——戴着眼镜，但不经介绍，或不在学校这种特殊场合见到他们，很难把他们与老师职业联系起来。

我相信这种情况绝不是个案。

从学生时代起，我就崇拜老师，不仅崇拜才高八斗、学富五车的老师，更崇拜满腹经纶、才华横溢而又精神抖擞、容光焕发的老师，用现在的话说，它们一个是硬实力，一个是软实力，不服不行。在我稍谙世事的初中时代，内里才华横溢，外表风流倜傥的老师，令我佩服得五体投地，无以复加，学起他的课来格外有兴趣，格外有精神。而对不修边幅、不讲形象、精神萎靡的老师，除不愿承认他是老师外，更有些蔑视，更多的是把他与传授技艺的艺人联系在一起。即使几十年后的今天，我仍然是这样。

往大的方面讲，《中小学教师职业道德规范》中要求教师"为人师表""衣着得体"，这"衣着"应该包括适度的装扮，以干净整洁的形象示人，以亲切靓丽的形象示人，以示对工作、对学生的尊重，以起到为人师表的作用。

以我的经历和感受来看，才华横溢、神采奕奕、内外兼修的老师，更能给学生以美的愉悦，更易激发其对知识的向往，对生命的热爱。我已人到中年，但不论是社会上的初交还是我的学生，都无法猜到我的准确年龄。近几年，总有学生好奇地问我："老师，你到底多少岁？"当我告知他们真实年龄时，他们要么不信，要么惊呼："这么年轻！"有学生直接问我："老师，你有什么保养秘诀？"我就想，当学生对我的年龄感兴趣时，也就意味着他们对美的向往、对生命的珍惜、对青春的热爱意识正在被唤醒，这不很可贵吗？这不是一种润物无声吗？老师的青春靓丽、富有吸引力的外貌不就成了一种教育资源吗？反过来，一个老师邋邋遢遢，沧桑刻满脸上，靠什么来吸引学生呢？你总是讲好好读书，可是你的满脸沧桑却又明白无误地告知学生，读书无用，因为你的满腹经纶不能滋养你的容颜，不能阻止岁月匆匆的脚步，不能抚平你透支的褶皱。

为此，我冲动而又强烈地给各级教育行政部门建一言：马上到来的教师暑期培训应增加养生保健内容，应通过培训，让教师们掌握最基本的养生知识，以保养身体。各地常组织教师体检，这是好事，但这是治标，是授之以"鱼"，是亡羊补牢，而养生保健培训则是治本，是授之以"渔"，是预防在先，从某种程度上来讲，比体检更具意义。

在此，我也给教师朋友们建一言：老师们，不管工作多忙，也要忙里偷闲，看看养生节目，翻翻养生书籍，做做养生保健，最好要有养生计划，有计划地保养自己，千万不要透支身体。没有强健身体，其他意义何在？沧桑不是本事，博不来敬佩，也有损教育本真。

在人们生活水平日益提高的今天，保健养生已是一个时髦、不可回避的话题，为人师表的教师在不断保养教育教学能力的同时，也应注重保健养生，自己的"脸谱"应该即时更新，尽可能地延缓衰老。一个才华横溢、神采奕奕、风流倜傥的老师，任何时候都是受学生喜爱、欢迎的，更能激发他们对知识的向往，并将深刻地影响着他们，影响着社会。

（原载 2015 年 6 月 8 日中国教育新闻网，转载 2015 年 9 月 14 日《德育报》）

呕心沥血未必就是好教师

2005 年 1 月 13 日，《人民日报》报道：不久前，江西瑞金市解放小学开了一个特殊表彰会，向 10 多年来一直无病史、无病假、无心理障碍、健康工作且成绩优秀的 10 名教师，每人颁发了 2000 元"健康工作奖"。

读罢此文，我击掌叫好。多年来，我们表扬的老师总是呕心沥血，日以继夜，宣传的是与病魔抗争，甚至倒在讲台上。但教师不是机器，教师要工作，要支撑家庭，都需要强健的体魄。因此，解放小学的"健康工作奖"之所以叫好，好就好在她提倡一种健康工作的新理念，引导教师献身教育的同时，还要保护好身体这个革命的本钱，体现出学校对教师的人文关怀，比起"甘愿牺牲、无私奉献"的要求来，这无疑是一种进步。

用身体、生命献身教育，固然值得敬佩，但换一个角度看，我们是不是失去了什么呢？失去了身体生命，失去了亲情，是不是也是一种不负责任呢？我们能不能响应解放小学的号召，"健康工作"呢？

为此，年届半百的我，而今迈步从头越——我给自己的后半辈子设计了一个路线图。

八小时之外的首选是写作。工作之余，停下来思考，也能愉悦身心，享受教师独特的幸福。短短一年半时间，我在《中国教育报》《中国教师报》《江苏教育报》等报刊发表文章 30 余篇。通过思考写作，我明白了教育不是分数，不是升学率，也不是管理，不是严厉，不是体罚；通过写作，我明白了学生不是只有前途，还有生命与成长；通过写作，我明白了教育不是教师成名成家的工具；通过写作，我思考着管办评分离的教育现代化治理模式；通过写作，我思索着农村薄弱学校的出路在哪里。

在热闹喧嚣、纷繁复杂的教育改革理论、模式中，我要深入到各门各派中，学习它，了解它，研究它，思考能否移植嫁接，为我所用。雷夫的 56 号教室，陶行知、叶圣陶的教育人生，苏霍姆林斯基的真知灼见都是我取之不尽的财富。

无论多忙，我绝不忘关注教育改革。党的十八届三中全会、全国两会关于教育改革的话题，我详细解读着，他们是我的精神动力，是我的信仰支撑。

每天晚饭后，一小时的散步是雷打不动的科目。健身是抵御中年危机的良方，没有强健的身体，拿什么做"孺子牛"、做人梯？

回到家中，我的身份成了丈夫，与妻子聊聊身体、聊聊子女、聊聊家长里短、陪妻子与剧中人同呼吸共命运，我乐在其中。

教育、引导子女是我身为严父的天职。儿子工作顺利吗？压力大吗？有女朋友吗？人际关系和谐吗？收入满意吗？有长远规划吗？我一一小心安放于心，或者发短信，或者打电话，或者 QQ 聊天，或者步入他的空间，或者忧虑担心。

没有写作，终生就是一"匠"人，越"奉献"，危害越大；不看书学习，就营养不良，"钙质"缺乏；不强身，何以献身教育？不爱家人，怎么爱学生？

教师不是只有工作，除了工作，还有成长、生活、家庭、休闲。这一切的前提是身体健康，心理健康，家庭和睦。我想，任何一个学生、家长都不喜欢一个病怏怏、心理有疾患的老师，家长也不放心把孩子交给这样的老师。因而，呕心沥血未必就是好老师。所以，媒体、教育行政部门要更新观念，改变思维方式，多宣传像瑞金市解放小学这样的做法。引导教师在正常工作的同时，过绿色、健康的生活。

（本文系首次发表）

教师激情可以"保鲜"

教师工作也有七年之痒

婚姻生活有一个七年之痒，其实，教师工作也有一个七年之痒，主要表现为激情消失，职业倦怠，不思进取，得过且过，甚至讨厌工作、讨厌学生。

它其实是心理挫折的外在表现。

心理学原理指出：心理挫折是人们对于实际挫折的主观感受，它是人们在工作和生活中，目标不能实现而产生的一种焦虑、愤懑或沮丧、失败的情绪状态。

教师工作、生活十分复杂，各种挫折难以避免。

最大的"顽敌"是职业倦怠。天天两点一线，机械而繁复的工作，一个老师工作几年，甚至几十年后不产生职业倦怠，那是假话。学生调皮，好走极端，殴打老师，甚至弑杀老师，不能不对老师产生影响，产生心理暗示；待遇低下，地位不高，尊严缺失，不能不直接影响教师情绪。中年教师面对老子（父母）、孩子和房子等现实问题，不得不伤透脑子，厌教拒教，甚至逃避。

教师是知识的转播者，学生成长的引路人，教师积极稳定的情感是执行本职工作的原动力，其正面情绪毫无疑问会直接影响学生的学习和成长。

心理学上有一个著名的罗森塔尔效应：即教师的期望或明或暗地传递给学生，学生会按期望来塑造自己。通俗地表达就是，教师对学生的热爱，可转化为对学生巨大的期望，进而可转化为学生自己追求进步的实际动力和行动，即自我释放正能量，推动自己进步。

反之，如果教师情绪不稳，甚至行为失常，如发泄不满，攻击学生；灰心丧气，工作冷漠；推诿塞责，错误频出，则与教师的角色定位、人格特质背道而驰，有损于教师形象，有害于学生健康成长。

那么，究竟如何战胜挫折，保持激情不衰呢？

培养积极的生活态度是前提

热爱生活、热爱教育、热爱学生，会使教师产生巨大的生活能量。看，有人劝慰："假如生活欺骗了你，不要忧郁，也不要愤慨！不顺心的时候暂且容忍：相信吧，快乐的日子就会到来。"有人高兴："热爱生活的人，生活也热爱他。"有人感慨："生活的本意是爱，谁不会爱，谁就不理解生活。"

一名教师，如果不能从心底热爱生活，缺乏阳光心态，把美好的生活、工作拿来混日子，过一天算一天，则生活、工作自然会收起笑脸，愁眉以对。

热爱教育事业是教师的职业特点所决定的，是道德和法律的要求。教师要以《中小学教师职业道德规范》和有关法律为圭臬，严格要求，自我约束，乐观开朗，情绪饱满，以高昂的精神和灿烂的笑容迎接每一天。

学生是我们培养的对象，其性格各异，禀赋有别，每个学生都有特长，都有闪光点，有的只是被灰尘覆盖罢了。教师的工作就是擦星星，拿起水桶和抹布，把每一颗星星擦得闪亮闪亮。面对自己擦得闪亮的星星，哪个老师不高兴呢？如果我们眼中只有分数，没有特长；只有少数，没有多数；只有批评，没有赏识，那我们就是被功利的灰尘蒙蔽了双眼，烦恼就会接踵而至；而我们擦亮眼睛，与学生的亮点对接，则师生皆会大放光彩。

确立适宜的理想抱负是动力

没有目标，没有理想，得过且过，浑浑噩噩，是部分教师的工作状况，他们牢骚满腹，怨天尤人，精神萎靡，度日如年，哪有感情，哪有激情？而理想抱负、奋斗目标则是解决这一流行性顽症的良药。

较低级的目标是做一个合格的老师，讨学生喜爱的老师。说起来容易，做起来不易。它要求我们要满足社会、学生对教师思想品德、个性特点、文化素养、身体条件等方面的期望，满足对行为举止、言语谈吐、衣着打扮等方面的期望，满足对教育能力、教学成果等方面的期望。所谓学高为师、身正为范是也。

中一级的目标是做一名名师。根据你的能力水平、自身定位、价值取向，你可以做一名乡镇名师、县市名师、省级名师，甚至国家级名师。

高一级的目标是做专家型、学者型教师。你可以根据你的兴趣特长，在某一领域向纵深发展，专题研究，成为某一领域的专家学者，如学科研究、班主任工作、德育工作、留守学生研究等。

不管确立什么目标，一要终身学习，与时俱进；二要反思总结，笔耕不辍。你一旦确立了目标，而且迈开了步伐，并且小有收获，你就会乐此不疲，目标的步步击中将会源源不断地成为你心灵的鸡汤。

感受工作的乐趣，获取职业满足感是方法

树立合理的目标之后，我们应该享受目标实现带给我们的职业幸福感。

学生升学、竞赛获奖、文明守纪、健康成长，我们应不应该感到自豪呢？因为我的"成名"而影响周围同事向上向前，因为我的研究而给同事带来帮助，我们应不应该感到快乐呢？因为家有书香，子女受到浸润，一个个用能力和高分敲开了大学的大门，我们应不应该感到幸福呢？生活较单纯、带薪休长假、工作有规律，我们应不应该感到其他行业无可比拟的优势呢？

歌德说："人身上有许多愿望和向往，高贵的冲动和善良的激情，可是这一切都被日常生活中的琐屑事情破坏，被淹没在日常争吵的泥潭里了。"朋友们，拔出泥潭，洗净腿脚，高贵的冲动，善良的激情，就在我们眼前。

（原载2014年第9期《师资建设》）

让教育之梦在心中长驻

小的时候，我就梦想当一名教师。可是，当了教师，行走讲台 30 年后，职业倦怠，感情麻木，激情退潮，已多年不再做梦，不知梦在何方了。

2013 年一篇论文获得市二等奖，我有如吃了兴奋剂，一下子来了精神。我热情高涨，激情澎湃，体内的细胞似乎在返老还童。我又跟年轻时一样，意气风发，精神抖擞，我想起了远方的情人——"梦"，给她发了电邮，打了电话，邀请她依偎我的身边，融入我的心中，长驻在我的灵魂里。

梦在童真一般的心中

现实的残酷，生活的压力，工作的枯燥，地位的卑微，前途的预期，日复一日，年复一年，年年如是，日日如斯，我们已经麻木，已成为教书的机器人，成了教学流水线上的一个熟练工人。

我们讨厌"差生"，轻视贫困生，我们偏爱"尖子生"，把全部精力和心血都毫无保留地献给了"尖子生"和分数。我们只知分数，不知生命；只知考试，不知成长；只知教书，不知育人；只知功利，不知梦想；只知物质，不知精神。我们早已把"梦想"杀死、肢解，把她的灵魂藏了起来，把她的躯壳交给了分数和升学。教育人生行走至此，我颇为尴尬。收住脚步，凝视前方，叩问自己，我们到底是三尺讲台的机器，还是灵动的人？是"教书"，还是"教人"？自己没有灵魂，没有梦想，如何教给学生一个青春的灵魂，一个翱翔的梦想？

年龄不能返老，心却可以还童。我把一颗去掉功利与世俗的年轻的心装在我中年的躯壳里，审视人生，检阅教育，而今迈步从头越。

我首先从我的教育户簿里吊销"功利"二字的户籍。教育只为学生的成长，不为自己的名利，优秀顽劣都是我的学生。

过去我是"教书先生"，现在，我要做"育人导师"，做学生成长的引路人，做他们心灵康复的理疗师和美容师。

我梦想当好一名思想品德老师。康德说，"人只有靠教育才能成人。人完全是教育的结果。"我要引导学生做自己的主人，做生活的主人；引导学生走向自立人生，人生自强少年始；引导学生学法知法，守法用法；引导学生珍爱生命，悦纳自己；引导学生敢于担当，做负责任的公民。

我梦想当好一名精神导师。以高尚的人格感染学生，以丰富的学识影响学生，以翩翩的风度浸染学生，引导学生向善向美向真，热爱生活，思考人生。

当学生心上有迷雾时，帮他拨云见日；有疙瘩时，帮他打开心结；有委屈时，帮他拭去泪水；有痛苦时，帮他疗伤止痛。

我愿做他们的老师，与之互相学习；做他们的父母，与之心灵相通；做他们的朋友，与之平等交流；不要师道尊严，不要说一不二，不要高高在上。学生青春洋溢，活力四射，体格健壮，顺利成长，则精神导师之梦圆也。

梦在每一节课堂里

45分钟的课堂，是教师施展十八般武艺的舞台，是有梦人放飞梦想的地方。这里色彩斑斓，多姿多彩；这里人才辈出，大师济济；这里理论丰硕，成果累累，什么有效课堂，高效课堂，生态课堂，翻转课堂……令人眼花缭乱，目不暇接。

我乃普通教师，提不出什么高深的理论，我只知道，我的两肩，一边扛着"教书"，一边扛着"育人"。"书"中有"人"，目中有"人"。

因此，我不追求一节课灌输了多少知识，只追求不管"优生""差生"，都把手举得高高的，昂首挺胸，信心满满地朗声回答问题。

我不追求每个学生都能对答如流，都能口若悬河，都能十分正确，只要他能履行学生职责，参与互动，就OK了，哪怕回答错了，也是没关系的。

我不追求哗众取宠，轰轰烈烈，热热闹闹，光光鲜鲜，我只追求脚踏实地，默默无闻，尽职尽责，奉献自己。

我不追求绝对权威，不追求居高临下，不追求一言九鼎，只追求师生和谐，感情融洽，平等交流讨论。

我不追求师生关系的貌合神离、互相对立，我只追求心心相通，同声相求的师生心灵感应。

我不追求自己的名人梦，名师梦，骨干梦，我只追求帮助学生设计一个美梦，并协助他们放飞，让他们生活在对梦想的憧憬里。

我不追求领导表扬，我只想学生"表扬"。

去掉功利的妄想，去掉高效的浮躁，去掉虚名的诱惑，目中有"人"，你才能进入梦中，在梦中驰骋飞翔。

梦在每一天的指尖上

梦是美的，需要巧手绘就，需要不断喂给她营养。这营养在孔子与他的弟子的谈话里，在陶行知的著作里，在苏霍姆林斯基的实践里，在雷夫的56号教室里，在魏书生、李镇西的丛书里，在古今中外大师们的思想宝库中。

你还得经常给她添加教育学、心理学的养料，这是科学的养料，强筋壮骨的养料。她能导航，牵引你少走弯路，她能指点迷津，解除你的各种疑惑、迷茫，她能帮你长出翅膀，助你飞翔。

添加养料有讲究呢。不能一曝十寒，不能虎头蛇尾，不能囫囵吞枣，需要科学添加，需要持之以恒，需要思考消化。还需要广泛涉猎，博采众长，勇于实践，内化生成，不能营养不良，人云亦云，照抄照搬。

她需要像小学生写作文一样，写写练练，写中提高。可以写好"每天一句话"，用一句话表达心得，记录思考，描绘成长。可以写好"教学日记""教育反思"，每天的喜悦、烦恼，成功、失败，收获、失去，醒悟、迷惑，都可纳入其中。日子长了，你会发现，一个婴儿不知不觉间已经长大成人了。还可以开通博客。把你的文字晒在上面，与全国各地的博友们分享交流，你会发现，博客是一个巨大的思想宝库，里面的精华取之不尽，用之不竭，成为你梦想腾飞的发动机。

如果想飞得高一些，还可给报刊投稿，把你的实践、积累、思考，e 给他们。如果报刊上有大作面世，也不枉为师一场哦。

心在，梦在；心长在，梦长在。

苏霍姆林斯基说：教师"要永远处在一种丰富的、有意义的、多方面的精神生活中"。只要"心"是青春的，梦就是青春的！

让梦在"心"中长驻吧。

（原载《新教师》2014年暑期合刊，曾获省征文比赛一等奖）

一则寓言的启示

某晚，夜深人静，锁叫醒了钥匙，埋怨道："我每天辛辛苦苦为主人看家守门，而主人喜欢的却是你，总把你带在身边，真羡慕你呀！"

钥匙也不满地回答说："你每天待在家里，舒舒服服的，多安逸啊！我每天跟着主人，日晒雨淋，多辛苦啊！我更羡慕你呀！"

钥匙也想过一过安逸的生活，于是把自己藏了起来。主人回家，不见了钥匙，进不了门，气急之下把锁给砸了，并顺手扔进了垃圾堆里。进屋后，主人找到了钥匙，气愤地说："锁也给砸了，还留着你何用呢？"说完，把钥匙也扔到了锁的旁边。

这是我在微信圈里看到的一则寓言故事。看罢，它立即拨动了我的心弦，触动了我的情思，很自然地对接上了当下部分教师的工作状态。

多少年来，教师的待遇总是不能尽如人意，总是口惠而实难至，工资只能糊口，社会地位不高，低下的待遇压得教师气喘吁吁，步履维艰。特别是农村教师，更难。在此背景下，有的教师就在抱怨中混日子，今天抱怨工资低了，养不起老婆孩子；明天羡慕那个买了小车，盖了高楼。无心本职工作，做一天和尚撞一天钟，天天如此，月月如是，大好青春就在嗟叹中蹉跎了；以致人到中年，一事无成，徒增了褶皱而已。

寓言中的锁和钥匙相互抱怨，相互羡慕，而不尽忠职守，尽职履责。钥匙为了寻求"安逸生活"，把锁害了，把自己也搭进去了，可谓一损俱损，教训深刻。教师在声声抱怨中消耗年华，在日日虚度中荒废青春，拿事业当饭碗，实际上是自我贬值。工作几年、十几年，甚至几十年，没有学识以资安慰，没有成果引以为傲，没有业绩令自己幸福，以致社会大众不断质问："你凭什么要高工资，高待遇？"

我曾经帮母亲采摘过南瓜。母亲的南瓜又大又圆又甜，绵甜可口，分给邻居们吃，大家夸赞不已。采摘中，我发现一个奇怪的现象，所有南瓜不是长在瓦砾中，就是长在荒地里，或者路旁边，而没有长在良田沃土中的。我问母亲，这是为什么？母亲说："南瓜不择土壤的肥与瘦，栽到哪儿都能长。凡是不长别的作物的地方，随手栽几根南瓜苗，它都能结出又肥又大的瓜。良田是栽其他作物的。"我不禁对南瓜肃然起敬。它不攀比，不讨价还价，不抱怨，不慕虚荣，随遇而安，默默无闻，顽强地生长着自己，这不是恰能给某些教师以启示吗？

他，独臂教师，坚守山区教育32年。不仅是语文老师，还担任总务主任兼出纳员，同时还是生活老师。上课，批改作业，买菜，打饭，更换灯管，修理课桌……在师生眼里，他与常人无异。有过转正、调走的机会，他怕因为复习备考耽误学生的学习而放弃了，后来还是被有关部门破格转正。成了国家人，他也没有嫌弃这里而远走高飞。他是谁？他是位于海拔千米以上的浙江龙泉市道太乡中心小学、被誉为"最美乡村教师"的杨树长老师。

郑立平说："真正的蜡烛不会惧怕周围的黑暗，而即使全世界的黑暗也不能使一支燃烧着的小蜡烛失去光辉。"这话大概说的就是杨树长老师这类人吧！

锁匙型老师因为抱怨工作而自毁价值，南瓜型老师因为热爱工作而熠熠生辉，两种教师，两样格调，两种启示。这个单项选择题说它不难，有的老师却终生选择错误；说它难吧，有的老师却毫不犹豫地作出了正确的抉择。还在游移不定的老师，你又如何选择呢？

（原载2016年第1期《教师博览·文摘版》）

在心中给圣人辟个特区

部分学校的部分老师长期以来强迫学生到自己家里就餐、补习，不从者就永远坐后排，且经常遭受挖苦、讽刺，更与表彰、奖励无缘。家长不满，到学校吵闹，到社会上散布对老师、学校不利的言论，导致家校关系紧张。

《扬子晚报》2011年7月12日报道：一名幼儿园教师先把孩子摔在座位上，接着几耳光，此后，又抓起另一个孩子，一顿暴打。

2013年5月16日，H省一校长带6名女生开房。此事闹得沸沸扬扬，举国皆知，它直接引发一场关于师德问题的全国性大讨论。

这是教师形象的几个撷影。他们有的把自己变成了商人，强买强卖，以不择手段，获取经济利益为主要目标，教书育人退居其次；有的暴力施教，殴打学生；有的师德丧尽，强（诱）奸学生，以致沦为人人唾弃、千夫所指的犯罪分子。

我们的教师队伍到底怎么了？一方面是全社会都在喊尊师重教，一方面是教师队伍问题频出，这直接倒逼教育部出台师德新规，高举红灯，警告师德透支者：师德不合格者一票否决。

对此，有些老师无法接受，心生抵触："教师又不是圣人，为何要以圣人的标准要求我们？"

这话貌似有理，其实不对。

诚然，教师不是圣人，要全国1000多万教师都做圣人，既不客观，也不现实。事实上，社会上也没有把教师当作圣人。问题是，教师不是圣人，但也绝对不是普通人！教师是什么人？教师是教育工作的践行者，是人类文明的传播者和建设者。

《说文解字》这样给教育下定义："教，上所施，下所效也；育，养子使之作善也。"韩愈这样给教师下定义："师者，所以传道、授业、解惑也。"这两个定义，决定了教育的功能重大而特殊，决定了教师的身份不同一般。

首先，教师处于教育工作的前沿，劳动的对象是可塑性大、尚未成年的儿童和青少年，他们思想活跃，不是无思想、无生命的机器，他们模仿、借鉴、学习能力极强，这就要求教师不仅要重言教，更要重身教。因此，教师当具有高尚的精神境界和道德品质，并以此影响和感化学生，做到"以身立教"。可以想象，一个境界不高、品行不良、道德不优的教师能培养出什么样的学生呢？又有谁放心把子女交给他们呢？

其次，师德不仅深刻作用于学生心灵，塑造学生品质，还通过学生作用于家庭和社会。俄国教育家、美学家车尔尼雪夫斯基说道："教师把学生造成一种什么人，自己就应当是什么人。"因此，一个道德高尚的教师，他的学生也一定是思想修养、道德学识均受称道的人，并在家庭、社会产生影响。

再者，教师职业关系到国家的未来，民族的兴旺，关系到人类自身的繁衍和发展。换句话说，教师的肩上挑的是国家、民族、人类的未来。唯有淡泊名利、追求真理、献身教育、为人师表、学而不厌、诲人不倦，方是教师回馈社会最厚重的礼物。

有鉴于此，在人类道德史上，师德总是处于当时社会道德的较高水准上。不仅在中国，在世界各国莫不如此。

在中国，相当长的时间内，家家户户都要在神龛供奉一块"天地君亲师"的牌匾，把教师与天地君亲一起朝拜，足见人们对教师的要求之高，足见教师在人们心目中的地位之神圣。

美国人普遍认为，教师是一种对个人品德、职业道德要求最高的职业，是对未来社会影响重大的职业。每一种职业，都以各自特有的方式与社会发生联系，都有自己的职业规范和行为准则，而且，越是对社会影响大的职业，其职业道德要求越高，职业道德规范越健全，越为全社会所认识、推崇和效仿。教师群体同样如此。

上述案例中，教师退化变质，实际上是放弃职业道德要求的必然结果。"我不是圣人"，意即我就是普通人，跟社会大众一样，你们能干的事，我也能干。你们依靠市场挣钱，我依靠学生挣钱；家长能打学生，我也能打；等等。正是在"我不是圣人"的心理支配下，个别教师放松学习，逐步解除自我约束，一步一步成为不被学生和社会信任的人。

圣人做不成，做普通人又不行，那么，作为教师，到底应该怎样做呢？

一是教师不是圣人，不做圣人，但教师可以把圣人作为楷模，作为标杆，并以此激励、鞭策自己。孔子主张"君子怀德"，认为"朝闻道，夕死可矣"，一生"贤人七十、弟子三千"；荀况不计名位，晚年在楚国兰陵的困境中坚持教学；朱熹从福建崇安出发，不远千里到湖南闻名遐迩的岳麓书院讲学，以"君子有教"为使命。教师如能把圣人时时装在心中，时时效仿之，不是圣人，而似圣人。

二是加强教师职业道德的自我教育。就是以圣人和《中小学教师职业道德规范》为镜鉴，开展自我批评。教师不是圣人，有各种各样的不足，需"吾日三省吾身"，时时反躬自问，以圣人为标准，对自己的道德行为作出评价。

三是在市场经济环境下，要洁净身心，自我净化，自觉抵制外部的腐蚀、引诱和压力。现代社会，各种各样的诱惑太多，如果教师意志薄弱，自我约束力不强，往往很容易走上邪路，甚至不归路，古人的慎独观，"富贵不能淫，贫贱不能移，威武不能屈"，无疑是我们拒绝诱惑的护身符，砥砺顽强道德意志的磨刀石，保持自身定力的软猬甲。

家长们把我们供在神龛上，教师们应把圣人供在心中。在心中给圣人辟个专区，不强占，不强拆。懈怠时，请圣人鼓气；迷惘时，请圣人指点。心中有圣人，手中有《中小学教师职业道德规范》，想不做圣人都难。

（原载2013年第11期《师资建设》）

做一个擦星星的人，挺好

我不信佛，我一直没有任何宗教信仰，但，读了谢云老师的"禅学与教育"系列文章，特别是《就做一个擦星星的人》后，我使劲擦了擦有些混浊的眼睛，揭掉了我盖在佛学与佛教身上的有色外衣，对它有了重新认识。

《禅师捡落叶》——

学僧问禅师："落叶这么多，你前面捡，它后面又落下来，怎么捡得完呢？"

禅师回答："落叶不光落在地上，也落在我们心上。这地上的落叶捡不完，我心上的落叶总是可以捡完的。"

《禅师沐浴》——

师父端坐烈日下，大汗淋漓，泪流满面，学僧问："师父，您怎么了？"师父心平气和地说："没怎么，我在沐浴呢！"学僧迷惑不解："我没看见您沐浴啊！"禅师说："我在沐浴自己的心灵，你当然看不到。"而当学僧问怎样沐浴心灵时，禅师说："点燃一颗感恩之心，在自己的心底煮沸半腔开水，再加入仁义、孝悌、反思、忏悔等几味名贵的'心结'，便可以为心灵沐浴了。"

这哪是佛学，分明是哲学；这哪是佛教教义，分明是哲学思想。读了这两则故事，我的心灵受到震动，思想受到洗礼。禅师与其说是在捡拾地上的落叶，不如说是在捡除心上的妄念、烦恼；与其说是在打扫土地，不如说是在打扫心地。禅师给心灵沐浴，使之洁净高尚，不蒙尘垢——这种清洗和净化，既是自我重塑，也是道德提纯；既是对过去的超越，也是对未来的追求。

作为教书育人、为人师表的教师，要不要给心灵扫垢，为心灵沐浴呢？

大家身边不乏这样的事例：有的教师无心教书，只想当干部。吹牛拍马，阿谀奉承成了他们的专业特长。当上干部后，又无心教育事业，妄想"更上一层楼"，于是又不断重复着前面的故事。

职位、利益、虚名是盖在他们心上的厚厚灰尘。有位有权，主宰一切，他们的心醉了；手中有权，可以批条花钱，他们乐了；头顶乌纱帽，人家言必称"领导"，有人求，有人捧，他们笑了。

心存妄念，行事愚蠢；己所不净，焉能净人？

我也学着禅师，一片一片检视、捡除我心上的落叶：废寝忘食、成绩优异的，我特别喜欢；乖巧机灵的，我特别喜欢；自己的亲戚、邻居，我特别喜欢，他们是红花，对他们，我格外关照，厚爱有加。上课捣蛋的，我讨厌；不做作业的，我讨厌；不敬老师的，我讨厌；品行不端的，我讨厌，他们是绿叶，对他们，我声色俱厉，严厉打压。

我也跟其他教师一样，为养家糊口而忙碌，为子女学费而厌教，我也曾羡慕大款一掷千金，向往富豪灯红酒绿，我也曾产生职业倦怠。

我想，禅师捡落叶，沐心灵，大概就是要教育人们讲究心灵卫生，要像爱护眼睛一样爱护心灵。眼睛容不得沙粒，心上容不得尘垢；眼里有沙看不清事物，心上蒙尘则犯糊涂。教师要像禅师一样勤扫勤洗，扫净一切落叶与尘埃，洗净一切俗务与杂念，永远保持心灵的洁净与高贵。

教师的服务对象是学生，教师的素养、操守、专业能力、敬业精神直接影响他们的成长。受社会环境、家庭背景、个体差异等的影响，学生千人千面，千差万别。有捣蛋的、懒散的、违纪的、厌学的、身体残疾的、心理障碍的——他们就像美国诗人谢尔·希尔弗斯坦的小诗《总得有人去擦星星》里的星星："它们看起来灰蒙蒙""又旧又生锈"。

留守儿童，一个焦点话题，也是一个沉重话题。他们有家，但父母不在；他们有爱，那是溺爱；他们也不乏教育，但那是隔代教育。性格乖张，打架斗殴，不服教化，厌学逃学，沉湎网络……几乎成了他们的代名词。

单亲子女，缺乏正常而健全的爱，敏感多疑，不合群，结交困难……

社会是个大染缸，染得学生的心灵五颜六色。食品安全、坑蒙拐骗、杀人抢劫、官员腐败，无一不污染着学生纯净的心灵，干扰着他们的成长，破坏着他们前行的道路。

农村学生，因为环境的关系，大都奉行读书无用论，还有各种各样的"劣行"：擂肥勒索者有之，小偷小摸者有之，损坏公物者有之……

如果教师不加擦拭，以蒙尘的心灵观之，一个个简直"劣迹斑斑"，不可教矣。

诚然，现阶段，教育的评价指标主要是分数加升学率，可尖子生毕竟少之又少，绝大部分学生被升学指挥棒打入冷宫，成为在籍在校却不在教的所谓问题生。

我们把两则故事中禅师的思想观点发散开来，就会发现，每一名学生都是有长处、有优点的，都是闪光的星星，只是考分和升学率这两种灰尘盖住了他们的光体，遮住了他们的光泽，教师不能发现而已。如果教师"带上水桶和抹布"，用力地擦去灰尘，他们就会发出耀眼的光芒，也会刺痛部分教师有些灰暗的心灵。

是的，教师无法改变现行教育体制，但可以在45分钟的时间内，在三尺讲台上，心存"公平""公正""良心"，把

"爱"洒向每一个灵魂,把"平等"赠予每一个生命,把"希望"植播每一个星星,不顾此失彼,不厚此薄彼。

因为我们是老师,是全体学生的老师,不是少数学生的老师,他们每一个人都这样地称呼我们:"老师。"

少些抱怨,少些指责,少些歧视,拿起为师的水桶和抹布,开始擦星星吧!

太阳虽烈,也要月亮映衬;月亮虽亮,也要众星拱之。

我愿与星星为伍,做他的朋友,永远为他擦拭。

这其实挺好!

（该文被教育文集《坚守,播种梦想》收录）

教育如情，激荡而生涟漪

教育是一个逐步发现自己无知的过程。

——杜兰特

笑语盈盈暗香去

踏上教育之路，属偶然中的必然。

高中毕业后，村里缺老师，我这名当时村里不多的文化人当了一名民办老师。民办老师由村干部任用，工作极不稳定，谁上谁下，谁去谁留，全凭他们一句话；同时，所谓的待遇也极其寒薄，老师一年 240 元，校长、主任一年 360 元。低，也就罢了，问题是从来不结算，总是拖欠，以致吃饭、穿衣、治病、人情往来还要家里倒贴；倒贴，也还是罢了，作为民办老师，还要带头完成公粮、水费，因此，民办老师的生活是极其艰辛的，用现在的话说，属弱势群体。

俗话说，教书是读书人的穷途末路。我们这些高考落榜的青年，走不通高考这条路，无缘大学，只得教书，通过民办老师这块跳板，来圆自己的半个梦。为了圆梦，为了摆脱村干部的干扰，"焚膏继晷""悬梁刺股"也就成了我初为人师的工作和生活形态，由民办老师转为正式老师就成了我的全部动力和奋斗目标。

我们读书时实行开门办学，因而所学知识极其匮乏，与高中生的名号是极不相符的。成为"先生"后，我主动申请，从二三年级数学带起，一直带到毕业班；然后回头从二三年级语文带起，也带到毕业班，这样两个回合下来，小学语数内容基本被我消化、吸收、生成能力；第三个回合是发起初中战役，先啃数学，再攻语文；第四个回合是总攻高中堡垒。几年间，别人在工作之余，休闲娱乐、走亲访友、发家致富，而我除了备教改辅，就是挑灯夜战，不分白天黑夜，不分上班下班，不分酷暑严冬，或者演算数学难题，或者强记定理公式，或者背诵古典名篇，或者练写应试作文。终于，功夫不负有心人，我于 1990 年用高分敲开了监利师范学校的大门，成为了一名中专师范生，虽然不是大学生，但我通过民办老师这条路，能够转为公办老师，能够行走在通往大学的路上，在当时的民办老师中已属佼佼者，颇感欣慰。

中师毕业后，分配在中学任教，边工作边自修，不久获得大专文凭，终于圆了大学梦，长期担任初三班主任，因工作出色，后又担任副校长。

众里寻她千百度

从师范出来时，我雄心勃勃，踌躇满志，决心献身教育事业，在光荣而又神圣的杏坛上大干一番，大展宏图，以实现我的人生梦，教育梦。无论刮风下雨，还是数九严寒，我从不迟到，五到位（晨读、朝读、午睡、晚自习、晚寝）一样不落；家中琐事，社会应酬，一律推脱；一天 24 小时，除了睡觉，都在学校，班级管理、学生管理，样样做得细，做得实。

我尤其爱摸索。

20 世纪 90 年代做班主任的时候，根据多年工作积累，我尝试给每个学生制作了一个《成长档案》，从德智体美劳等方面记录每个学生每时每刻的成长状况，或是正面的，或是负面的，以激励或是警示他们顺利成长。

有了《成长档案》，就如同有了一面明镜，能够清晰地照出每个学生的成长轨迹，学生就能自我激励，自我约束，健康成长。

有了《成长档案》，我的学生们热爱学习，遵规守纪，文明礼貌，充满活力，师生融洽，在全校如鹤立鸡群，各科任老师争相跟我做搭档，校长对我亦是赞赏有加。

《成长档案》实在管用，很快在全校推广。

多年后，上面才下发《学生成长手册》，此时，我已积累起一整套班级管理经验。

习近平总书记说，为官要夙夜在公。我虽不是官，但那时真是这样的。在任中心校校长期间，我常常想，《成长档案》只是从"法律""道德"两个层面进行了约束或引导，那每个班级是不是应该有自己的"灵魂"呢？有自己的"名片"呢？有一天，我突发奇想：校有校名，校有校训，"班"为什么不能有"班名"呢？为什么不能有"班训"呢？考虑成熟后，我召开校委会和班主任的联席会议，要求各班要有自己的班名、班歌、班徽、班训、班旗、班刊，用以铸造班级灵魂，打造班级名片，并且一切由学生自己策划、设计，班主任、科任老师只能指导，不能代替。这套班级文化建成后，每天早操、每逢运动会或是表彰会，各班高举自己的班旗，高唱自己的班歌入场，已成为学校别具一格而又十分亮丽的一道风景。

10年后，某县教育局才在全县各中小学推广建设这套班级文化。

蓦然回首

"你怎么又在看小说？你太不听话，太令我失望了！"小杨是班上的"尖子生"，是重点高中的培养对象，是班上的宠儿，是全体老师呵护的宝贝。见他又在如饥似渴地看小说，我情不自禁怒不可遏地声色俱厉，吼叫起来，也顾不得教师形象，顾不得教师体统了。我早就给他定下了死规矩：不看小说，不看杂志，不看电视，不得上网，不得贪玩，适量运动，全心学习，全力冲刺重点高中。我要对他负责，对他的前途负责，对家长负责，对学校负责，对自己的良心负责，如果这么"优秀"的学生都不能进入重点高中，叫我情何以堪，良心何以安？

在我的胡萝卜加大棒的政策下，小杨等一批又一批"优秀""尖子生"都用"分数"这张通行证跨入了县重点高中。

小柳，长期逃学，或上课睡觉，或长期不做作业，我见到他就头痛，对付他也很简单，就是几部曲：严厉批评，打，罚跪，检讨，亮相，请家长。可三年下来，他仍是他，依旧故我。虽然这套对他不起作用，但我却因此博得了"严师"的美誉。俗语有云："男服学堂女服嫁。"我这样的老师是大受家长欢迎的，也因此，家长们想方设法把学生塞进我的班里，我的班也因此年年成超级大班，我是吃不消，别人是吃不饱。

小杨、小柳是两种截然不同的学生，学校、班主任、科任老师对他们的态度也是截然不同的：对小杨们的要求是升重点高中，对小柳们的要求是不出事。

物换星移，时变世易。教育人生，行走至此，我慢慢地越来越糊涂，越来越难堪，越来越找不到本心了。我发现了一个极为尴尬的事实：越是"调皮生""差生"，进入社会后，对老师越亲热，越礼貌，而那些曾经集万般宠爱于一身、我们曾经引为骄傲的"尖子生"们，却离老师越来越远；那些我们曾经厌恶的学生走出学校后也干有所成，有的甚至干大事，有大出息，而那些我们曾经付出全部心血的学生大学毕业后，却平静如水，波澜不惊，有的甚至给曾经瞧不起的"差生"们打工。

美国人杜兰特说："教育是一个逐步发现自己无知的过程。"此言乃真理也，它刺痛了我心中最柔软的部分。

记得师范毕业时，我摩拳擦掌，跃跃欲试，以身许教，矢志育人。可执教了几十年，大半辈子过去了，觉得这书是越来越不好教了，我又回到了从前，成了一个"新手"。

根据有关统计，每所学校、每个班级，所谓的"尖子生"不到5%，其余或是中等生，或是"差生"，在应试教育体制下，这5%是"校宝""班宝"，学校的人力、物力、财力等一切有形资源，老师的关注、辅导、热情、担心等一切无形资源都要用在他们身上，以确保他们考上重点高中，确保办学"成果"，其余95%则是陪衬，则是绿叶，全体学生的学校成了少数学生的学校，全体学生的老师成了少数学生的老师，教育公平成了教育不公，资源共享成了资源独享，而且，学校是幕后推手，老师是幕后推手。

还可以退一步，即使对那5%来讲，也未必公平。小杨爱看小说，我却扼杀了他看小说的天性，我挂在嘴边的话是："学好数理化，走遍天下都不怕。看小说有什么用，能当饭吃？"我磨平了他的棱，削平了他的角，他成了装在我套子里的人。但多年过去了，中国出了韩寒，我就一遍又一遍反思，如果不用标准模子去打造小杨，不用一样的套子去装他，全力在小说方面引导他、辅导他、鼓励他，小杨会不会成为第二个韩寒呢？中国会不会因此多一个少年作家呢？

爱学习的，厌学习的，都要求学习；有特长的，无特长的，都一个标准，所有的学生都要一模一样，千人一面，千篇一律，不讲个性，只讲共性；不讲民主，只讲"威权"；不讲主动学习，只讲强行灌输；不讲行行出状元，只讲读书出状元。爱因斯坦叮嘱我们："学校的目标应当是培养有独立行动和独立思考的个人。"又说："发展独立思考和独立判断的一般能力，应当始终放在首位，而不应当把获得专业知识放在首位。"密特认为："每个人生来各自具有不同构成的潜在品质：他们将成为哪种人，完全看养育他长大的方式如何而定。"面对大师们的高屋建瓴，正在教书育人的我们，我一遍又一遍地问自己：我们究竟是放大了学生的天性，还是扼杀了他们的天性？究竟是弘扬了个性，还是消灭了个性？究竟是给了学生正能量，还是给了负能量？

那人却在灯火阑珊处

中途迷路，怎么办？教育之路怎么走？教学之路怎么走？
整个国家、整个社会都在谈教育改革，究竟怎么改？改什么？从目前的教育实践来看，愚以为改革的只是教育教学的"术"，即教育教学的方式、手段，如多媒体教学、导学案、生态课堂、师生关系等，都只不过是披上了新的外衣而已，其实质并没有改变，即不管改出什么新鲜名堂，都在为应试服务，为分数服务，为少数学生服务，为升学服务，为功利服务，"尖子生"依然享受各种厚遇，"差生"依然被打入另册，另眼相看。当然，"术"要改，但更要改的，应当是教育教学的"道"，即教育教学的目的、本心。我想，教育教学的目的本心应该是学生品德的养成和本事的长成。斯宾塞主张："教育的目的在于品德的形成。"哈钦斯则说："教育的目的在于让青年人做好准备在一生中教育自己。"按照大师们的理论，应当从"道"上进行顶层改革，"道"改了，"术"也就相应地改了。

据此，我痛苦地思索着，悄悄地改变着，我在我的一亩三分地里大兴改革之风：我对所有学生一视同仁，不分三六九等；学生个性自由绽放，不追求"大同"；对所有学生我都和颜悦色，不要疾言厉色，不要语言暴力，不要语言恐吓；我告诉每一个学生：读书升学可通往幸福之路，打工创业亦可敲开成功之门。

为此，我领头建立了班级 QQ 群。在群里，只有群友，没有师生；只有讨论，没有灌输；只有自愿，没有强迫；只有平等，没有权威。大家畅所欲言，无拘无束，实乃师生交往、教育教学的崭新天地。

我又贪婪地在理论的乳汁里吮吸着，滋养着。雷夫的《第56号教室》《陶行知文集》、朱永新的《新教育之梦》，我细嚼慢咽，消化吸收，生成营养。

名家名著让我洗心革面，脱胎换骨，有如凤凰涅槃，浴火重生，我对背后踉踉跄跄的教育之路，有了本质的认识，对未来的路有了明确的方向。

我一改几十年来只工作不反思，只工作不总结的懒散习惯，一面工作，一面充电，一面蜕变。我把文字贴在博客里，与全国各地的博友们交流分享，论文、随笔、评论一股脑儿地晒出来，任由众人点评，批评也好，表扬也罢，都是财富。拿得出手的文字寄往报刊。几年来，先后在《人民教育》《中国教育报》《中国教师报》《思想政治课教学》《中学政治教学参考》《中小学校长》《教师博览》等报刊发表论文、随笔等80多篇，以总结经验，提升品质，成长自我。

克里希那穆提说："教师与人类的绽放息息相关。"为了每一个学生的绽放，为了伟大的中国梦，为了美好的教育梦，教育之路，虽路漫漫其修远兮，吾将上下而求索。

这便是：我有明珠一颗，久被尘劳关锁；今朝尘尽光生，照破山河万朵。

（该文被教育文集《坚守，播种梦想》收录）

教师要做自己内心世界的主人

　　世界上没有哪一样事物是孤立存在的，任何事物都是相互联系、相互作用的。因此，当我们审视教师的专业成长时，应当把它放到教师职业幸福、教师生命质量的大背景下，不能孤立、静止地只见一点。

　　当前，有很多不良现象阻碍着教师的专业成长。

　　培训被抽去了灵魂。当前各种各样的培训很多，教育行政部门也非常重视，但关注的往往都是教育教学的技能技巧、方式方法，解决的是教师知识老旧、方式落后、能力有限的问题，注重的是"术"的短板，而没有解决教师在精神层面的问题——为什么教，为谁而教。我们不难看出：现在的培训大都只是在较低的层级上"授业"，而不是在较高的层次上"传道"。而古人的主张是"传道授业解惑"，"传道"在前，"授业"在后。我们把"传道"缩减了，把"授业"不断放大，然后呢？"业"似乎富足了，而"道"却离我们渐行渐远。各种各样的培训正在以一定的力度、速度填充教师知识的宝库，但教师却越来越像一头精神萎靡不振的牛——不吃草，被强塞；不喝水，被按头；不干活，被鞭打。其结果是，牛累，管牛的人也累，双方均疲惫不堪。

　　教师的精神发育为何迟缓？看看某些农村学校。有的中学，100多名学生，20多名教师，有的村小，十几名学生，几名教师。教师的职称，基本上没有晋升的可能；前途，不求有功，但求无过，安稳就好；工资，不要求太高，能够养家就足够了。家庭、生活方面的各种琐事把教师压得像一个没有灵魂的机器人，工作日复一日、年复一年，单调乏味，教师早已迷失自我。

消极、倦怠占据了教师的内心，它们就像魔鬼，吞噬着教师积极的健康细胞，干扰着教师进取的心态，拖累着教师前行的双腿，教师整个人都变得消沉。上班，无精打采；上课，敷衍塞责；培训，从心底反感。

教师为什么反感培训呢？如果把培训比作一种能量，那就缺少一道"体检"，因为缺少这一道重要且必需的程序，培训者不知谁缺少哪种能量，也不知谁缺的多或少，没有"对症下药"，也难怪教师拒绝"服用"了。

校长是一所学校的风向标，有什么样的校长，就有什么样的学校，就有什么样的教师。因此，校长首先应是一个"读书人"，是一个精神巨人，是一个能够给教师巨大正能量、引领教师不畏艰难向前走的人。如果校长的精神世界非常精彩，精神活动非常丰富，就会让每个教师怀揣精神巨人的梦想，不断向前进。

学校要还"政"于民，还"权"于民，摘掉教师"被管理者""服从者"的标签。教师成了学校的主人，有了"决策权"，就能找到尊严，内心就能焕发出巨大的精神能量，促进自身的专业成长。

教师要做自己内心世界的主人。学校不能只是教师的工作场所，还应是教师的精神花园，教师不但能在这里心甘情愿地奉献，还能在这里如向日葵般尽情地吸收阳光、补充水分、增加养料。

教学要成功，不仅要传授知识，而且要启迪智慧，而这些离不开读书，可以说，教师精神成长的全部营养都在书里。古今教育大家"家"味浓厚、"匠"气淡薄，正是因为他们勇攀书山，才到达了常人无法超越的高度。

教师应经常思考一个问题：究竟是要一直做一名"教书匠"碌碌无为，还是要成为一名教育家以增加工作的价值内涵，提高生命质量？

有了对生命质量的思索，有了对工作的重新定位，就有了精神支撑，就获得了品味幸福的真谛。

教师有三种境界：一是作为职业，视为付出劳动交换薪酬的谋生之所，他们或许兢兢业业却难有创造；二是作为事业，视为实现个人价值的舞台，他们渴望来自他人的肯定；三是作为志业，视为人生的最大理想，他们希望与学生一起成长。

只要教师精神不倒，坚守理想，最终必将走向成功。不管身处哪个年龄段的教师，只要重拾信仰，打起精神，用哲学、教育学、心理学武装自己，做自己内心世界的主人，定能收获幸福。教师在发展学生的同时，也成长自己，为自己插上翅膀，飞向更广阔的天空。

（原载2014年3月12日《中国教师报》）

向中国的脊梁深鞠躬

据媒体报道，浙江温州瑞安一名 8 岁男孩在江边玩耍不慎遇险，正在一旁的 35 岁幼儿园教师胡小丽发现后，勇敢地跳到水里救人。最后，孩子获救，胡小丽老师却不幸溺亡，留下了此前已失去父亲的女儿。她救下了别人的孩子，自己的女儿却成了孤儿。

一直以来，教师作为一个群体，总是饱受诟病，少数教师补课收礼，不时惹来人们猛烈批评，以致师德受指责，师风受议论，倒逼教育部为教师划定不可逾越的师德红线。教师节时，哈尔滨市冯老师因为骂学生没送礼，而招致全社会的炮轰，最终以冯老师被开除而平息舆论。今天，一个评论群里，就有网友放言："老师是什么东西！"大概在他的眼里，老师没地位，没人格，简直不是东西。但胡小丽老师舍生忘死、英勇救人的事迹又昭告世人，教师这个群体是可敬的，可爱的，可歌的。她的女儿本来就没有父亲，为了救别人的孩子，她又让自己的孩子失去了母亲，试问：天下这般大爱者有几人？自己不会游泳而冒死救人，试问：天下这般勇敢者有几人？但放眼舆论场，我们发现了一种冷漠，一种异常。胡小丽老师为救男童献出了自己年轻而又宝贵的生命，丢下了自己年幼的女儿，我们却很少听到同情之声，看到褒扬之词，鲜有鲜花，鲜有哀悼。这同冯老师索礼而全社会立刻口诛笔伐形成了强烈而鲜明的对比，我们的舆论场似乎在选择性地评价教师群体。

胡小丽老师的女儿说："妈妈是英雄，她是好样的。"按照鲁迅先生的观点，她就是中国的脊梁，因为她的死换来了 8 岁男童的生。英雄已逝，我们当向英雄鞠躬！但英雄的女儿小冰冰一直不愿接受妈妈去世这个事实，谁来抚慰她心灵的创伤？奶奶是哑巴，60 多岁的爷爷一身病，谁来撑起这个即将倾覆的家？父母遗留下 20 多万的债务，谁来替她背负化解？她要读书，谁来保障她受教育的权利？一句话，她的前途在哪里？这一切，不得不让人揪心！

前不久，《中（小）学生守则》进行了修改，其中引人注目的是删去了见义勇为的条款，鼓励学生见义巧为，爱惜生命，这是对的，但却忽略了对老师的鼓励引导，遇到危难，老师也要见义巧为，爱惜生命。胡老师本来不会游泳，纵身一跳时，挽救了一个悲剧，却制造了另一个悲剧，令人扼腕痛惜！如果当时"理智"些，呼叫别人施救，或拨打 110，或许两个悲剧都可避免，当然，这是如果。

不知胡小丽老师是否有资格被追认为烈士，让英雄的子女享受烈属待遇，如果可能，我们衷心地为她祝福；如果不能，则英雄子女的明天实在堪忧！

向中国的脊梁胡小丽老师深鞠躬！愿你在天堂还做受人尊敬的老师！

（本文系首次发表）

五谈幸福——终身学习，永不懈怠

　　教师工作时间长了，会自觉不自觉地产生职业倦怠——工作中的七年之痒，这就要求教师必须把吾日三省、与时俱进与终身学习当成一种自觉，当成一种生活方式，在实践中获得经验财富，在学习中获得理论成长，在反思、实践与学习中寻求职业幸福。

我的2014教育"路线图"

学生跳楼，学生弑师，减负，教育改革……2013 年，伴随着这些热词急匆匆地转过身去；2014 年，在人们的翘首期盼中迈着轻盈的步子款款而来，由远而近，由朦胧而清晰。

为了和着时代的韵律歌唱，踏着改革的节拍起舞，让教育走在师生成长的前面，我给自己拟定了新年的教育"路线图"。

首先，我从自己的教育户簿里删除"功利"二字后再出发。备教辅改考不再有"好生""差生"之分，感情上不再有"好生""差生"之别，不搞排名，不以分数论英雄，有钱无钱都是我的学生，健康残疾都称我为师，我的 45 分钟里不再有马太效应。

我宣布，我不再"教书"，我的眼里不再有死的书；我要"教人"，我的眼里只有"人"——生龙活虎的学生。

我的第二站是学生品德站。中央说，用人要德才兼备，以德为先。这"德"之根基当然在中学阶段，尤其是初中阶段，"德"之内容当然是《中学生守则》和《中学生日常行为规范》。我要做一名品德教师，引导学生做自己的主人，做生活的主人；引导学生走向自立人生，人生自强少年始；引导学生学法知法，守法用法；引导学生珍爱生命，悦纳自己；引导学生敢于担当，做负责任的公民。

在我的园地里，只有学习，没有分数；只有友爱，没有凶杀；只有成长，没有血腥。

我的下一站将搬掉学生的心理障碍。根据美国心理学家埃里克森提出的"人格的社会心理发展"理论，针对学生成长中必然会遇到的发展"危机问题"，依托心育活动课，积极有效预防学生因社会化发展水平偏低、处理各种人际矛盾的技能技巧不足而引发的各种行为问题甚至是危机事件。

我将当好一名精神导师。以高尚的人格感染学生，以广博的学识影响学生，以翩翩的风度浸染学生，引导学生向善向美向真，热爱生活，思考人生。

当学生心上有迷雾时，帮他拨云见日；有疙瘩时，帮他打开心结；有委屈时，帮他拭去泪水；有痛苦时，帮他疗伤止痛。

我愿做他们的老师，与之互相学习；做他们的父母，与之平等交流；做他们的朋友，与之心灵相通。学生能够青春洋溢，活力四射，体格健壮，顺利成长，则精神导师之梦圆也。

在"路线图"的终点站，我将与学生一起成长——脱下教书匠的马甲，穿上教育家的外衣。美国科幻电影《火星任务》中的女宇航员泰瑞说："人类与猿猴的基因只有3%的不同，但正是因为这一点点不同，我们人类才有爱因斯坦、莫扎特。"我将竭尽所能，改变"这一点点"，插上理论学习、课堂改革、教学反思的翅膀，勇敢飞翔，成为教育家的后备人选。

（原载2014年1月3日《四川民族教育报》）

我的暑期家访预案

　　我的暑假准备在家访中度过。我要走进班上每一位学生的家中，掌握学生的第一手资料，为下半年的教育教学提供翔实的依据。

　　我要家访，走进学生家庭。我要知道，学生是和爷爷奶奶相依相存，还是投亲靠友？是单亲家庭，还是双亲家庭？家中经济状况如何，亲子感情如何，学生在家中的地位如何，邻里关系如何？

　　我要家访，走进家长心中。我要知道，家长对子女读书重视与否？有没有重男轻女的倾向？家长是希望孩子混个初中毕业，还是希望他学有所成？是希望他读书谋个好前程，还是希望他光宗耀祖？是希望他读书出人头地，还是希望他报效国家、服务社会？我想知道，家长平时是关心他的思想成长多，还是身体成长多，还是学习成绩多？平常是关心多，还是冷漠多？我想知道，如果学校有重大活动，邀请家长参加，家长愿意吗？是礼貌性参加，还是以主人翁姿态、以建设性态度参加？我想知道，家长对我们学校、对老师有什么评价、要求、建议？如果是独生子女，学校能不能严格管理？如果在体育课或其他活动中学生受了伤，家长会不会与学校麻烦不断，纠缠不清？家长赞不赞成学校组织学生春游秋游、参观访问？如果有了伤亡，是暴力相向，还是法律解决？

　　我要家访，走进学生心中。我想知道，学生是自己主动要读书，还是在家长的高压下被迫读书？学生读书是为自己、为家庭，还是为国家、为民族？读书快乐吗？动力在哪里？困难在哪里？最喜欢哪位老师，最不喜欢哪位老师？最喜欢谁的授课方式，最不喜欢谁的授课方式？学生究竟喜欢怎样的老师，憧憬怎样的学习方式？如果学校有农田基地，学生们愿下田参加劳动，挥汗如雨吗？

我要家访，走进左邻右舍。我想知道，在邻人眼里，他的这个小邻居到底是个什么样的孩子。是聪明、善良、勤劳、关心家人、和睦邻里，还是娇宠、放纵、懒惰、感情淡漠、不理邻里的未成熟少年？

（原载《陕西教育》2014年暑期合刊）

做人之楷模

前几天看电视，一名歌手反串男女角色，一人演两角，一会儿高亢激昂，一会儿婉转轻吟，真的是惟妙惟肖。由此，我想到了三尺讲台上的老师，未尝不是一人两角——对学生是一角，对自己又是一角。

朔风凛冽，寒风怒号。天蒙蒙亮，学生们就在闹钟的声声催促中起床，冒着清晨的严寒，像赶集的小商小贩，急匆匆地来到学校早读。因为天冷，有的学生迟到，有的学生干脆不到，迟到的或不到的学生，一律自觉罚站，并被纪律委员记录在案。班主任对迟到或不到者进行批评，"严重"者将被通报，并作检讨，或请家长到校。

早读铃响了，同学们有气无力地读书。老师走进教室，踱来踱去，一遍又一遍提醒、催促同学们读书，但自己却双手插在裤兜里——手中没有书，口中也没有书。

一直以来，班主任三令五申，严令学生不准迟到，而自己却总不能按时下班，或干脆不下班；要求学生读书，而自己却手不沾书。老师们总习惯于教育学生，要求学生，强迫学生，而不是垂范学生，引领学生，吸引学生。只知"言教"，不知"身教"，教师似乎是两面人，似乎人格分裂。不准学生打牌、赌博，可有的老师却茶馆进、酒馆出；不准学生抽烟，而有的老师烟不离手；学生上课不能玩手机，有的老师上课任意接打手机；要求学生爱学习，老师从来不学习。总之，任务、规矩、成长都是学生的，自己只是下达指令或传达指令的机器。

每一个班级都挂有名人名言标牌，其作用很明显——励志。我对八年级励志内容进行了统计，大概为四类。规劝学习，如吴晗所说："一天即使只学习一个小时，一年就积累成 365 个小时，积零为整，时间就被征服了。"劝人惜时，如郭沫若所说："时间就是生命，时间就是速度，时间就是力量。"教人宽容，如罗兰所说："当你宽容别人的时候，你就不会感到自己和别人站在敌对的位置。"畅谈思想，如丁玲所说："对于一个有思想的人来说，没有一个地方是荒凉偏僻的。"

这些名人名言激励谁呢？按照教师的观点，无疑是激励学生，是"励"学生之"志"。因而，教师不用学习，哪怕是早读、诵读课，和学生一起读读书，都是不行的。学生间产生了误会，教师理直气壮、语重心长地教育他们要宽容别人，善待别人；可学生违纪了，因天冷等原因迟到了，班主任不依不饶，揪住不放，严惩严罚。此刻，班主任则不懂得宽容了，就像电视中的多面歌手"变了身"一样。部分教师教书多年，工作倦怠，激情退潮……把教师当成了一份职业，一个谋生的手段，成了一个名副其实的教书匠，没有自己的思想，没有自己的梦想，思想上是偏僻的，感情上是荒凉的。一个没有灵魂的教书机器，却要学生树立理想，憧憬未来，是不是有些可笑呢？

17 世纪法国杰出的启蒙思想家、教育家、哲学家、文学家卢梭在他所著的《爱弥尔》一书中指出："在敢于担当培养一个人的任务之前，自己就必须要造就成一个人，自己就必须是一个值得推崇的模范。"教师职业道德较之其他职业道德的区别，在于教师要用自己的品格教人，不仅通过语音传授知识，更要以自己的优秀品格、模范德行和良好习惯去影响学生的心灵，使之成为健康、聪明、活泼的新一代。一句话，教师职业性质决定了教师要做"人之楷模"。

（原载 2014 年第 3 期《湖北教育·新班主任》，并被评为本期魅力作者）

做"心"潮的老师

做"潮"老师没错，但不是新潮，而是"心"潮。

——题记

QQ 现场

浅唱那悲伤：老罗，你无聊吗？我陪你聊聊。

（我忙于查阅资料，没有去理睬。几分钟后，屏幕上闪烁一个抖动窗口）

浅唱那悲伤：老罗，你怎么不鸟人？

（我忍不住了，飞速敲打键盘）

刀口浪尖：佳，你说的什么鸟话，老罗正忙着呢！

浅唱那悲伤：忙得跟妹说一句话的时间都没有？

刀口浪尖：无语。

浅唱那悲伤：老罗，你摆什么谱？你在日记本上不是赫然写着"浅唱总是诗吗"，面对"诗"，你能无语？

阅罢这个案例，我相信无论是谁，无论多聪明，无论想象力多丰富，都不会相信，这是老师与学生的 QQ 现场，是老师与学生的对话，"老罗"是学生对老师的称呼。

"老罗，你怎么不鸟人？"老师忙于查资料，学生要聊天，这不是干扰老师的工作吗？即使要聊天，也要先问问老师忙不忙。

"你怎么不鸟人？""你说的什么鸟话？"当我看到这两句

话时，第一反应是想到了《水浒传》里的人物——他们一个个杀人越货，打家劫舍，一口一个"鸟人""鸟官""鸟贼"，活脱脱黑社会人物形象。尽管我知道，案例中使用的是网络语言，但我作为一名年届五旬的教师，无论如何不能接受这样的语言，何况是出自中学生之口，是师生之间的对话。也许是我思想落伍，也许是我没有罗老师那么新潮，但我认为，按照新课改的理念，老师走下讲台，与学生交朋结友，这是趋势，是"适应社会发展需要"的趋势，但必须有底线，有起码的人伦底线；而且，必须明白，改善师生关系的实质，是为了学生发展。学生张口"老罗"，闭口"鸟人"，发展了什么呢？

称呼的改变，固然能在一定程度上改善师生关系，但应该是有前提的：要么是学生有一定的修养和素质，能严格按照《中学生守则》和《中学生日常行为规范》约束自己，能维持最起码的人伦关系；要么是为师者学高身正，在学生心目中树起了一座师道的丰碑，使他们不敢或不愿逾越人伦底线。

我们来观察小夏：上课一会儿拉别人讲话，一会儿笑声震天，一会儿用脚敲打课桌，一会儿敲打窗户，一会儿躲到桌子底下玩耍，一节课能安静五分钟则烧高香，能够睡觉不干扰其他学生则谢天谢地。该生从城里学校转到我校，又从我校转到城里，一个学校读一年，打一枪换一个地方，这些学校的老师都不知怎样才能教好这名学生，不知罗老师的一声"哥"能否"唤"来他的安静，"唤"来他的发展？

"你们必须会变成小孩子，才配做小孩子的先生。"我想，陶行知先生的本意，绝不是要老师与学生称兄道弟，事实上，陶先生也没有这样做。先生的本意是要求我们每一个老师多了解学生，理解学生，走近学生，消除代沟，推翻压在学生心上的师道尊严等陈腐观念，建立新型的师生关系，以促进学生发展；简单的称兄道弟不可能使自己变成小孩子，简单的称兄道弟也不可能建立起新型的师生关系。陶先生没有与学生称兄道弟，但陶先生的教育实践却是人所共知的典范，其教育思想至今仍闪耀着理性的光辉！

做"潮"老师没错，但不是新潮，而是"心"潮！

"潮"者，潮流也。但潮流之象，不是徒有其表，而是握有其实。换一句话说，师生之间的称兄道弟有可能在现代教育理念的大旗下，演变成一种庸俗的师生关系，这不但不能促进学生发展，反而会影响学生的健康发展。

因此，不是改变了称呼就成了"潮"老师，而是应从理念上，按照新课改的思想和教学改革精神，构建民主平等、尊师爱生、和谐融洽的新型师生关系。

民主平等的核心是树立民主教育思想，尊重每一个学生，把每一个学生当"人"看，当成与自己平等的"人"看。既爱"金凤凰"，又爱"丑小鸭"；既爱为我们所赞赏的共性，又爱极富鲜明色彩的个性；既教学生，又虚心向学生学习，与学生互为师生，共同成长。

尊师爱生的前提是教师要有敬业精神、高雅素养、个人魅力。学生尊重具有独特人格魅力，拥有与时俱进、终身学习、热情、真诚、宽容、负责、幽默等优秀品质的老师；反过来，这样的老师关心爱护、公平地对待每个学生，既时时严格要求自己，又不侵犯学生的人格和权利。严格地说，用"肥""瘦"来评价学生身材，是有违师生伦理的，有侵犯学生人格之嫌。

和谐融洽的师生关系，是理想的师生关系，是一代又一代老师憧憬、奋斗的目标。应在民主平等、尊师爱生的基础上，师生相互理解，相互包容，相互悦纳，相互支持；心灵相通，行动一致；亲密无间，团结协作；相互依存，相互发展；和谐相处，快乐成长。

为了学生的发展，做一名"心"潮的老师吧！

（原载2012年第6期《湖北教育·新班主任》）

怀念逝去的 "同桌"

"小王，明年我们又一起坐吧。我出桌子，你出板凳。""好。"小王高兴地应和着。从上学起，我们就搭档做同桌，总是我出桌子，他出凳子。

小王好动，我好静，每次总是他"侵犯"我，有时把我挤到边边上，每当这时，我无奈被迫自卫，夺回"失地"。

为了变被动为主动，以后上课，我则一屁股坐在"边界线"上，桌子上则以书、手做武器，重兵把守，侧着身，背向他，形成抵挡之势。可我精心布置的防线，在牛高马大的他面前，根本不堪一击。

怎么办？划楚河汉界！用手当尺，丈量精确后，用粉笔在桌子中间划出楚河，板凳中间划出汉界，各占一边，互不侵犯。嘿嘿，这条白线还真管用，边境线上一时宁静了许多。

但手总要在桌子上活动，一不小心，"国界线"就被袖子擦掉了。为了把"国界线"固定下来，我用小刀在粉笔线上刻了一条小沟，桌子上、板凳上二一添作五，一人一半，并且签订互不侵犯条约。

同桌了几年，"吵"了几年，甚至打过架。几十年来，从我们结婚，到生子，再到我们的子女结婚、生子，我们总像一家人，做客做东，你来我往，叙友谊，话感情。现在，我们的女儿又是同学、朋友，加上两家的关系，她们好得不得了。

时间可以做证：我们的感情就像醇厚的酒，愈陈愈香，谁叫我们曾是同班同桌呢？

历史在行进，单人单桌早已取代了二人桌，"同班同桌"这个曾经令人倍感亲切的词汇已不存在，这是历史进步的必然趋势，就像学校取代私塾一样，是无可阻挡的。从物质的角度讲，那是物质极度贫乏的一种无奈，学校置不起课桌，学生只得自己出，每期开学，家长、学生搬桌凳，找人拼座位，就成了一道"风景"。有的家境不好，连板凳都出不起，就只能跟别人说好话了。现在想来，五味杂陈。

虽然"同桌"走了，但"小组"来了，大家在一个小组学习、交流、讨论，不是有了一个更大的人际交往空间吗？不一样可以"日久生情"吗？不一样可以合作共事吗？课改不是强调要培养学生合作精神吗？再说，现在的孩子依赖性比较强，"独立"正好弥补缺陷，也不是坏事呀！杏坛不在了，孔子的精神传下来了就行啊。

"同桌的你"已成为无法抹去的美好回忆，像极了人的初恋，但"初恋"已为人妇，只能深藏记忆，面对现实。

（原载《湖南教育》）

翻转课堂与南橘北枳

西风东渐。起源于美国的翻转课堂，作为全球教育界关注的教学新模式，一个跟头"翻"过了太平洋，"转"到了我国，在我国刮起了一股教改风。

冷静思之，觉得翻转课堂在我国"翻"或"转"，似乎有"安全"隐患——不是学生人身安全的隐患，而是教学安全的隐患，或者说，会不会跟淮南的橘树一样，生在淮南则为橘，生在淮北则为枳，叶徒相似，其实味不同。

在翻转课堂中，学生在家完成知识的学习。可是，在我国农村，留守少儿多，充当监护人的爷爷奶奶往往文化程度不高，不会电脑，不会辅导，孩子在家如何学习？更何况，在当今的农村，绝大部分家庭没有电脑。

退一步讲，即使有电脑，又用什么来保证孩子坚持学习下去？中小学教材难度大，怪题多，孩子今天在家遇到了拦路虎，明天遇到了一堵墙，谁能保证他们热情不减，兴趣不退呢？久而久之，这些拦路虎、拦路墙会不会打击他们的学习热情？尝鲜过后，会不会形成惰性，形成依赖心理——反正老师还要辅导，同学还要互相帮助，干脆到学校依靠老师和同学们吧。

即使有电脑，又用什么来保证孩子们"两耳不闻窗外事，一心只读圣贤书"？电脑上的诱惑五花八门，应有尽有，孩子们能"坐电脑不乱"？能拒诱惑永不沾？农村家长事情多，不能分分秒秒监控，孩子们堂而皇之地有了电脑，假如不入正门，入了邪门，甚至引发犯罪，谁之责？

一个更为现实，也更为尴尬的问题是，因为升学率的压力，我国的中学普遍上晚自习，这就从根本上拆除了翻转课堂的时间平台，没了平台，如何翻转？

在翻转课堂中，课堂变成了师生之间和学生之间互动的场所，包括答疑解惑、知识的运用等，从而达到更好的教育效果。可是，安全"翻转"、有效互动的保障在哪儿？如前所述，如果学生在家不能持续有效地学习，预期学习目标无法达到，教师无奈，就会在课堂上讲解，这样一来，与传统课堂有何区别？另外，如果有个别老师打着翻转课堂的旗号，既不"翻"，也不"转"，把互动课堂变成自习课堂，让学生空自翻转时间，翻转青春，蹉跎岁月，又怎么办？正可谓一种是新瓶装旧酒，一种是新瓶装旧水。

部分农村学校，普遍现象是中老年教师多，领导班子战斗力不强，课改雷声大，雨点小。由此引申开来，我又想到当前各种各样的教学模式，诸如绿色课堂、生态课堂、绿色生态课堂、高效课堂等，令人眼花缭乱，目不暇接。它们到底是淡泊名利的教育者长期教育科研实践的结晶，还是急功近利的人沽名钓誉的工具？但不管哪种模式，他们有一个共同点，那就是高效速成。可是，教育的本质是慢工细活，快不得，粗不得，假不得，人的成长是有其内在规律的，所谓的高效速成，是不是违背了教育的规律呢？

在我看来，要成功移植翻转课堂，使之与我国的国情匹配，还需要走很长的路。

（原载2013年9月25日《中国教育报》）

附：

翻转课堂与愚公移山
高守凯

　　看了《中国教育报》2013 年 9 月 25 日第 10 版刊发的黄鉴古老师题名为《翻转课堂与南橘北枳》的文章，笔者不由想起了有关愚公移山的寓言。愚公打算移除太行、王屋二山，其妻亦曾献疑，并且立即引出了解决办法："投诸渤海之尾，隐土之北。"河曲智叟却嘲笑挖苦乃至制止曰："甚矣，汝之不惠。"

　　黄老师在文章中对农村学校课堂能否"翻转"高度怀疑，因为很多农村学校的学生没有电脑，而电脑被视为翻转课堂的基础之一。但是在我看来，翻转教学不应仅仅依赖工具。

　　翻转课堂的重点不在于教师自制相关的授课与练习视频，而是要真正思考如何有效地运用课堂上的互动时间。一般性知识教师要鼓励学生自主学习，而将面对面的时间用于解决个别问题。

　　至于教材难度大、怪题多、学生学习有困难等问题，的确不同程度地存在，但这才考验教师解决问题的能力：在布置学生自学作业的时候，教师应该别除其中的怪题，详细提示其中的难点。学习上的"拦路虎"也不应是阻止学生自学的原因，只要教师采取有效的激励方法，它也可以变成激发学生好奇心和好胜心的起点。退一步讲，学生的惰性、依赖心理与教师所采用的教学方法并无直接关系。至于各种负面诱惑，在当代社会也不只存在于电脑之中。

　　在我看来，任何教育实验都是提高教育水平和教师素质的契机。笔者之所以看好翻转课堂，在于这种教学模式不是无本之木。我国本土流行的蔡林森的"先学后教，当堂训练"、邱学华的"尝试教学"、李希贵的"三讲三不讲"等教学模式，都与之有相通之处。

　　翻转课堂可以让学生自己掌控学习。翻转式教学，不管是利用教学视频，还是利用导学案、学习提纲，学生都可以根据自身情况来安排和控制自己的学习。学生在课外的学习，不必像在班级听课那样统一学习进度，不必担心因能力或者分心而跟不上教学节奏。学生观看视频（或者阅读教材）的节奏全在自己掌握，可以停下来思考，也可反复推敲。

翻转课堂对于同样的课堂问题，允许教师有不同的处理方式。以目前我国倡导自主学习的名校名师为例，蔡林森不提倡使用导学案，而洋思中学却鼓励学生用学习提纲"先学"，效果都很好。

在明确翻转课堂是什么的同时，还要知道"翻转课堂不是什么"。正如萨姆斯和贝格曼所说，翻转课堂不是视频取代教师；不是在线课程；不是学生无序学习；教师是学生身边的"教练"，不是讲台上的"圣人"。翻转课堂是一种手段，能增加学生和教师之间的互动和个性化的接触时间；是营造让学生对自己学习负责的环境；是所有的学生都积极学习的课堂，让所有学生都能得到个性化的教育。

否定愚公移山，智叟可以毫不费事地举出一千个理由，或者只用一个理由（如不合国情）就可以轻易否定一千件事。教育教学改革的难度不亚于愚公移山，需要我们不怕艰辛，一点一滴地克服具体困难。一个人如果总把自己视为"淮北"之民，又不谋图改良土壤和栽种种苗方法，其树上可能只能结"枳"了。

（作者单位：山东省青岛市第五十八中学）

（原载2013年10月16日《中国教育报》）

老师，我们敢说自己是"教书匠"吗

"我是一名教书匠。"这话经常挂在教师嘴边，其中不乏自嘲。但如果出自其他行业之口，则是一个贬称，在有些人的眼里还是一个蔑称，即指教师是靠教书这个"手艺"在混饭吃，这从人们的日常问候中就可得到印证："你一月能挣多少钱？""这点钱怎么养家糊口？"然后是满脸的轻蔑。我从教30余年，从来没人问我："教师的价值是什么？教师的幸福是什么？"在大多数人的眼里，教书匠和木匠、瓦匠、铁匠没啥区别，只是行业不同而已，因而也就有了"教书匠"这一称谓。

可是，"匠"原本不是贬义词，"能工巧匠、匠心独运、巨匠"是称赞别人本事了得，构思独特，受人尊崇。过去的匠人吃百家饭，做百家事，地位高人一等，唯独"匠"字安在教师头上时就成了贬义。

我们真是"教书匠"吗？是不是每个教师都可称为"教书匠"呢？又怎样做一名合格、优秀的"教书匠"呢？

查《新华字典》，"匠"的释义：1. 有专门技术的人；2. 在文化艺术上成就大或修养深的人；3. 灵巧；巧妙。其他工具书或百度，解释也大同小异。

据此解释，教书匠首先是有专门技术的人。根据《中（小）学教师专业标准（试行）》，教师作为专门技术人员，应秉持这样的基本理念：师德为先；学生为本；能力为重；终身学习。换句话说，只有符合这四条，或者说在长期的教育教学实践中很好地履行了这四条，才可称为有专门技术的人，因而才可称为教书

"匠"。可是，我们逐条对照检查，有几个教师敢拍着胸脯说做到了这四条？教育部先是给中小学教师画出师德红线，后专门为高校教师画出红七条，为什么？不正是表明师德问题严重吗？最近网上有一则新闻：H省S市一初中学生上课看小说、玩手机被班主任请到办公室谈话，表示要请家长，然后，学生跳楼自杀。这个悲剧固然说明学生心理承受能力差，同时也表明教师对学生不够尊重，沟通、处理的能力欠缺。至于"终身学习"，就更没几个老师做到了。不少的教师除了看课本，就是看教参，谁在学习啊？这么一分析，有好多老师敢说自己是教书"匠"啊？

这还只是合格教书匠的精神尺码，如果要做"成就大、修养深"的教书匠，也就是"巧匠、巨匠"，非得有"绝活"，也就是出众的教育教学艺术和发明创造才行。同样是木匠，为什么是鲁班而不是其他人成为祖师爷？同样是教师，为什么是孔子，而不是其他人成为先圣师祖、万世师表？是因为他们"成就大、修养深"——鲁班发明了锯子，孔子有自己的教育教学理论。看来，"教书匠"这顶桂冠也不是人人都戴得起的！

行文至此，我为往日不知天高地厚地自称"教书匠"而汗颜。

按照《中（小）学教师专业标准（试行）》，合格、优秀的教书匠首先要有"德"，要有职业理想，带头践行社会主义核心价值体系，履行教师职业道德规范，依法执教。要把《中小学教师职业道德规范》和教育部师德红线作为履行教育教学活动的导航仪和警戒线，不拿工作做交易，不用待遇做筹码，不把学生当客商。用魅力吸引学生，用学识征服学生，用爱心温润学生。校内校外，八小时内外，以法律开路，以师德伴行，用法律和师德打造人民教师的"匠"字招牌，打造人民教师的尊荣。还要慎独，众乐乐不失身份，独乐乐不失身份。

其次要有"才"，这个"才"绝不仅仅是指"教学技艺"。它首先是指与学生和谐相处、打交道的能力。学生亲你、信你，亲其师，信其道，你具有磁石般的吸引力，学生须臾不可离你，你就具备与学生和谐相处之"才"。应该说，这是大才，非小才，因为很多老师和学生就像油和水，溶不到一起。

还需要教育学、心理学作支撑，需要不断反省总结，需要终身学习，需要与时俱进，需要观念更新。

然后是指"教学技艺"的华丽转身。要主动学习现代教育技术，要科学有效地把现代教育技术整合应用到教学中。翻转课堂方兴未艾，如火如荼，要尝试引进，大胆实践，要敢于吸收新事物，要敢于翻转自己。一名优秀的教书匠不是灌输知识的艺人，他应以引发学生独立思考和主动探究、发展学生创新能力为追求，以点燃学生激情为荣耀，为放飞学生梦想为理想。

再次是要尊重学生。要从内心深处尊重学生，把学生当成与自己平等的人，不要颐指气使，不要居高临下，不要一言九鼎。现在，学生的成长环境变了，他们是在蜜罐里长大的，少有挫折，抗挫折能力弱，教师一定要明白这一点，对犯错误的学生，教师要"温""柔"一点，宽容一点，耐心一点。即使是教师十分讨厌的学生，也有自己的特长本事，这些特长本事往往是教师所不及的，值得学习的。我班一名调皮生就被同学们称为电脑"黑客"。这是不是值得为师者学习呢？学生既然值得我们学习，我们为什么不能尊重他们呢？就像他们尊重我们一样！

现代科技知识日新月异，更新速度不断加快，学生获取知识的途径也快捷多样，教师唯有终身学习，终身进步，才能始终发挥引领作用，否则，就不是引领，而是被引领。

有这些特质的教师才有资格称为教书匠。

如果你是一名教书匠，恭喜你，你离教育家不远了！

结尾，我再啰唆一句："老师，你敢说自己是一名教书匠吗？"

（本文系首次发表）

我是谁

"认识自我",这句镌刻在希腊戴尔菲城那座神庙里唯一的碑铭,犹如一把千年不熄的火炬,燃烧了人类与生俱来的内在要求和至高无上的思考命题。尼采曾说:"聪明的人只要能认识自己,便什么也不会失去。"

人与生俱来就有长处和短处,古今中外,概莫能外。有人是天才的军事家,如毛泽东、拿破仑等,有人是天才的文学家,如鲁迅、莫言(小时候没读多少书)、郑渊洁等,毛泽东、拿破仑、郑渊洁这些人物有一个共同点,那就是上学时数学成绩不怎么好,常常难以及格。但这并不妨碍他们在军事和文学领域取得非凡成就,数学这块短板也没有成为他们成功路上的绊脚石、拦路虎。

那么,作为老师,该如何认识自己的长短,并扬长补短呢?

教育实践是检验自己的第一面镜子。

俗话说,是骡子是马,拉出来溜溜。只要工作,只要走上讲台,人的长短就暴露无遗,它就像一面镜子,照出了我们的灵魂。毛泽东没进过军事院校,他的军事天才是在长期的军事实践中锤炼出来的,魏书生、李镇西等都是在长期的教育实践中成长为教育名家、教育大家的。相反,有的老师教书育人几十载,却成绩平平,学生不佩服,同事看不起,领导不认可,能说当老师是他的强项吗?或者说他的长处得到了充分的发挥吗?因此,我们应该思想先行,特长引路,在工作中磨炼自己,在工作中增长本事。

同事是检验自己的第二面镜子。

同事同属一校，朝夕相处，各人的能力和本事、长处和短处，是细察入微、毫末在眼的，我们应该虚心学习别人之长，弥补自己之短，增长自己的知识。有的老师做班主任工作很有一手，可一边学习班主任工作理论，一边在班级工作实践中向能手请教；有的老师深得学生喜爱，又有威信，我们可一边学习教育心理学，一边向同事学习师生相处之道；有的老师课上得顶呱呱，我们可一边钻研教育教学理论，一边请教上课功夫；有的老师巧用批语与学生对话，无声交流，不动声色间征服了学生，我们可一边检讨自己，一边虚心讨教。

学生是检验自己的第三面镜子。

现在的学生大多见多识广、思想活跃、特立独行，他们是时代的弄潮儿，老师如果止步不前，死教书，教死书，稍不留神，就会被时代边缘化，被学生边缘化，师生易位，主客反坐。有例为证：我一直不懂@的读音和意思，问一名七年级学生，那学生说："老师，你连这都不懂，这么简单。读'艾特'，表示某用户。"听着学生亦讽亦笑、不轻不重的两句话，我只好自我解嘲："老师没学过英语，当然不懂啦。"可是，我心里明白，这不是理由。

按照新课改的理念，老师要在与学生的互动中，相互学习，共同成长。这就要求我们正确认识自己，认识自己的长短，拜同行为师，向学生取经，博采众长，完善自己，与学生共成长。

我是谁？我们每个人都是一个有短板的水桶，我们只有正视短板，拾遗补缺，做聪明的人，才不会失去什么，并有所成就。

（原载《河南教育》2013年暑期合刊）

四颗糖的故事该如何续写

　　年轻的同事生了小孩，给每位老师发了一把喜糖。望着这些颜色各异、形态各样的诱人糖果，我情不自禁地拿了一颗我最爱吃的软糖放到嘴里。嚼着美味的糖果，品着糖果的美味，我突发奇想，今天的六（1）班经典诵读课，何不学学陶行知先生，用糖果来奖励学生？奖励那些诵读热情最高而又声情并茂的学生，奖励那些基础较差、平常厌恶诵读，但本节课表现最积极、进步最大的学生。我尤其想知道，我的这些糖果究竟能产生多大的威力，收到多大的效果，调动多大的情绪。我闭上眼睛，展开想象的翅膀：全班同学为了吃到我的糖果，基础好的，基础差的，热爱诵读的，讨厌诵读的，一个个坐直身子，手捧课本，睁大眼睛，精神振奋，脸漾激动，轻启薄唇，饱含深情地一字一句地认真诵读着……

　　想到这儿，我左手拿课本，右手拿糖，抑制不住喜悦地走进教室。我把糖托举齐胸，不说话，看同学们如何反应。有同学本能地叫喊"糖"；有同学扫了一眼，视若无睹；有同学瞥了一下，不屑一顾；更多的是反应平淡，或者说毫无反应。我问大家："知道老师拿这些糖果干什么吗？""不知道。"毕竟是几十人，回答响亮有力。我适时抛出我的诱饵："今天这节诵读课，谁读得最好，这些糖就给谁吃！"

　　"老师，你忽悠我们，糖有什么好吃的！"三组的他首先不买账，率先"发难"，说完，又对邻桌重复了自己的观点。

　　"老师，你把我们当三岁小孩。"二组的他一脸轻蔑，满是不屑。

"还不是该夏景松吃！"四组的他充满了怀疑和不信任。因为夏景松的诵读能力最强，是我树立的榜样。

"如果都读得好，怎么分？"一组的这名同学提出质疑。

满以为用一把糖果来收获同学们的热情、积极和主动，没想到换来的却是"批评"、质疑、怀疑、不屑，我的美好计划似乎变成了肥皂泡，热情打了折扣，积极性也缩了水。

事实也的确如此。这节课，同学们谁也没有把我为他们准备的这把糖放在心上，谁也没有因为这把糖而表现出明显的热情和积极性。一切都是外甥打灯笼——照舅（旧）。

下课时间到，我问这些糖该给谁吃，绝大部分同学都懒于理睬，只有两三个同学举起了小手，我给了他们。

回到办公室，我在想，假若陶行知先生生活到现在，他的四颗糖还能有效转化一名学生，产生那么神奇的魔力，收到那么神奇的效果吗？

时代变了，老师变了，学生变了，教学环境变了，过去切实可行的做法，现在则可能早已过了"有效期"。过去物质贫乏，生活贫寒，一颗糖对学生具有足够的吸引力、"杀伤力"，何况还是来自校长的糖——其含"糖"量更高哇！现在物质丰盈，生活丰富，学生什么样的美食没吃过，什么样的美味没尝过，谁稀罕几颗糖！所以想靠简单的物质刺激来调动学生的热情、推动学生的进步，几乎是不现实的，没用的，即使有用，也是短暂的，不持久的。有用的，还是在学生的精神层面，要研究如何从精神层面搬掉学生主动学习的障碍问题。"文化大革命"结束，一大批从"文化大革命"中走来的青年学生悬梁刺股，映雪囊萤，在极端困难的条件下一个个走进了高等院校，靠的是理想信念，靠的是精神动力。20世纪60年代，我们一穷二白，却推出轰动世界的"两弹一星"，靠的是理想信念，靠的是精神动力。因此，只有解决了学生的精神层面的问题，学生才能把学习当作幸事、乐事。

现在的学生获取信息、接收知识、增长见闻的渠道是过去的学生所无法比拟的，电脑、电视、手机、报刊、资料等让学生眼界大开，见识大长，面对老师的说教，他们有了自己的独立判断能力，分析思考能力，筛选辨别能力，不再像过去的学生那样简单接受，容易感动。面对老师的糖果，陶行知先生的学生是眼含泪花，满怀激动，而我的学生则指我"忽悠"他们，把他们"当三岁小孩"。反省自己，我可从来没有"忽悠"过任何学生，从来都是以诚相待。因此，面对变化了的学生，老师必须有变化的教育手段，变化的教学艺术，不能照抄照搬前人、名人的那一套，哪怕是曾经行之有效的。

推而广之，现在各种各样的教学模式花样翻新，五花八门。有以特定词语命名的，如生态课堂；有以学校名称命名的，如某某某模式；有以学校名称＋数字命名的，如某某学校271模式。且不管这些模式究竟是他们长期教育科学实验的结晶，还是精心包装的结果，不管有无生命力，其他地方能够简单复制吗？能够不考虑学生、老师、学校、环境的不同而简单照搬吗？简单复制粘贴，会不会跟淮南的橘树一样，生于淮南则为橘，生于淮北则为枳？不管什么模式，如果不能消化吸收，使之本土化，个性化，打上自己的烙印，注定是会消化不良的。

四颗糖的故事到底该如何续写？又该用什么样的态度来续写呢？这是当代教育工作者面临的课题！

（原载2014年第12期《青年教师》）

也谈让反思成为一种常态

宋海潮老师在《湖北教育》第 11 期发表文章《让反思成为一种常态》，对山东杜郎口中学"全体老师围圈站立，就一主题进行反思"的做法"肃然起敬"，认为"反思是一种开发精神的烛照，是一种主动接受监督的诉求，是一种臻于完美的理性追逐，是提升幸福指数的最佳捷径，是一条通向专业成长的星光大道"。

无从得知杜郎口中学这样"反思"的效果如何。叶澜教授说，反思三年，就有可能成为名师。杜郎口中学的这一做法已经坚持了"多年"，按照一般的理解，这"多年"应该是三年以上吧，不知杜郎口中学出了多少"名师"？收到了多少实效？

每一位教师年龄、性格、阅历、教学经验、教学科目、教育体会各不相同，对教育的感悟应该是独特的，与众不同的，怎么能"就一主题进行反思"？难道语文教师可以反思生物教学？历史教师可以反思数学教学？按照我的体会，反思应该是静静的、悄悄的，在一个寂静无声的地方，一人独处，细细地梳理，认真地总结，美美地收获。

宋海潮老师对反思的几种认识与赞美，我完全赞成。但作者身处市区教研室，可能不了解农村学校的情况。

现在农村学校的基本情况却是，有"本事"的老师和学生都纷纷逃进了城，剩下的是船到码头车到站的大龄教师和升学无望的"问题生"，班子无战斗力，教师无锐气，连维持正常秩序都十分艰难，何谈反思？

对于农村教师来说，要想有效反思，要让反思达到宋海潮老师所憧憬的那种状态，我以为需要做到以下几点：

把育人当作一种事业

每一名教师，包括校领导，要把教书育人当作事业来做，而不是当作谋生的手段。现阶段，因农村教师的各种待遇还不尽如人意，有时难免心生烦恼，患得患失，产生倦怠，只有把育人当事业做，才会活得超然，才不会为名利所累，为物欲所惑，每天激情满怀，精神振奋，才会产生源源不断的进取动力，心中才有反思的位置，才能成为反思的主人。马克思在流亡伦敦期间，生活极端贫困，药房、面包铺、牛奶铺的老板相继逼债，燕妮万般无奈，以床抵债。马克思在这样极端贫困的窘况下，坚韧不拔走自己的路，从事自己的事业。对于马克思来说，钱和生命之所以需要，只是为了革命事业。

大力培养领头羊

羊群效应告诉我们，领头羊往哪里走，后面的羊就跟着往哪里走。据此理论，学校应该给那些热爱教育工作、有事业心、有水平、爱思考的老师一个舞台，传递他们以正能量，让他们汲取营养，经受锻炼，增长才干；在培训、奖励上合理安排，或者设立专项资金，对于在教研教改上做出一定贡献的教师，着力表彰，大力宣传，以营造浓厚氛围，让这些老师成长为学校领头羊，带动那些后进的老师慢慢往前走。校领导要胸襟宽阔，视野前瞻，不妒贤，不嫉能，不得过且过，不患近视病，要有"大无畏的勇气"，要有长征精神，推动学校反思工作一步一步向前进。

多条腿走路，通向成长的星光大道

根据科目设立首席教师。每科组建一个QQ群，通过QQ群，同科老师提出讨论、反思的问题，形成课题后，分头反思，集中讨论，集体总结，然后用以指导教学。

科学把握反思入口。教育教学、教材教法、师德师风、教师成长是每天发生的事，只要开动脑筋，就能感悟得失，丰盈自己。

析教材。八年级《思想品德》下册 61 页有一思考材料：八年级小淘辍学，镇政府责令返校，并对家长罚款 1000 元。看到这则材料，我马上想到身边辍学的学生太多了，可基本没人管。于是写下文章《关于教材与现实冲撞的思考》，发表在《思想政治课教学》2002 年第 11 期。

思成长。人都是有短板的，怎么样扬长避短，是成长路上绕不开的坎。如何辩证认识自己的长与短，我思考成文《我是谁》，发表在《河南教育》今年暑期合刊。

悟理念。有时学生做完作业后，下下棋，聊聊天，我为他们片刻的放松而高兴，而领导和家长则认为我不负责，放纵学生。毫无疑问，这是新旧两种教育理念的冲撞。想想自己的金色童年，看看现今的灰色童年，《我为学生鼓与呼：还我童年》成为我的反思，投《福建教育》，已通过一审。

编写校本教材。既要熟练掌握课程标准，又要了解学生的需求，了解现行教材的缺陷，还要具备一定的编写能力，对教师综合能力的提升无疑是一条极佳的捷径。

引得百花香满园

俗话说，外来的和尚会念经。又说，墙内开花墙外香。人们往往对于身边的"名人""名师"不屑一顾，而迷恋、崇拜外边的"名人""名师"。这就首先要纠正对"名师"认识上的误区，不要一说到名师，就想到那些专家、教授、著书立说者，校内的对某一领域有独到造诣、取得公认成绩的教师，就是身边的"名师"，可冠以"名师"头衔，请上讲台，传经送宝。身边的名师可能更有感染力，更能起到"一棵树摇动另一棵树"作用。只要坚持，假以时日，亚马孙雨林一只蝴蝶翅膀的偶尔振动，不久定会成为席卷得克萨斯州的一场风暴。

　　要让反思成为一种常态，需要摒弃形式主义，需要事业心，开拓劲，宽阔襟，研究力，抓铁印，当"反思成为一种习惯，成为一种生活"的时候，反思就成了一种常态。

　　　　　　　　　　（原载2014年第1期《湖北教育·教育教学》）

读书不见圣贤，如铅椠佣

从人生，到理想，到自然，到科学，到亲情，到想象世界，刚进入中学，我们就徜徉在一个如诗如画般的美丽世界。特别是七年级第二单元，有的讴歌理想，有的阐述信念，有的论说人生修养；内容相关相联，层层递进，引人思索，给人启迪；不仅有利于学生树立远大理想，更有利于对他们、对自己进行挫折教育，引导他们，当然也包括自己树立正确的人生理想。

是对学生、对自己进行挫折教育的好教材

前年，某县一个三年级的学生杨某因奶奶没有及时把 30 元的资料费给他，而在院子里上吊自杀了。

此案绝非孤例。每年不少的中学生、大学生自杀已是有目共睹的事实。祖国的"花朵"和"未来"为何相继自杀？只能说是我们的教育出了问题，挫折教育缺失所致。而《理想》正如黑夜里的导航灯，照亮着他们夜行的路，"理想使你微笑观察着生活，理想使你倔强的反抗着命运"。《落难的王子》则在导航的同时，现身说法："凡是人间的灾难，无论落到谁头上，谁都得受着，而且都受得了。"

2012 年最美乡村教师马复兴则是现实版的落难王子：他双手全无，他的"心"曾经死过——他撞向一台迎面驶来的手扶拖拉机，但司机两耳光把他打醒了：他后来当了民办老师，走访时，为了救孩子他被大狗扑咬，他用断臂翻书，用断臂写字，他教出了 50 多个大学生。我想，那些心灵脆弱，视生命为儿戏的弱者，

读了该单元，听了该故事，必定把"人"字写得大大的，胸膛挺得直直的，因为"理想使不幸者绝处逢生"。

是名根未拔、想走邪路者的警报器

"理想是闹钟，敲碎你的黄金梦；理想是肥皂，洗濯你的自私心。"可惜，身居高位、手执权柄者却读不懂，参不透，看不明，陈希同、陈良宇、薄熙来之流连"一只白兔"都不如。明人洪应明在《菜根谭》里告诫我们："欲路上事，毋乐其便而姑为染指，一染指便深入万仞；理路上事，毋惮其难而稍为退步，一退步便远隔深山。"

古今作者用不同方式给世人设定了一个闹钟。既引导那些涉世未深的学生要走正路，又警示那些名根未拔者勿稍一失足而深入万仞。

是学生、成人正确理想的设计师

学习本单元之前，我有意识地在班上搞了一个调查：根据你的性格、特长，说说你的理想是什么？答案真乃五花八门：有当运动员的，有当歌唱家的，有当医生的，有当画家的，有当科学家的，有当文学家的……欣喜之余，忽又迷惑不解：没人说要当工人、农民、老师。细细想来，也在情理之中——"工人""农民"是"辛苦""卑微"的代名词，"老师"是"清贫""寒酸"的同义语，在现在这个物欲横流的社会，谁愿意？

为此，通过学习《行道树》《我的信念》，我告诉学生：世界需要奉献；奉献需要孤寂，需要痛苦，需要白眼；奉献是一种牺牲，也是一种快乐！想当科学家没错，但科学家也是平凡、辛苦的，需要执着的信念，崇高的目标，也需要"洗濯自私心"。中国需要科学家，也需要更多的行道树似的工人、农民、教师，需要更多的一线劳动者用他们柔弱的肩膀托起祖国的大厦。

本文借用《菜根谭》第56章第一段作为标题，意即研读诗书却不洞察古代圣贤的思想精髓，只会成为一个写字匠。我借用的意思则是，教授鲜活的课文，如果不能领会宏旨，不能与学生相结合，不能与社会相结合，那充其量只是一个在教学流水线上机械工作的工匠！

读书吧，读七年级语文，读第二单元吧。如果你能"读书深心"，你便发现，你已经如凤凰般涅槃了！

（原载第24期人教网刊《师说》）

书香校园因 "书" 而 "香"

在我们这儿，义务教育阶段的学校图书室建设有个两次高潮，第一次是普九，再就是 2012 年（我不知道其他地方是否这样）。普九时，上面来的图书可不少，两个教室都被辟了出来，书架挤满了图书室，图书挤满了书架，从教育书籍到其他书籍，从社会科学到自然科学，从教师用书到学生用书，品种齐全，内容丰富，足够满足全校师生使用。令人扼腕叹息的是，图书室只开了几天门，然后长期大门紧闭，新书蒙尘，最后是人去书空。

之所以这样，一是图书管理人员嫌麻烦，借进借出太费精力；更主要的是学校不重视，有学生找校长反映，要求开放图书室，换来的是不理睬。日复一日，月复一月，图书只出不进，只借不还，一个学年后，还剩几本自然科学和学生用书在书架上同病相怜，唉声叹气。后来，图书管理人员调走，图书室一本书也没有了，灵魂被盗，徒有躯壳。

普九时的图书室就这样 "凄惨" 地结束了自己的命运。

本期图书室又建起来了，规模跟上次一样；书，多而新，确确实实装点、美化了我们的学校。

那么，如何管理图书室，让其发挥应有的作用呢？

首先，第一位的，应是挑好图书室的管理人员。这个人应具备这样的素养：爱书，甚至是嗜书如命。具备这点，才能把书管好，不至于重演只出不进，只借不还的闹剧；除此外，还要爱学习、爱研究、爱写作。爱学习的人必定爱书，爱研究、爱写作的人须臾也离不开书，这样的人一定会想方设法把图书室建设好、管理好，也只有这样的人担任图书室管理员才能影响师生，营造氛围，为构建书香校园创造条件。这个人挑好了，即使学校不重视，图书室也一样能为全校师生服务。

中国共产党的创始人李大钊担任过北大图书馆主任，以歌颂十月革命和宣传马列主义的雄文，深刻而有力地影响了我国的一代知识分子，其中，最卓越的是毛泽东。

李大钊介绍毛泽东到北大图书馆工作，毛泽东在汗牛充栋的北大图书馆读到了李大钊的文章，接触、接受了马列主义思想，从而成长为中国革命的领袖。

李大钊什么人？一个知识的精灵！文化的化身！理想的开创者！一个学养深厚、满身书卷气与灵气的图书馆管理人员，对一个人成长的影响由此可见一斑。

反观我们有些学校，图书室要么是聋子的耳朵，要么交给后勤人员去"守"，这两种情况的本质都一样——不重视。铁将军把门，书在里面呼呼大睡，读书的人不得进，只能望书兴叹；把图书室像仓库一样交给后勤人员，就好比把美味佳肴交给一个毫无食欲的人，其结果还用想吗？

其次，要营造读书氛围，开展读书比赛，构建书香校园。

学校和图书室要定期不定期在师生中开展读书比赛，引导师生爱书、读书、用书，每月读一本书，每期确定一个主题，比赛的形式可以多样——征文、朗诵、书画，皆可，对读书用书的师生要着力肯定，大力表扬，对优秀作品可编辑成册，载入个人成长档案，同时，向上级、向报刊推荐。

再次，要配合教材使用图书。例如，学习《鲁提辖拳打镇关西》，可指导学生看《水浒传》；学习鲁迅作品，则应指导看鲁迅文选。

最后，加强图书室制度建设。图书登记、开放时间、借书制度、管理人员职责都要用制度规范、保障。

如此这般，则学校图书室定会香气馥郁，香飘校园，香染师生。

（原载2012年第5期《中国教师报·现代课堂》）

我为啥要给教师培训点赞

2015 年 11 月 16 日，史永明老师在《中国青年报》发表《基层教师三问培训缺什么》。文章结合自身经历，指出如今教师培训存在的问题。我完全赞同史永明老师的评价。实际上，近年来，关于教师培训的议论不断，但呛声多于点赞，负面多于正面。在此，我想结合我们这里的教师培训及自身经历，发表一点不同的看法。

暑期培训是我们这里一年一度的无可逃避的必选项。前年，在酷暑难耐的盛夏，监利县全体教师例行公事，配合上级组织接受了这一选项。正如史老师所说，每天的培训嘻嘻哈哈，松松垮垮，很多老师抵触情绪很大，对培训颇多微词，既不认真听，更不做笔记，来得迟，去得早。

但我想，与其冒着酷暑混时光，发牢骚，不如静下心来，认真地听一听，看一看，了解一下新鲜事物，看一看到底有什么需要培训的，我们与人家到底有多大差距。

在短暂的休息时间，我怀着好奇心翻阅资料，一篇关于翻转课堂的文章标题像磁铁一样一下子紧紧地吸引了我，我听说过生态课堂、绿色课堂、绿色生态课堂等各种课堂模式，但对翻转课堂却是闻所未闻，根本想象不出这个课堂模式的大致轮廓。于是，我迅速找到文章，仔细研读。经过认真思考，我觉得翻转课堂虽然好，但至少在当今的中国农村学校是行不通的——农村没有翻转的合适土壤。

带着强烈的写作冲动，我很快写成《翻转课堂与南橘北枳》

一文，发表在《中国教育报》上。编辑后来还开辟了专版研讨翻转课堂。该文发表后，极大地激发了我的阅读与写作兴趣，从此，我笔耕不辍。迄今我已发表各类教育文章70余篇。可以说，我有今天，还得感谢那次培训。

11月份，湖北省全体教师参加了"湖北省中小学教师信息技术应用能力提升工程"培训。青年教师积极参与自不必说，中年教师的学习热情相比以往有了明显变化：他们积极主动参与，学习中不懂就问，不会操作向青年老师请教。有一位老师50多岁了，临近退休，平常不爱看书，原来对培训也无兴趣，见他经常向青年教师请教一些技术问题，我打趣他："你都一大把年纪了，还学啥？"他笑笑说："应该学一下，学点新知识。"

这位老师朴实的回答，态度悄然的转变，给了我很大的触动：原来部分教师不以为然、饱受诟病的培训，正在悄悄地影响、唤醒、改变着教师。他们正在由反感、抵触，转为接受、改变，这不是培训最可贵的地方吗？这不是培训最可贵的价值吗？这难道不引人深思，有必要让我们换一个角度审视培训的意义吗？

教师培训无疑不完美，问题不少，有待完善改进，这是没有异议的，但也不是一无是处，对培训应该用两分法看待，既要看到问题、不足，又要看到成绩、价值，不能以偏概全，只见树木不见森林。

由此，我想到了哲学的量变质变规律——量变是质变的必要准备，质变是量变的必然结果。长期的培训，大多数老师或许没学到多少新知识，但每一位老师从此都知道接受培训已经成为常态，终身学习已经成为人生的必修课，学习已经成为人生的第一需要，是不是比单纯的知识更新更有意义呢？

这或许不是培训的本心，但却是积年累月的培训产生的附加值，是量变到一定程度后终于引发的质变。老师被唤醒、激活了，他就会热爱学习，主动学习，自我促进，自我成长，自我更新。从这个角度看，我们还是应该为培训点一个赞。

（原载2015年12月21日《中国青年报》）

书是通向进步的阶梯

莎士比亚有名言："书籍是全世界的营养品。生活里没有书籍，就好像没有阳光；智慧里没有书籍，就好像鸟儿没有翅膀。"有人认为，最是书香能致远。

教师读书，能让"心"保鲜。做教师者最忌因循守旧，墨守成规。因为"守"着"守"着，你就未老先衰，"心"就不知不觉退休了。以一颗衰老之"心"，怎能教青春之学生？书能给你激情，给你正能量，让你的"心"返老还童，从20多岁再出发。

教师读书，可以源源不断供给教学的源头活水，永葆职业不倦不怠的激情活力，有效保持心灵的润泽，灵魂的高尚，成为一个思想型、智慧型教师，而不是教参教材的复印机，专家学者的传声筒，鹦鹉学舌的教书匠，灵魂缺失的机器人。

教师读书，倾听孔子和他的弟子的谈话，你可以在我国传统教育理论的长河里探幽寻源，审视魏书生、李镇西的教育人生，你可以给自己的灵魂洗澡，在雷夫的56号教室，你可以拾得他山之玉，品评《班主任工作札记》《于漪文集》，你可以驱赶身上的疲劳倦怠，从而青春洋溢，活力四射。因为"每一本书都是一个用黑字印在白纸上的灵魂，只要我的眼睛、我的理智接触了它，它就活起来了"。

教师读书，可以洗涤心灵上的污点，品格上的瑕斑；可以遏止妄想，扼杀歹念；可以让自己站得笔直，立得端正；可以让自己无羞无愧，无怨无悔；可以给自己的"教师资格证"增加含金量。因为"书籍是造就灵魂的工具"。奇书《菜根谭》正有这般魔力。

教师读书，你会在时空的转换中悄无声息地脱胎换骨。叶澜教授说，反思三年，就可能成为名师。读书、反思、写作、实践，只要坚持不懈，假以时日，几部曲的认真、成功演绎，能使一位平凡的教师如魔术般地脱下教书匠的马甲，穿上教育家的外衣。

教师读书，能把自己"读"成学生的偶像。教师爱书、读书，手不释卷，孜孜不倦，丰盈自己，滋养自己，上知天文，下知地理，纵知古今，横知中外，名言典籍，口若悬河；教育教学，娓娓动听，哪个不是你的粉丝？

教师读书，有如蝴蝶效应。教书人身兼读书人，腹有诗书气自华。氤氲书香，沁人心脾；儒雅风度，倾倒学生。学生们会仿而效之，学而习之，捧而读之，吟而诵之。人人读书定会成为风景，魅力校园定会书香浓郁。亚马孙雨林一只蝴蝶翅膀的振动定会成为得克萨斯州的一场风暴。

教师读书，还会通过学生作用于家庭。家有读书郎，全家喜洋洋。聪明的家长，会放下琐事，整理时间，陪孩子与书对话，陪孩子一起思考。为了孩子，家长也会走向读书一族。

读书吧，老师们！它是通向进步的阶梯——教师进步、学生进步、民族进步的阶梯。

（原载2014年第5期《黑龙江教育》）

巧借经典定律，成就教育人生

　　2014 年元月，习近平总书记在兰考指导党的群众路线教育实践活动时，意味深长地讲到塔西佗陷阱。《人民日报》曾经总结推出 60 个经典的管理学定律。塔西佗陷阱和 60 个管理学定律具有普遍意义，同样适用于教师，对于教师自我警醒、自我激励、自我完善、自我成长、拼搏进取、成就事业，具有重要的帮助作用，不啻为教师成就教育人生的制胜法宝。品读这些经典定律，如饮甘泉，如嚼甘脂，沁人心脾，口齿留香。

　　塔西佗陷阱。通俗地讲，就是当政府部门失去公信力时，无论说真话还是假话，做好事还是坏事，都会被群众认为是说假话、做坏事，给予负面评价。它因古罗马著名历史学家塔西佗而得名。塔西佗陷阱的深刻警示，在于无论是初登讲台的青年教师还是久经教坛的资深教师，一定要倾尽全力上好第一班、第一课，要把每一天当作第一天，把每一课当作第一课，走好第一步，走好每一步。大家想想，有多少老师就是因为刚开始工作时，没用高标准严格要求自己，给自己定的起点太低，工作总是自由散漫，无所用心，得过且过，以致工作十几年后，工作无建树，个人无成长，长期原地踏步，用一句时髦话说，他们输就输在起跑线上。如果当初他们能够机警地识别深藏在他脚下的塔西佗陷阱，虚心学习，刻苦钻研，勤奋工作，增长本事，就不会被陷阱蒙骗双眼。

　　无论你说什么，做什么，老百姓都"老不信"——这是为官者的切肤之痛，应该被引为沉痛教训，时刻警示每位教师，不但要迈好、迈稳第一步和每一步，还必须为人诚实、不说谎话、轻诺重行、里表如一。《论语》中讲："子以四教：文、行、忠、信。""信"就是讲信用，言行合一。孔子又说："人而无信，不知其可也。大车无輗，小车无軏，其何以行之哉？"他认为，一个人不讲信用，真不知道怎么处世。如果因为不诚实，长期言行相悖，导致学生、同事、学校、社会对自己不信任，哪怕信誓旦旦，哪怕把胸脯拍得震天响，也没人信你，信用一旦破产，那将是一个教师特别是思想品德教师最大的悲哀。

波特定理。英国行为学家波特的理论。意即当遭受许多批评时，下级只记住开头的一些，其余就不听了，因为他们忙于思索论据反驳开头的批评。它提醒领导者，如果总盯着下属的失误，将是一个极大的失误。

教师不妨自我反省：总盯着学生的缺点、短板、失误，看不到优点、长处、长进，是不是一个极大的失误？从理论上讲，每个人都有闪光点，也有短板和缺陷，但当以成绩作为评价学生的唯一标尺时，分数就成了光源体，得分高的学生光环耀顶、博取眼球、受到青睐、获得赏识，其缺点、失误被屏蔽，即使屏蔽不了，也能为老师所接受、原谅；分数"黯淡"的学生，其失误就凸显出来，易为老师所关注，教师会自觉不自觉地把他们的"黯淡"同优生的"闪亮"进行比较，进而批评、嘲讽、打击。这是一个老师工作的极大失误，也是自我弱化、自我窄化教育功能的表现。

避雷针效应。在高大的建筑物顶端安装一个金属棒，将金属线与埋在地下的金属板连接起来，利用金属棒的尖端放电，使云层所带的电和地上的电逐渐中和，从而保护建筑物等免遭雷击。避雷针不是逃避雷击，而是勇于"拥抱"云层电荷，再把电荷导入大地，从而保护建筑物。其关键是"导"，善导则通，能导则安。

安徽怀远县梁云林老师因被学生贴"龟"条而引起师生冲突，梁云林老师先是被开除，后在舆论压力下改为降级，师生都经受了身心伤害，原因是"导线"缺位。假如冲突发生前，梁老师能够克制情绪，保持冷静，与学生诚恳沟通、耐心交谈，甚至调侃几句："你的画画得不错，做法很有创意。龟是长寿之物，有龟龄鹤寿之说，你是希望老师长寿啊。谢谢你的祝福。"想必矛盾就会化于无形，干戈就会化为玉帛，就不会有后来的烦恼和担惊受怕了。

权威暗示效应。一位化学家称，他将检测一瓶臭气的传播速度。他打开瓶盖 15 秒后，前排学生举手，称自己闻到臭气。而后，后排学生陆续举手，纷纷称自己也闻到了。其实，瓶中什么也没有。学生之所以纷纷举手，是因为迷信和盲目。

对此我有切身感受。我所熟知的一位老师教了十多年思想品德课，对教材了如指掌，学生成绩年年位列前茅。但他对教材编排的一些错误及其落后于时代的尴尬事实却毫无察觉，既不与课本对话，也不与社会生活对接，跳不出课本，仅满足于以书教书。究其原因，要么是不会疑，要么是不敢疑。而我这个思想品德课教龄最短的老师则打破思维枷锁，冲破思维禁区，大胆质疑，大胆发声，写成论文《人教版〈思想品德〉亟须修订更新》发表在《中学政治教学参考》2015 年第 6 期上。如果在权威面前禁锢思维，盲目崇拜，不敢下载敢于怀疑的品质，不敢安装独立的教育品格，就永远只能仰视权威。

孟子说："尽信书，则不如无书。"陈云同志一生信奉"不唯上，不唯书，只为实。"教师应谨记前人教诲。

萨盖定律。戴一块手表的人能知道准确时间，戴两块手表的人便无法确定准确时间了。手表定律由英国心理学家萨盖提出，又叫"萨盖定律"。它提醒教师，如若参照错误，必无正确选择。

工作中，有的教师总是精神萎靡、无精打采，对什么事都提不起兴趣，不是埋怨待遇低，就是抱怨学生差，连教育教学的常态都难以维持，更不用谈教学研究了。问题出在哪儿？参照物选错了。中国人喜欢随大溜，"大溜"往往就成了错误的参照物。

大多数教师把教书当饭碗，少数教师想当事业对待自然就很困难。一个教师不读书，是因为大多数教师不读书，一个群体不读书，是因为全民不读书。网上疯传的《令人忧虑，不读书的中国人》即是例证。如果一所学校有极个别老师爱读书，不但不会受到褒扬，反而可能受到讽刺、打击，被视为另类，他们彼此不是对方的参照物，互相妨碍。一所学校如果没有做学问、搞研究的氛围，做学问、搞研究就成了空想。某校 20 多年前有一位老师一心想考研究生，但苦于没有学习氛围，没有参照标杆，在发出"这里不是做学问的地方"的感叹后，挥手而去。因为找准了参照物，几年后他梦想成真，现在是武汉某高校的教授。你选择什么样的参照物，就可能带来什么样的前途和明天。

吉格勒定理。美国培训专家吉格勒认为，除了生命本身，没有任何才能不需要后天锻炼。它启示教师，水无积无辽阔，人不养不成才。教师要想活出精彩、成为大师，就要像大海一样吸纳百川，广泛涉猎百科知识，要用厚重崭新的知识丰富、完善、成就自己。要制订个性化的读书计划，活到老，学到老，终身学习。在信息化时代，知识的更新日新月异，几十年前、十几年前，甚至几年前在校学的那点知识早已成为明日黄花。不终身学习，教师就无法驰骋在 21 世纪的讲坛；不终身学习，只能说躯壳到了 21 世纪，灵魂还在 20 世纪。君不见，青少年学生对新事物极其敏感，接受新知识的能力极强，教师不学习就会被学生甩在后面。那样的话，到底谁是老师，谁是学生呢？

上述经典定律简单、简短、易懂，但含义丰富，启迪深刻。善学之，教师人格会更完美；善习之，教师人生会更精彩。

（原载2015年第11期《中学政治教学参考》）